”Människorna vi har älskat kommer aldrig mer att vara där de var, men de är överallt där vi är.”

ALEXANDRE DUMAS

Till Nathanaël,
som är med mig överallt…

Koalescens: subst. ~en ~er (1537; från latinets *coalescere*, ”växa med”).

1. BIOL. Sammanläkning av två angränsande vävnadsytor.

2. KEM. Process som leder till att fritt svävande små vattendroppar slås samman till större droppar.

3. SPRÅKV. Sammansmältning av två eller flera fonem till ett enda.

LE PETIT ROBERT

Här:

4. MÄNSKL. Närmande mellan känsliga och skadade personer där kontakten leder till en hållbar återuppbyggnad av varje individ samtidigt som de bildar en helhet.

Ett förnamn på en skylt

Julie har varit med förr.

Hon hade kunnat protestera, ta risken, förlora jobbet men behålla sin värdighet.

Vadå för värdighet?

Den förlorade hon för evigheter sedan, så tuff hon är. När det handlar om överlevnad stuvar man undan alla tjusiga ideal man snickrade ihop som liten. Och man tar smällen, håller tyst, låter folk prata, fogar sig.

Och förresten behöver hon det här jobbet. Desperat. Det vet han om, den där idioten Chasson. En skrupelfri chef som inte drar sig för att sparka en kassörska om det fattas tio euro. För att inte tala om femtio!

Julie vet vem som stal de femtio eurona när hon vände ryggen till. Men det är inte populärt att skvallra på arbetskamrater. Inte populärt alls. Då får man en stämpel på sig och den biter sig fast som en lus i en blond kalufs. Det vill hon helst slippa.

”Mademoiselle Lemaire, jag skulle kunna avskeda er direkt. Men jag vet ju att ni har det knapert, jag vet att ni inte kan betala tillbaka. Passa er, jag skulle kunna kräva att ni hittar ett sätt att gottgöra era kassafel. Förstår ni vad jag menar? Annars får ni höra med några av era kolleger, de har fattat hur de ska göra”, hävde han ur sig medan han stirrade på henne med uttryckslös blick och ett hånfullt flin på läpparna.

Skitstövel!

Ändå ser han bra ut. Rena svärmorsdrömmen. Lång och energisk, leende, med markerat käkparti och grånande tinningar. Lägger alltid handen på ens rygg, för att trösta eller peppa. Säger alltid ett vänligt ord när han kommer in och hälsar på personalen på måndagsmorgnarna. Tjusig fru och välartade barn. En sådan som började med två tomma händer men som klättrat uppför trappstegen i sitt anletes svett, och vunnit respekt och beundran. Där har vi medaljens blänkande framsida. Men när man vänder på den ser man vargen, rovdjuret, mannen som vill hålla kvinnor i strama tyglar för att bevisa för sig själv att det är han som bestämmer.

Några minuter senare går Julie i rask takt genom den långa korridor som skiljer chefens rum från affärsgallerian. Det är inte mycket kvar av rasten. Hon hade hellre ägnat den åt något annat än att bli uppläxad på det här viset. Med avigsidan av ärmen torkar hon ursinnigt bort en tår från kinden. Ett ynkligt tecken på svaghet som hon genast måste undanröja.

För Julie har varit med förr.

Hon hör till de där människorna som har fått sina törnar av livet.

De är inte så ovanliga …

Paul Moissac blir stående framför avdelningen med djupfryst pizza. Han tror knappt sina ögon. Att välja sexpacket han har i handen var ingen konst, men det här! Det är kanske första gången han sätter sin fot på en stormarknad. Åtminstone ensam.

Hans fru lämnade honom för en månad sedan. Innan hon flyttade ut fyllde hon på kylskåpet i ett sista anfall av generositet som förmodligen gav henne en behaglig känsla av att ha gjort sin plikt. Den perfekta hustrun i all sin glans, perfekt in i minsta detalj, så kom nu inte och anklaga henne för att plötsligt och oåterkalleligt ha gett sig av.

Men i dag har Paul inte längre något val. Att gå ner något kilo i veckan kan till en början vara välgörande, men blir lätt problematiskt när man kommer till en viss gräns. Tanken på att sätta sig ensam vid ett restaurangbord känns så nedslående att han tappar aptiten. Vid femtiofyra års ålder kanske det är dags att lära sig hitta i en mataffär. Till slut bestämmer han sig för den dyraste pizzan. Fattas bara att han börjar äta vilket skräp som helst bara för att hans fru har gett sig av efter trettio års äktenskap.

Han tar alltid det dyraste när han måste välja, i övertygelsen att det borgar för kvalitet.

När han passerar frukt- och grönsaksavdelningen kommer han att tänka på en av hustruns favoritsentenser som hon mekaniskt brukade spotta ur sig. ”Fem frukter och grönsaker om dagen.” Den klämde hon in mellan ”Tobaken kommer att döda dig” och ”Alkohol är inte bra för din hälsa”.

Hon kunde vara så otroligt tröttsam!

Han tar trots allt några äpplen som han stoppar ner i en plastpåse och sätter kurs mot kassorna. Han håller de tre varorna i handen i väntan på att det ska bli lite plats på rullbandet. Framför honom har en jättekvinna just vräkt ut en hel varuvagns vämjeliga innehåll på bandet. Där var en som hans hustru hade haft svårt att dra jämnt med.

Han inser snart att han inte har valt den bästa kassan om han snabbt vill kunna fly denna konsumismens högborg, men kassörskan är åtminstone snygg. Otrevlig, men snygg. Skönhetens privilegium: att maskera dåliga karaktärsdrag. Snygga kvinnor är alltid förlåtna innan de ens har öppnat munnen. Hon här tittar knappt på kunden när hon lämnar tillbaka växeln, och passar på att torka bort en tår som oväntat dykt upp på kinden. Ingen darrande haka, hackig andning eller glansiga ögon, nej, ansiktet är oberört, bara en tår som vågat sig ut i det fria.

Nu är det Pauls tur.

– Hej, Julie!

– Känner vi varandra? frågar hon och tittar förvånat upp.

– Nej, men det står ju på namnskylten. Vad är det annars för vits med att ha en skylt med förnamnet?

– Vitsen är att vi blir anmälda till centralkassan om vi slår in tre cent för mycket eller lite. Knappast att man ska kunna hälsa på oss.

– Jag har mina brister, men någon angivare är jag inte.

– Ni glömde att väga äpplena, säger hon i likgiltig ton.

– Skulle man det?

– Ja, faktiskt!

– Och vad gör jag nu då?

– Antingen går ni tillbaka, eller så struntar ni i äpplena.

– Jag går tillbaka, jag skyndar mig, svarar Paul och hugger påsen.

Men varför är han så angelägen om att köpa de där äpplena?

– Det är ingen brådska, för min del gör det ingen skillnad, mumlar den unga kvinnan trots att han redan har gått sin väg.

Kunderna bakom honom i kön börjar redan knorra. Julie tar tillfället i akt att sträcka på ryggen som hon haft besvär av i en dryg vecka.

Mannen är tillbaka, alldeles andfådd, och lägger de vägda äpplena på bandet framför henne.

– Ni har ju tryckt på druvor i stället för äpplen!

– Är det sant?

– Goldendruvor. Det står på etiketten. Och det här är Goldenäpplen.

– Blir det helt fel då?

– Ni får betala mer. Men ni kan gå tillbaka om ni vill.

Det tilltagande muttrandet i kön får honom att avstå.

– Strunt samma, jag tar dem som de är. Äpplena kanske smakar bättre på kuppen! säger han med ett leende.

Julie drar försiktigt på munnen. Det var evigheter sedan en man var vänlig mot henne. Skönt när det för en gångs skull inte är tvärtom! Trots att hon bara är tjugo har Julie redan vant sig av med den sortens uppmärksamhet. Sorglösheten har sällat sig till värdigheten på de brustna illusionernas kyrkogård.

– Fotbollskväll? frågar hon när hon ger honom kvittot.

– Nej, hur så?

– Bara så där. Öl, pizza ...

– Ungkarlskväll!

– Det ena utesluter ju inte det andra.

Julie ids inte svara när nästa kund försöker göra henne till sin bundsförvant, upprörd över att någon kan vara ovetande om att frukt och grönsaker måste vägas. Den sortens gnäll som den unga kvinnan inte ens hör längre. Det var länge sedan hon ledsnade på SHT-ritualen. Smila, Heja, Tacka. Hon kör bara med den om hon vet att hon har ögonen på sig. Tack vare äppelincidenten fick hon åtminstone chans att pusta i några minuter och ta en klunk ur flaskan med smaksatt vatten i ett försök att bli kvitt den sura jobbsmaken.

Det hjälpte inte.

Hon passade också på att tänka på Lulu, sitt livs kärlek. Den enda positiva bild som kan dämma upp känsloflödet när det tränger på bakom ögonlocken.

Jérôme sitter i sin soffa, rak i ryggen. Han tittar ut i tomheten. Hans arbetsdagar går trögare och trögare. Han står inte längre ut med de grälsjuka gamla tanternas liktornar, snorungarna som vägrar att gapa när man ska kontrollera att det inte döljer sig en halsfluss bakom det gulaktiga slemmet, kvinnorna i förklimakteriet som pratar om sina vallningar som om det handlade om en obotlig farsot. Och vad ska man säga om skarorna av socialförsäkrade som kommer och propsar på sjukskrivning för att latmasken i dem har förvandlats till en boaorm?

Själv har han slitit som en galning i tio år – osannolikt hårt – för att klara sina medicinstudier och ta över en patientkrets på landsbygden vars misstänksamhet mot nykomlingen på bara några månader förbyttes i krav på total självuppoffring.

Det behövdes en tragedi för att han skulle få upp ögonen för sitt sätt att leva. Och han känner att en ny katastrof mycket väl skulle kunna inträffa om han inte får lite andrum. Spriten han häller i sig varje kväll är inte längre till någon hjälp för att härda ut. Han har dimmiga minnen av vad som har hänt, somnar som en klubbad oxe, vaknar vid tvåtiden på morgonen och ligger sedan och vrider och vänder sig fram till gryningen. Och när väckarklockan ringer rycks han ur en ångestfull och orolig slummer som får honom att känna sig outhärdligt ensam.

Hans far är den enda människa som i någon mån kan förstå, även om inte heller han har det så lätt just nu. Han tänker ringa honom i morgon för att höra om det lilla huset i Bretagne är ledigt för tillfället. Vågornas långsamma och regelbundna rytm kanske kan hjälpa honom att återfinna någon sorts ro mitt i all förvirring.

Den lille pojken har flyttat in i vardagsrummet. Barnflickan håller ett öga på honom medan hon förbereder middagen. Han har plockat upp alla plastdjuren ur leksaksbacken och placerat ut dem i en ring. Den lilla grå elefanten står jämte en jättelik vit hund, och de tre gässen som är fjättrade vid sin lilla gräsremsa undrar nog hur det kommer sig att de har hamnat bredvid en lila dinosaurie som knappt är större än de själva.

Barnet pratar med dem som om de vore riktiga vänner, och låter dem i tur och ordning gå och släcka törsten vid den blå blomman i hörnet av den färggranna bomullsmattan. Han försjunker i sin egen djurvärld och glömmer all känslomässig stress han har utsatts för i förskolan under dagen. Den stora killen som snodde hans andra kaka när läraren vände ryggen till, jackan som han hittade på golvet under klädkrokarna, smutsig och nedtrampad, teckningen som blev förstörd när någon välte ut vattenmuggen med blötlagda penslar. Läraren lovade att han skulle få göra en ny. Men det var just den teckningen han ville ge till mamma när hon kommer hem från jobbet i kväll.

Plastdjur är lättare att ha att göra med …

Jag har jobbat som kassörska i två år och det är första gången en kund tilltalar mig med förnamn när han hälsar. Det är så sällsynt att man stöter på trevliga människor. För det mesta tittar de knappt på mig, tycker väl inte jag förtjänar att de är artiga, eller så skäller de på mig för att jag inte är snabb nog. En del talar med blicken om för mig att jag är en simpel kassörska, andra anser att kunden är kung och tycker sig därför ha rätt att bete sig hur som helst, även att fälla missriktade och sexistiska kommentarer. Sedan finns de där som pratar vidare i mobilen som om jag bara var en maskin, väntar på att priset ska komma upp på kassadisplayen och går därifrån utan att bevärdiga mig med en blick.

Men jag har lärt mig att bita ifrån. En del av de andra tjejerna tiger och tar emot, men själv svarar jag, folk fattar inte hur det är. De är välkomna att pröva. De skulle inte palla i två dagar ens, det är bullrigt, kallt och dragigt och man måste vända på tunga föremål som ska hamna i rätt läge för skannern, knäcka ryggen och stå ut med att ha det ständiga blippandet i öronen. För att inte tala om den där idioten Chasson som behandlar oss som boskap.

En dag ska jag ge igen. Och han kommer att ångra sig.

När Lulu är stor och inte behöver mig längre, tänker jag inte ta mer skit. Och jag kommer äntligen att vara fri. Jag ska passa på att hämnas på all världens svin som jävlas med kvinnor som om vi var mindre värda och kan utnyttjas hur som helst. Vilka tror de egentligen att de är?

Men den där mannen i dag hade något i blicken som fick honom att se snäll och ärlig ut. Fast jag borde passa mig. Jag har låtit mig luras mer än en gång. Konstigt nog kände jag på mig att han var annorlunda.

För det första är han gammal! Inte som de där ungtupparna som bara för att de är unga och lite gulliga inbillar sig att de ska få sätta på allt som rör sig.

Och så verkade han vilsen med sin felmärkta påse äpplen, som om han just ramlat ner från en annan planet.

Apropå det skulle jag gärna vilja åka till en annan planet. En som är helt fri från all mänsklig grymhet som leder oss rätt in i en återvändsgränd och plågar fyra femtedelar av mänskligheten ...

Vid vissa tillfällen i livet känns det som om man möter människor från samma universum som en själv ... Utanförvarelser som inte är som andra, som lever på samma våglängd, eller i samma illusion som man själv.

Det var den känslan jag fick i dag ...

Och det känns bra.

EN VECKA SENARE ...

Inför resan

– Hej, Julie, säger mannen när han har lagt sina varor på rullbandet.

– Hej. Har ni vägt allting i dag då? frågar hon, utan att vilja låta spydig.

– Jag gör framsteg… Och ni då, mår ni bättre?

– Bättre?

– Var ni inte lite ledsen förra gången?

– Nej! svarar hon skarpt.

– Det var bara ett gruskorn i ögat?

– Exakt! Kylpåsen kostar, vill ni ha den i alla fall?

– Ja! Det är väl bättre om man har en?

– Det är upp till er. Det blir fyrtiosju euro och nittiofem cent.

– Här, säger mannen och drar fram en femtioeurosedel, behåll växeln.

– Aldrig i livet. Det är förbjudet med dricks.

– Om jag vill ge dricks måste jag alltså bjuda ut er efter jobbet?

– Jag vet inte om det går.

– Är ni rädd att det ska pratas?

– Ni skulle nästan kunna vara min morfar.

– Nu ska vi inte överdriva, jag kan ta illa upp.

– Åtminstone min pappa…

– Har inte en pappa rätt att ta ett glas med sin dotter?

– Jag är inte er dotter.

– Det är det ingen som vet, vi kan väl låtsas.

– Vad är ni ute efter? Lammkött?

– Jag är ute efter en mutbar anställd som kan ge mig lite matnyttiga tips om hur man handlar på sådana här ställen.

– Det beror på vad ni är ute efter.

– Jag är ute efter att orientera mig lite som ungkarl efter trettio års äktenskap med en kvinna som skötte allt, inte minst inköpen.

– Alltså är ni ute efter lammkött!

– Nu när jag har en kylpåse måste jag ju använda den.

– Inte ens om jag håller in magen ryms jag i er kylpåse.

– Det begär jag inte heller, det räcker att ni tackar ja till ett glas efter jobbet. Hur dags slutar ni?

– I dag har jag rast mellan ett och tre.

– Var äter ni lunch?

– Jag har med mig ett äpple.

– Ett äpple? Inte ens om de kostar som druvor är äpplen tillräckligt näringsrika. Jag väntar på er vid rad P som i Paul, jag har en grå Audi, en stadsjeep, så åker vi och äter någonstans.

Julie ger honom kassakvittot och sneglar på kunderna bakom som blänger ilsket på honom eftersom de tvingas vänta. Hon måste passa sig, det finns risk att de klagar för chefen och att han å sin sida utnyttjar situationen för att avkräva henne tjänster.

Hon har ännu inte bestämt sig för om hon ska leta upp en grå Audi i rad P på parkeringen om en stund. Vad är det som säger att den här mannen inte kommer att kräva samma sorts tjänster? Samtidigt tar hon inte så stora risker på en parkering mitt på dagen. Och så var det rörande att se honom försöka fixa inköpen på egen hand som nybliven ungkarl.

Det är hennes sista arbetsdag före tre veckors semester, nog är väl det värt att fira? Det blir lite omväxling till att försöka slå ihjäl två timmar i köpcentrumet i stället för att åka hem, bara för att hon inte har pengar till bensin och vill slita så lite som möjligt på bilen. I och för sig har hon en bok i väskan, den senaste hon lånade på bibblan, men hur ska man kunna skärma av sig från bullret runtomkring? Personalrummet är deprimerande och saknar fönster, och killarna i charken roar sig med att bombardera henne med kommentarer lika korkade som de själva.

Och med en Audi-jeep borde mannen kunna kosta på henne en bra restaurang. En chans att äta upp sig lite inför månadsslutet, som ser ut att bli tufft.

Som alla andra månadsslut…

Jérôme har hittat en vikarie. Ung och inte så erfaren, men det kan kvitta. Han vill åka till havet, se horisonten i fjärran och försöka glömma de dyiga marker där han har klafsat runt de senaste tre månaderna.

Vikarien ska komma under kvällen, hon får till och med låna huset medan han är borta. I natt får de bo där båda två eftersom han ger sig av först i morgon. Hans far ringde nyss och meddelade hur dags. Hans far som också han längtar efter havsluft.

Men av andra skäl. Som ett slags suck av lättnad.

Nu återstår bara två timmars patientbesök. Han klamrar sig fast vid tanken på resan för att uppamma ork att hålla ryggen rak och huvudet högt. En läkare ska må bra. En läkare sviker inte. En läkare är ett fundament som sköra patienter kan stödja sig mot. Det är hans plikt att vara stabil som en klippa.

Snacka om hållfast fundament!

Fundamentet sprängdes i bitar och upplöstes i atomer för flera månader sedan och kan inte längre erbjuda någon människa stöd. Han lyssnar, förskriver, palperar, syr ihop, men stöttar gör han inte längre. Han lyckas hålla sig flytande utan antidepressiva, det är vackert så. Men så är det ju spriten.

Barnet väntar otåligt på att få gå hem. Det är moster Tatie som kommer och hämtar honom och sedan har mamma semester. Då ska hon vara hemma varje kväll, och varje morgon. Varje lunch till och med. Det är godare mat hos Tatie, men han vill ändå helst att mamma är hemma.

Han gillar inte förskolan. Visst får han lära sig en del visor, men det är för mycket oväsen, för många barn som knuffas och bråkar med honom, för mycket man ska göra, titta på och höra. Hans mamma har lovat honom att han inte behöver gå till förskolan varje dag när hon har semester, för hon vill vara med honom. Oavsett vad läraren tycker.

Hans mamma är inte som de andra mammorna. För det första är hon sötast. Yngst också. Ibland ser hon ut som en storasyster när hon hämtar honom. Och så struntar hon i vad andra tycker.

Hon säger fula ord också. Men när han själv gör det i förskolan får han skäll. Det är bra att vara vuxen, då är det ingen som grälar på en längre när man säger fula ord.

Men ibland om kvällarna gråter mamma, när papperen ligger utspridda över bordet och hon trycker på knapparna på miniräknaren.

Det gör honom ingenting att äta pasta varje dag. Han gillar pasta. Fast det är klart att det är godare med kött till. Godare än med bara smör. Det bästa med Tatie är att hon har pengar så att det räcker till god mat…

Klockan ett.

Lunchrast.

Hon längtar efter att få gå till rad P och mannen som verkar snäll. Utan baktankar. Han skulle ju faktiskt kunna vara hennes pappa! Men ibland är det bra med lite omväxling. Och tanken på en ordentlig måltid känns inte heller helt fel.

Där står Audin, den ger sig till känna med en strålkastarblinkning när hon går in mellan raderna med bilar. Mannen ler vänligt mot henne när hon sätter sig i passagerarsätet. Skinnklädsel, instrumentbräda i mahogny, kliniskt ren matta. Inte ett gruskorn.

Hur bär han sig åt?

Det är två helt skilda världar, den här sortens lyxbil och hennes egen skruttiga Renault 5 av obestämd årsmodell som hotar att falla i bitar varje gång hon vrider på tändningen. Med rostig kaross och nötta säten. Det ska erkännas att hon inte är så pigg på att städa, särskilt inte bilar, som enligt hennes mening främst är till för att ta henne från punkt A till punkt B. Huvudsaken är att de rullar. Hon vågar inte ens föreställa sig ett motorstopp. Hon är beroende av bilen för att kunna jobba, och därmed för sin försörjning. Hennes damoklessvärd har formen av en kamrem som måste bytas redan efter tvåtusen mil. Verkstadskillen förklarade för henne att motorn skulle skära om kamremmen brast. Julie svarade att hon inte skulle kunna betala hyran om hon bytte den. Han svarade att hon inte längre skulle kunna åka till jobbet om hon sabbade motorn, alltså skulle hon bli av med jobbet och inte heller i det fallet kunna betala hyran, vilket han hade helt rätt i.

Men verkstadskillen är ingen bankir, och därför ber hon till Gud att kamremmen inte ska gå av.

Paul föreslår en restaurang som hon inte känner till. Hon känner inte till så många. Det är några minuters bilväg.

– Jag är så glad att ni kom, säger han rättframt.

– Jag bara varnar, förvänta er ingenting i utbyte, svarar Julie i kort ton.

– Morrar ni bara, eller bits ni också?

– Jag morrar inte, jag förtydligar.

– Vad skulle jag kunna förvänta mig i utbyte, förutom lite användbara shoppingtips?

– Vissa tjänster, jag har vanan inne.

– Men det har faktiskt inte jag.

– Det är ovanligt.

– Är alla män tölpar?

– Verkar så.

– Ni sätter press på mig direkt, jag blir nästan lite illa till mods.

– Varför det?

– För att jag blir tvungen att bevisa att jag inte är någon tölp.

– Är det så svårt för en man?

– Nej … Eller jo … Jag vet inte. Vi får se.

Det går en ängel genom kupén …

– Mitt förslag är helt enkelt att vi åker och äter lunch, säger Paul, och så pratar vi om allt mellan himmel och jord, om er själv om ni vill, om mig om det intresserar er, kravlöst och utan baktankar.

– Det låter bra, säger Julie.

– Framför allt får ni chansen att styrka er med lite mer än ett äpple.

– Jag är van vid att bara äta ett äpple till lunch …

– Vanan är knappast någon garanti för en balanserad kost.

– Jag gör så gott jag kan.

– I dag kan ni välja en trerättersmeny, om ni lovar att inte spy ner instrumentbrädan när vi åker tillbaka.

– Jag ska försöka, svarar Julie, och ler äntligen.

Restaurangen är flott. Julie känner sig besvärad i sina fransiga jeans, sin urringade t-shirt och sina slitna sneakers.

– Är ni säker på att de släpper in mig? undrar hon.

– Varför inte?

– Jag matchar inte inredningen.

– Det är ingen som har bett er att hänga på väggen.

– Men jag ger väl ett dåligt intryck?

– Ja, det är klart. Men det struntar vi i. Har man bara ett bankkort har man rätt att göra dåligt intryck. Det är till och med ganska njutbart.

– Men jag har ju inget bankkort.

– I så fall ... hur ska jag förklara, Julie ... Era små vinkar är visserligen stora som segel, men det gör det lättare för mig att bevisa att jag inte är någon drummel. Väluppfostrade män brukar i allmänhet ta notan när de bjuder ut kvinnor på restaurang. Utom när de råkar på hårdföra feminister som förväxlar hövlighet med tölpighet.

– Jag antar att de där feministerna har ett bankkort ...

– Däremot blir ni tvungen att spotta ut tuggummit, för det kommer verkligen att göra dåligt intryck.

Julie gör som hon blir tillsagd. Hon river av en bit av pappersservetten och slår in bevisföremålet innan hon dumpar det i askkoppen. Kyparen kommer med två menyer. Julie ögnar hastigt igenom sin, och smäller sedan igen den.

– Är det något problem? undrar Paul. Inget som verkar lockande?

– Det är för dyrt för mig, svarar hon med en klump i halsen.

– Är ni hårdför feminist?

– Nej, hur så?

– Då har ni inte tänkt betala?

– Varje tugga kommer att smaka som en femeurosedel.

– Titta inte på priset!

– Jag kan inte, det går inte att låta bli, det har blivit en vana, jag tittar alltid på priset, högerspalten suger till sig blicken hur jag än försöker.

– I så fall läser jag menyn för er.

– Folk kommer att tro att jag inte kan läsa.

– Då viskar jag.

– Folk kommer att tro att ni är kär i mig trots att ni skulle kunna vara min pappa.

– Låt folk tro vad de vill, svarar Paul med en road suck.

Han börjar läsa högt ur menyn. Julie avbryter honom med jämna mellanrum. Hon är långtifrån bekant med alla rätter. Kyparen iakttar föreställningen vid bord nummer nio från ett hörn av lokalen. När han ser mannen lägga ner menyn och le närmar han sig bordet.

– Har herrskapet bestämt sig?

– Ja. För damen här blir det rökt lax till förrätt, sedan en filet mignon med kantareller och till efterrätt marängsviss med hallon. Jag tar samma sak. Och så ger ni oss något gott vin, jag låter er välja.

– Som tillbehör?

– Pommes frites. Inga äpplen.

– Ursäkta? säger kyparen.

– Det var inget, svarar Paul, med en blinkning till Julie.

Servitören samlar ihop menyerna och avlägsnar sig snabbt.

Julie smuttar på sin lemonad och ser sig nyfiket om i lokalen.

– Är det första gången ni är här?

– Det är väl klart. Jag har inte råd att gå ut och äta.

– Inte ens någon gång ibland?

– Nej.

– Då missar ni något.

– Ni skulle bara veta hur mycket jag missar!

– Typ?

– Allt. Jag missar hela livet i största allmänhet. Varför bjöd ni ut mig på restaurang?

– Det gjorde mig ont att se er.

– Ont? utbrister hon.

– Ja, ont. Jag vet mycket väl att ni inte hade något gruskorn i ögat första gången jag kom till er kassa. Jag blev rörd.

– Bli inte det. Jag har hämtat mig.

– Vad var det som hade hänt?

– Varför vill ni veta det?

– För att jag kanske får lust att ge den som gjort er ledsen på käften. Jag avskyr när män gör kvinnor illa.

– Vad får er att tro att det var en man?

– Att ni har så låg uppfattning om dem.

– Vill ni verkligen att jag ska berätta vad som hade hänt?

– Nej, jag bryr mig inte ett smack, det är bara för att kallprata lite till förrätten.

– ...

– Det är väl klart att jag vill!

– Han trakasserar mig och hotar med olika straff så fort jag gör minsta misstag, det har pågått i månader. Den där dagen sa han att han skulle dra över mig nästa gång det hände.

– Ursäkta? säger Paul och sätter närapå ölklunken i halsen.

– Jag har inget val...

– Skojar ni?

– Nej, och han vet att han kan få mig dit han vill eftersom jag inte har något val.

– Vad handlar det här om egentligen? säger Paul uppbragt.

– Häromdagen var det en kollega som snodde femtio euro ur min kassa när jag var på toaletten. Jag såg när hon lade tillbaka min pengaväska. Jag blev uppkallad till chefen. Han sa att han kunde sparka mig på direkten och att jag skulle bli tvungen att vara snäll mot honom nästa gång.

– Anmälde ni inte er kollega?

– Så gör man inte.

– Men att låta chefen dra över en, det gör man? frågade Paul. Han föreslog inte att ni skulle betala tillbaka och dra ett streck över saken?

– Skämtar ni? Det var ett alldeles för bra tillfälle. Det

finns kassörskor som riskerar att få sparken för att de snott en rabattkupong, ni vet de där man får med kassakvittot. Om kunderna inte vill ha dem måste vi förstöra dem. Om man åker dit för att ha sparat en kupong för eget bruk kan man erbjuda sig att betala tillbaka de en och åttio eurona den är värd, men den idioten kan lika gärna bestämma sig för att kicka en. Tänk er då om det gäller femtio euro…

– Men varför lade ni inte bara tillbaka en likadan sedel innan någon märkte det, om ni var medveten om riskerna?

– För att jag inte hade någon.

– Det finns en bankomat vid entrén.

– Jag hade ingen, säger jag ju.

– Men alla människor har åtminstone femtio euro på sitt konto.

– Inte jag. Det var alldeles före löning.

Paul drar upp plånboken ur fickan och tar fram en femtioeurosedel som han räcker Julie. Hon ser ogillande på honom.

– Ta den här! säger Paul efter några sekunder och viftar nervöst med sedeln.

– Det är uteslutet.

– Ta den, säger jag. Det som är uteslutet är att samma sak händer igen. Ni kan stoppa undan den någonstans i plånboken och ha den till hands ifall det skulle behövas.

– Ni har ingen anledning att göra det här.

– Det är väl klart att jag har! Jag måste bevisa för er att jag inte är någon tölp. Bevis nummer ett.

– Så efter att först ha trott att jag är analfabet och er älskarinna kommer folk nu få för sig att ni betalar mig också.

– Folk kommer att tro att ni är min dotter och att jag ger er fickpengar.

– Ni vill verkligen bli tagen för min pappa!

– Har ni några bevis för det som hände? Det är viktigt för Arbetsdomstolen.

– För vadå?

– Myndigheten som försvarar anställda. Ni tänker väl ändå inte bara låta det passera?

– Jag behöver jobbet, jag kan inte riskera att förlora det.

– Det är rena vansinnet …

– Sånt är livet. Bor ni på någon annan planet, eller?

– Nej, men jag kan inte föreställa mig att den sortens metoder är möjliga.

– Och ni själv, vad arbetar ni med då i sagolandet?

– Jag är flygingenjör hos Bugatti.

– Är det intressant?

– Oerhört.

– Tjänar man bra?

– Jag har inga ekonomiska problem. Förresten är jag i karriärens slutfas och håller på att trappa ner. Jag kan leva på mina räntor.

– Ett arv?

– Nej, ett patent jag tog i början av karriären, rätt idé vid rätt tillfälle, det gjorde mig ekonomiskt oberoende.

– Men inte kvinno-oberoende.

– Jag behöver ingen kvinna.

– Hade ni inte en fru som stack?

– Jo! Och det var på tiden. Jag stod inte ut med henne längre. Visst var hon bra till mycket, men …

– Där ser ni att ni är en tölp som pratar om kvinnor som om de var något slags nyttopryl. Tur för er att jag inte har bankkort, annars hade jag kunnat unna mig lyxen att vara hårdför feminist och ge er stryk.

– Det var hon som tyckte det var väldigt behändigt att gifta sig med en förmögen man.

– Har ni några barn?

– En grabb. Från mitt första äktenskap.

– Det verkar livat på äktenskapsfronten. Blev ni dumpad av första frun också?

– På sätt och vis …, svarar Paul och vänder för en kort

stund bort blicken, innan han fortsätter: Var den god, er filet mignon?

– Väldigt. Jag har inte ätit så gott sedan jag konfirmerade mig.

– Har ni någon pojkvän? frågar Paul för att byta ämne.

– Varför undrar ni det?

– Jag bara undrar.

– Jag har ingen pojkvän. Den ende mannen i mitt liv är Ludovic.

– Vem är Ludovic?

– Min son.

– Har ni en son? säger Paul förvånat.

– Ja, han är snart tre år.

– Men hur gammal är ni egentligen? undrar han förbluffad.

– Tjugo.

– En olyckshändelse?

– Säg aldrig så igen om Ludovic, att han är en olyckshändelse. Han är det bästa som har hänt mig.

– Och pappan?

– Ingen pappa.

– Kloning, jungfrufödsel eller bibliskt mirakel? frågar Paul roat.

– Blöt kväll …

– Det är alltså därför ni är så mån om jobbet, till den grad att ni riskerar att bli utsatt för vidrigheter av chefen?

– Det är för hans skull, ja.

– Får ni inte hjälp av era föräldrar?

– Pappa slängde ut mig när han fick veta att jag var med barn.

– Och er mamma då?

– Hon började dricka i samma veva, för att glömma. Jag träffar henne i smyg. Inte ofta.

– Vilken dramatik!

– Beckett. Ett liv som inte liknar någonting.

– Varför slängde han ut er?

– Han är katolsk fundamentalist.

– Fundamentalist?

– Ja, jag antar det, annars skulle han väl ha haft lite förbarmande med mig. Men hur som helst orkade jag inte med honom längre. Det var rena helvetet hemma. Jag fick aldrig plats i formen han ville stöpa mig i. Rutiga kjolar när man skulle ut och leka i snön, det finner man sig i som liten, men i tonåren börjar man tänka själv. Och revoltera.

Julie och Paul fortsätter att prata över efterrätten. Hon berättar om hemmet där hon bodde med sonen i ett år tills hon blev myndig, att hon valde att inte läsa vidare efter studenten, om hur svårt det är att klara sig ekonomiskt, om sitt jobb som kassörska som trots dålig lön och hopplösa arbetstider är enda sättet att få ihop till mat och hyra. De tröstlösa dagarna som avlöser varandra och lyckan att gå på semester i kväll, om så bara för att slippa möta den där idioten Chasson. Men mest av allt för att få vara tillsammans med sin son, som hon träffar alldeles för lite – hon slutar sent varannan dag.

– Jag antar att ni inte reser bort? Er son går ju i skolan.

– Till skolan behöver han bara gå om han har lust när jag har semester. Han får nog vara där så att det räcker i livet. Men det säger sig självt att jag inte reser bort …

– Råder det inte skolplikt?

– Nej. Bara läroplikt. Och vid tre års ålder … Det är inte som om han satt och pluggade integraler eller kinetisk energi.

– Kan ni sådana saker? säger Paul häpet.

– Ja, vad är det med det …? Bara för att jag är kassörska måste jag inte vara dum i huvudet. Jag gick naturvetenskaplig linje.

– Varför läste ni inte vidare efter studenten?

– För vilka pengar?

– Hum, svarar Paul med ett generat leende. Tycker ni om Bretagne?

– Jag har aldrig varit där. När jag var liten åkte vi alltid till Lourdes på sommarlovet. Men det är säkert fint.

– Följ med mig dit.

– Ursäkta?

– I morgon bitti åker jag till Bretagne och vilar upp mig i några dagar. Ni har semester, så följ med dit.

– Och min son?

– Ni och er son, förstås. Vi kan undervisa honom i vågenergi och Arkimedes princip. Han kommer att skaffa sig ett försprång och imponera på läraren i förskolan.

– Till slut kommer jag verkligen att tro att ni har något skumt i kikaren.

– Min son kommer att vara med. Han behöver luftombyte.

– Vet han om det? Tycker han att det är okej?

– Svaret på den första frågan är nej och på den andra jag vet inte. Jag frågar inte om han tycker att det är okej. Det är mitt hus, min bil och min tid som jag använder för att skjutsa honom dit, fattas bara att han ställer krav också. Och ni skulle pigga upp honom lite.

– Är han också ute efter lammkött?

– Han är inte heller någon tölp. Sluta inbilla er att det är enda anledningen till att folk intresserar sig för er.

– Varför intresserar ni er för mig då?

– För att jag känner för er.

– Tycker ni synd om mig?

– Inte alls. Men vi har pratat mer på en timme än jag gjort med min fru det senaste halvåret. Det gör mig gott. Och förresten har jag alltid drömt om att ha en dotter.

– Som sagt, ni är visst väldigt mån om att bli tagen för min pappa …

– Då är ni med på det?

– Att ni är min pappa?

– Nej! Att åka till Bretagne.

– Jag vet inte, jag måste fundera lite ...

– Ring mig i kväll när ni har bestämt er, föreslår Paul och ger henne sitt visitkort.

– Jag har ingen telefon.

– Menar ni det?

– De stängde av den för tre månader sedan.

– I så fall kommer jag förbi och plockar upp er, så får vi se. I morgon bitti klockan sju. Var bor ni någonstans?

Julie ger honom adressen, förklarar att det är lätt att hitta, strax bakom kyrkan, i de subventionerade hyresbostäder som är inrymda i den gamla prästgården.

– Det var lustigt. Ni blir utslängd av en pappa som är för begiven på religion, och så bor ni i en gammal prästgård ...

– Och jag hör kyrkklockorna morgon och kväll. Precis som förut. Fast inte samma klockor.

Jérôme spanar på den unga kvinnan som kör in på husets grusade innergård. Hon parkerar bilen, stoppar ner några saker i handväskan, kastar en blick i backspegeln och stryker mekaniskt undan en hårslinga. Sedan ser han hur hon blundar och drar ett djupt andetag varpå hon andas ut ordentligt och kliver ur bilen. Han går bort från fönstret, för att det inte ska verka som om han spionerar på henne, och börjar gå nedför trappan till entrén. Det ringer redan på dörren.

Han öppnar och möter en ung kvinna som verkar spänd och olustig.

– Hej! hälsar hon och räcker med lätt bortvänd blick fram en slapp hand. Caroline Lagarde, jag ska vikariera för er.

– Hej, Caroline, säger Jérôme och ler så brett det bara går. Resultatet är inte lysande. Hans leenden liknar grimaser.

I flera månader har allt hos honom klingat falskt.

– Var det lätt att hitta hit?

– Med gps hittar man till de mest gudsförgätna hålor.

– Tycker ni att det här är en gudsförgäten håla?

– Nej, inte alls, det var inte så jag menade, förlåt mig, säger den unga kvinnan och tittar ner, påtagligt generad.

– Jag bara retas. Har ni några väskor som ska bäras in?

– Ja, jag går och hämtar den.

– Jag följer med.

På sina smala klackar trippar hon i gruset som om det vore en isbana. Hon ler förläget mot sin värd.

– Jag tror att jag blir tvungen att gå i joggingskor om jag ska arbeta här.

– Bara om ni vill gå ut. Lägenheten är en våning upp och mottagningen på bottenplanet. Inte en endaste liten sten däremellan. När det gäller hembesöken däremot…

– Hur som helst blir jag ju tvungen att anpassa mig. Det är mitt första vikariat, känns inte det nervöst?

– Om ni frågar på det sättet finns det risk att jag börjar oroa mig. Men vi har alla varit med om samma sak. Någon gång ska ju vara den första.

– Det var väldigt snällt att ta emot mig.

– Jag behöver vila upp mig lite.

– Ja, det syns faktiskt på er.

– Ni har sinne för komplimanger.

– Ursäkta, jag är ledsen, det var inte så jag menade nu heller. Alltså… ni ser lite sliten ut, säger hon och stirrar på sina fötter.

– Be inte om ursäkt. Jag retas bara med er igen. Jag försöker få er att slappna av lite, ni verkar så spänd.

– Det är för att det är mitt första vikariat. Jag är rädd att inte hålla måttet.

– Ha inte ihjäl någon bara, det är allt jag begär.

– Det hoppas jag verkligen. Kan jag ringa annars?

– Om ni skulle ha ihjäl någon?

– Om det skulle behövas.

– Det var inte precis så jag tänkte mig vilan, m
fall, ja. Jag har lämnat kontaktuppgifter till övr
som är aktiva i området. Tveka inte att höra av er till dem, de bits inte.

Jérôme visar henne runt i huset, mottagningen på bottenvåningen och hur den fungerar med allt från datorn till diverse förvaring, därefter ovanvåningen och gästrummet där hon får bo under några veckor.

Han återvänder sedan till köket för att laga middag medan hon packar upp sin väska. Det är förvirrande att ha en kvinna i huset efter att han varit ensam i flera månader. Det känns märkligt, som om han hittade tillbaka till bortglömda förnimmelser och förträngda känslor, något han saknat som nu vaknar och fylls. Med vad det är vet han inte, bara att det fylls och skingrar det förlamande tomrummet inombords som drar ner honom i ett svart hål.

Hans väskor är packade, återstår bara att få några timmars sömn. Och annars kan han faktiskt sova i bilen. Hans far klarar att köra hundra mil i sträck. Själv duger han inte längre mycket till. Bara det att laga en måltid värd namnet är mer än han mäktar med. Varje gång han försöker är pastan överkokt och köttfärsen snustorr.

Han håller som bäst på att gräma sig över sin bristande kulinariska kompetens när han hör snyftningar bortifrån änden av hallen. Han tar sikte på gästrummet med kökshandduken över axeln. Den unga kvinnan sitter på sängen med ansiktet i händerna och försöker kväva sin häftiga gråt.

– Vad står på? frågar Jérôme och slår sig ner bredvid henne.

– Jag är … jag är rädd, snyftar hon.

– Rädd för vadå?

– Att inte klara av det.

Oroa er inte. Det är bara lite förkylningar, öroninflammationer och fotvårtor. De krångligaste fallen kan vi diskutera på telefon. Lita på er själv. Har ni tagit er så här långt betyder det att ni klarar det. Om ni inte har fuskat er igenom alla prov. Ni har väl inte fuskat?

– Nej, klart jag inte har! säger Caroline förnärmat och rätar plötsligt på ryggen.

– I så fall är allt i sin ordning.

Han räcker henne kökshandduken för att hon ska torka tårarna – det krävs rejäla doningar, om inte ett lakan – och påpekar sedan att det däremot ser riktigt illa ut i köket och att han inte vet hur han ska rädda en spagetti bolognese när köttfärsen är för torr och pastan överkokt.

Någon minut senare har den unga kvinnan med bara en klick smör och en burk tomatsås lyckats få ordning på det hela. Hon är nästan lite upprörd över att han inte har någon parmesanost som tillbehör, men tillåter inte sig själv att visa det. Det får räcka med gråten …

Under sin gemensamma måltid diskuterar de enstaka patienter som kan tänkas ge problem. När Jérôme ser hennes rödgråtna ögon lysas upp av försiktiga leenden vågar han hoppas att spänningen ska släppa. Han konstaterar att hon åtminstone har förmånen att kunna gråta. Ibland kan det vara en lättnad. Men en man ska inte gråta. En man är stark, han visar inte vad han känner. En man förlorar inte kontrollen. Redan som liten pojke fick han höra: ”Lipa inte, du är väl en man!” Han har inte gråtit en enda gång under de senaste månaderna. Men sorgen äter honom som en glupsk larv äter ett nyutsprunget löv. Han tänker att en rejäl urladdning en gång för alla kanske skulle ha gjort ögonen mosiga, men fått tyngden att lätta.

I stället för att som nu …

Sorgen har bosatt sig inom honom utan att be om lov. Den känner sig hemma. Det hjälper inte att han försöker sysselsätta sig, ingenting biter, den finns där, hopkurad i en vrå, redo till språng så fort han ger efter det allra minsta. Som rök i ett brinnande hus, öppnar man dörren väller den fram, tar sig in i minsta lilla glipa, svider i ögonen och gör det svårt att andas. Vilken brandkår ska man tillkalla vid den sortens eldsvåda?

Caroline lyckas få honom att lova att svara när hon ringer, ett absolut krav om hon ska få en blund i ögonen i natt. Sedan går de till sina respektive sovrum med ett sista ömsesidigt lugnande leende.

Vilket märkligt möte. Han anlitar henne för att göra honom en tjänst och så är det han som tröstar henne.

Jag är trött på att vara likgiltig. På att vara misstänksam mot allt och alla. I morgon bitti kommer en man som jag inte känner och hämtar mig för att jag ska följa med honom på semester till Bretagne, med våra båda söner. Hans son är äldre än jag och jag känner honom inte ens.

Mamma skulle ha sagt att jag är fullständigt rubbad som väljer att göra något sådant. Mamma som aldrig tagit minsta risk, framför allt inte den att trotsa sin man. Inte ens när det handlade om att slänga ut mig hemifrån.

Vad är det värsta som kan hända?

Att han tillhör en traffickingliga som säljer kvinnor och barn till Asien? Det hade jag inte tänkt på. Risken finns faktiskt. Men är man rädd för den sortens saker är det inte mycket man kan göra här i livet. Då blir man sittande hemma, inlåst i väntan på döden. Precis som mamma.

Och tänk om han menar allvar? Tänk om han verkligen kände för mig, precis som han säger? Tänk om han är min ledstjärna, den som kan visa mig vägen till livets mirakel? Inte sådana man hittar i Bibeln där oskulder föder barn utan att någon tycker det är skumt. Nej, äkta mirakel. Det verkliga livet. Det som får en att vilja gå upp på morgonen, och tänka "vilken fin dag" när man lägger sig på kvällen. Det som gör att man kan uppfostra sina barn utan att skämmas över att man inte alltid kan ge dem riktigt kött och fina leksaker till jul.

Å andra sidan, vad förväntar jag mig? Att han ska beta-

la för mig? Som en annan slampa? Att han drar på med hela Pretty Woman*-artilleriet? Om nu han skulle ha någon avlägsen likhet med Richard Gere, så är jag verkligen ingen Julia Roberts. Och förresten har jag min stolthet. Det räcker med den där femtioeurosedeln, den var tillräckligt svår att svälja. Med det sagt ligger den på ett säkert ställe i plånboken, och kan den göra så att jag slipper hamna under skrivbordet hos den där idioten Chasson tänker jag allt vara rädd om den och med jämna mellanrum kolla att den ligger kvar.*

Jag ringde min bästa vän Manon från telefonkiosken på köpcentrumet. Jag ville höra vad hon tyckte, hon är ju ändå min bästa vän.

– Ta chansen!

Hon svarade utan minsta tvekan. Manon är verkligen min mest lojala vän.

Om jag åker så är det för att få se lyckan i Ludovics ögon.

Bygga sandslott, inte sådana där luftslott som jag fantiserade om när jag var tio och trodde att sagoprinsen skulle komma på sin vita springare och hämta sin lilla prinsessa och ta henne långt därifrån.

Och för att få se havet.

Syltburken

– Ta chansen!

Manon svarade så för att det är hennes sätt. En sorts livsfilosofi. Hon tillämpar den själv och uppmuntrar andra att göra likadant.

Hon är en barndomsvän till Julie, de har egentligen alltid hängt ihop. Hon fanns där vid gravtestet. Hon fanns där vid ultraljudet. Fanns där också vid förlossningen och fick halva armen sönderklämd. Och sedan torkade hon tårar när baby bluesen satte in, liksom när Julie fick en släng av gammal vanlig deppighet.

Hon finns alltid där när Julie blir gråtfärdig. Men hon finns också där när det handlar om att roa sig. Hon finns där vad som än händer.

Manon är en vacker flicka. Lång och slank med kastanjebrunt vågigt hår som ramar in hasselnötsbruna ögon. Finskurna drag, en sky av fräknar och en okonstlad men kvinnlig utstrålning. En helt naturlig skönhet som i allmänhet har samma effekt på killar som en syltburk har på getingar när den lämnas öppen på ett trädgårdsbord mitt i sommaren: det bildas snabbt en surrande svärm runtomkring. Manon har alltid skojat om det och tackat sin lyckliga stjärna för att hon har så många att välja mellan … Även om mängden inte är någon kvalitetsgaranti.

Efter studenten satsade Manon på en konstnärlig utbildning. Hon har tecknat sedan hon var stor nog att hålla i en blyertspenna. Hon var lika passionerad som talangfull, något hennes familj försökte kväva i sin linda eftersom den var för fin för att ha en dotter som var "konstnär". Deras försök till fiffel misslyckades kapitalt. Ju mer de försökte få henne att avstå från ett yrke utan framtid, desto mer ursinnigt antog Manon utmaningen och kämpade för att förverkliga sin dröm. Det slutade med att hon började på traktens konstskola och i den miljön frodas hon nu som en blomma i vårsolen.

Manon är frispråkig och rak. Men hon är rättvis. Julie litar blint på henne. Det är henne hon ringer när hon behöver ett råd, när hon tappar fotfästet, när allt är botten eller, tvärtom, när allt är toppen. Med den sortens vän halveras bekymren om man delar dem, och glädjeämnena fördubblas.

Några små kycklingar på resa

Först framåt elvatiden på kvällen kände hon att magen började sjunka ihop efter lunchen. Magsäcken var inte längre van. Men vad gott det hade varit. Julie ägnade kvällen åt att rafsa ihop lite saker att ta med på resan. Hon hittade en stadig plastkasse där hon stoppade ner några leksaker och barnböcker. Sedan hon vaknade nu på morgonen har hon gått igenom väskornas innehåll två gånger för att förvissa sig om att hon inte har glömt något. Hon har svårt att föreställa sig att mannen inom en timme ska komma och hämta henne och köra henne till andra änden av Frankrike. Hon som så länge har längtat efter att få se havet. Och visa det för Ludovic.

Hon har inte fått mycket sömn. Det är nästan så att hon är uppspelt. Som alltid blir hon eld och lågor när en man lovar henne guld och gröna skogar, trots att hon riskerar att bli besviken. Vad är det egentligen som säger att han tänker komma, att det inte bara var snack, tomma ord för att göra sig märkvärdig eller kunna kräva gentjänster? Så kan det visserligen vara, men några tjänster fick han inte, och han verkade seriös. Återstår hypotesen med traffickingligan, som hon avfärdar utan vidare eftersom hon vägrar att finna sig i ett futtigt liv utan drömmar.

Lillen sover fortfarande. Hon tänker väcka honom i sista stund. Med lite tur somnar han om i bilen. Hon har plockat fram bilbarnstolen, en nappflaska och några kex. Allt är framställt vid dörren. Hon trampar runt i sin lilla lya. Det är tre kvart kvar till det ödesdigra klockslag då hon ska få bekräftat att alla män är tölpar.

Eller inte.

Eller inte, eller inte, eller inte, upprepar hon om och om igen för att övertyga sig själv.

Jérôme har knappt sovit alls. Han funderar. Gör han rätt som lämnar över sin mottagning och sina patienter till en nybörjare? Vad har han annars för val? Är de inte i större fara hos honom än hos en ung kvinna med superalerta nervceller, uppmärksam på minsta symtom eftersom hon är livrädd att hon ska missa något? Inte som hans egna, nervceller alltså, som är avdomnade av alkohol och trötthet. Men framför allt av nedstämdhet.

Alltså gör han rätt.

Hela hans packning tronar i farstun, prydligt uppställd. Läkarväskan står bredvid. Den tar han alltid med sig. Ett akutfall som inträffade en dag då han hade lämnat den hemma räckte för att övertyga honom om att aldrig skiljas från den. Hans far borde snart vara här. Han brukar alltid komma i tid. Han sa halv sju.

Klockan är kvart över sex när Caroline kommer ut från sitt rum, med rufsigt hår och svullna ögon. Hon måste ha legat och gråtit under natten i ett sista anfall av vånda inför det nya jobbet. Hon ler skyggt och försvinner in i badrummet. Jérôme gör i ordning en rejäl frukost åt henne, inklusive Nutella. Ingenting går upp mot Nutella när man vill få en kvinna på gott humör. Det funkar ju till och med på honom... Och inte är hon tillräckligt mullig heller för att kunna skylla på att hon bantar.

Hon dyker upp efter kanske tio minuter, påklädd och med vått utsläppt hår. Hon har sminkat sig så gott det gick, men spåren från gårdagen är fortfarande synliga. Hon öppnar mottagningen om två timmar. Inte en chans att de försvinner till dess. Det kan inte hjälpas. Hon får stå ut med det. För att stilla den största nyfikenheten kan hon alltid skylla på ögoninflammation.

Några minuter senare rullar den grå Audin in på gården. Det knastrar ljudligt om de breda däcken på grusbeläggningen. Paul ringer på dörren till läkarmottagningen och kliver på utan att vänta. Han ropar på sin son vid foten av trappan. Jérôme ber honom komma upp. När Paul kommer in i köket blir han förvånad över att möta en ung kvinna.

– Caroline, min vikarie, förklarar sonen. Jag berättade väl att jag låter henne bo här?

– Ja, just det, nu minns jag. Hej, Caroline. Ni ser inte ut att vara i högform direkt.

– Hej. Ni har sinne för komplimanger, säger hon med ett blekt leende mot Jérôme. Jag har ögoninflammation.

– Ögoninflammation? Och själv heter jag Fred Astaire, svarar Paul och ler.

– Hon är lite nervös bara, det är hennes första vikariat, förtydligar Jérôme. Det finns väl mobiltäckning därborta?

– Det är visserligen världens ände, men fullt så illa är det inte. I värsta fall har du ju den fasta telefonen. Jag har den inkopplad året om. Hade inte du tänkt koppla ner helt och hållet?

– Är man läkare kopplar man aldrig ner hundraprocentigt …

– Okej, är du redo?

– Ja. Vill du ha en kopp kaffe?

– Nej. Vi måste åka nu.

Jérôme ger några sista goda råd till sin vikarie, som genast visar tecken på en ny känslomässig svacka. Så han gör processen kort. Hellre rycka bort plåstret snabbt än sega ut på det i all evighet.

Hon står som klistrad mot köksfönstret när de båda männen hoppar in i bilen, som om hon vädjade till dem att stanna.

Vilket hon också gör.

– Vad har du gjort med henne? frågar Paul och drar igen bildörren.

– Jag har anställt henne som vikarie.

– Är det allt?

– Det är första gången för henne ...

– Jamen, om det är första gången så! svarar Paul leende.

– Jag hoppas att det ska gå bra, säger Jérôme oroligt.

– Varför skulle det inte gå bra? Hon har väl inte vunnit sin examen på tombola?

– Tombola hade man på stenåldern, pappa. Hon är rädd att hon ska missa något allvarligt.

– Nyutexaminerade har väl i allmänhet skallen full av diagnoser? Det är större risk att de är övernitiska än för lata. Du kommer bara att ha tolv CT-resultat, tre MR-resultat och femtiotre blodprover att analysera när du är tillbaka ...

– Du har nog rätt.

– Ta det lugnt, det är ju därför vi åker till Bretagne.

Paul säger inget på en stund. Han funderar. Ska han berätta att de kommer att plocka upp en ung kvinna och hennes lille pojke? Att förvarna Jérôme är det minsta man kan begära, men Paul vet att sonen kommer att ta illa upp, bli arg och tjurig. Om han väntar tills de är på plats hos Julie kommer Jérôme, som den väluppfostrade pojke han är, att svälja vreden och det finns en chans att han hinner smälta sin förbittring under bilfärden.

Han bestämmer sig för den taktiken, väl medveten om att omvägen de blir tvungna att ta för att hämta Julie kommer att sätta myror i huvudet på sonen. Mycket riktigt. De har inte mer än kört av motorvägen förrän Jérôme frågar:

– Vart är vi på väg egentligen?

– Till en prästgård.

– För att göra vadå?

– Bekänna våra synder.

– Driver du med mig? säger Jérôme irriterat.

– Det kanske man kan säga, men bara för att jag drar mig i det längsta för att berätta att vi ska plocka upp någon som följer med på resan.

– Vem då? skäller sonen.

– En förtjusande kvinna.

– Du har inte berättat att du har träffat någon. Du hade väl åtminstone kunnat fråga vad jag tyckte?

– Jag har inte känt henne så länge, nästan ursäktar sig Paul.

– Det vill säga?

– En vecka.

– En vecka, och du bjuder med henne till andra änden av Frankrike för att semestra med oss! exploderar Jérôme.

– Varför inte?

– Jag har väl ingen lust att vara femte hjulet! Jag hade andra planer.

– Oroa dig inte. Det är inte fråga om något sådant. Hon skulle kunna vara min dotter ...

– Och varför bor hon i prästgården?

– För att kommunen har inrett subventionerade bostäder där.

– Jaha, ett socialfall dessutom? Men vad är det för jäkla snilleblixtar du får? Är det sedan Marlène dumpade dig? Försöker du döva ditt dåliga samvete med att hjälpa fattiga?

– Jag har inget dåligt samvete som behöver dövas, jag kände för flickan bara, det är allt.

– Var någonstans hittade du henne?

– På stormarknaden.

– Det är inte sant…

– Vi är framme. Sitt kvar i bilen om du vill, så går jag och hämtar henne.

Paul dröjer en kort stund på yttertrappan när han har ringt på. Julie ger sig till tåls på andra sidan dörren, utan att ge ett ljud ifrån sig. Hon vill låta det gå några sekunder så att det inte ska verka som om hon stod och väntade.

När hon har räknat till tio öppnar hon till slut.

– Jaså, var det ni? säger hon och låtsas vara överraskad.

– Försök inte spela förvånad, det går jag inte på. Är ni klar?

– Jag vet inte, jag känner mig fortfarande tveksam.

Hon sträcker på nacken och försöker kasta en blick över Pauls axel.

Jérôme iakttar scenen i smyg. Han förlitar sig på att han inte syns så väl på grund av reflexerna i vindrutan. Skulle det där vara en förtjusande kvinna? Det är en flickunge som ser för bedrövlig ut, med slitna jeans och åtsmitande t-shirt som framhäver hennes runda och uppnosiga bröst. Ett par uppnosiga bröst behöver i och för sig inte vara fel. Men tjejen ifråga stod inte på programmet. Det kommer garanterat att bli problem, han känner det på sig.

– Är er son med? fortsätter Julie. Hade han inget emot det här?

– Han sitter i bilen och idisslar. Men oroa er inte, våmmen är rymlig, han har snart smält nyheten.

– Nej, om jag är i vägen följer jag inte med. Jag var ändå tveksam.

– Varför då?

– För att man inte reser bort med en okänd man till andra änden av landet.

– Okej! Ni bestämmer, svarar Paul och vänder på klacken.

– Vänta! utbrister Julie nästan ögonblickligen.

– Redan?

– Vadå redan?

– Ni kunde väl åtminstone ha låtit mig köra iväg och gett mig tillfredsställelsen att få se er springa efter bilen och vifta med armarna. Mitt ego skulle ha fått sig en kick av det.

– Okej, det räcker. Jag kommer.

– Kanon!

– Ni är inte en sådan som säger ”kanon”. Det är inte er stil.

– Ungefär som era kläder på restaurangen i går. Sluta försöka rätta er efter vad som passar sig eller inte, det blir bara löjligt. Om jag har lust att säga kanon så säger jag kanon. Och er son då?

– Han kan också säga kanon.

– Det var inte det jag menade. Är han klar?

– Han sover fortfarande. Jag tänkte att jag skulle väcka honom så sent som möjligt. Med lite tur somnar han om.

– Var är väskorna?

– Där, svarar Julie och pekar mot en vrå vid dörren. Jag har inte så mycket grejer.

– Jag ser det, säger Paul förvånat, plötsligt medveten om hur torftigt Julie har det. Är bilbarnstolen tillräckligt ny för att vara godkänd?

– Klart att den inte är. Men det är dyrt med bilbarnstolar. Och hur som helst har jag ingen annan.

– Okej! Jag lastar in. Ni kan stänga fönsterluckorna och gå och hämta grabben. Ju förr vi kommer iväg, desto mindre hinner mitt kreatur till son idissla.

Paul tar den stora plastkassen, ställer den i bilbarnstolen och lyfter alltihop, sätter kurs mot Audin och nickar åt Jérôme att öppna bakluckan.

– Vad ska du med en bilbarnstol till? Hur gammal är hon egentligen? säger Jérôme.

– Den är till hennes son.

– Vi ska alltså ha en unge i hälarna dessutom? Om du nu behövde en pulla kunde du väl ha valt en utan kyckling…

– Jag behöver ingen pulla, och är det någon som är kycklingmamma i sammanhanget så är det nog jag, som tar några små tilltufsade kycklingar under mina vingars skugga så att de får se havet. Och det gäller dig också, så knip igen näbben lite nu. Alla har rätt att vara lyckliga, och en sak som gör mig lycklig är att dela med mig lite till den här flickungen och hennes grabb.

Jérôme återvänder till passagerarsätet och drar igen bildörren med en smäll. Det var inte så han hade tänkt sig semestern i Bretagne, att få sällskap med en till synes odräglig tjugoårig tjej och hennes odåga till treåring som säkert är helt outhärdlig och gapar och skriker dagarna i ända, som alla andra uppvarvade ungar som han ständigt stöter på i influensatider på sin landsortsmottagning.

Med en ängslig vikarie och en semestertripp som inte verkar bli särskilt vilsam är det uppenbart att Jérôme inte i första taget kommer att lägga av med whiskyn som insomningskur.

Dörren till baksätet står fortfarande öppen och Julie sätter ner en halvsovande Ludovic som har kopplat ett löst grepp om hennes hals. Hon spänner fast honom i bilbarnstolen medan Paul låser ytterdörren till lägenheten. När hon ser honom kämpa med låset går hon dit för att inviga honom i det nyckfulla dörrvredets hemligheter.

Jérôme har än så länge inte behagat vända sig om, men kastar nu ett öga på pojken som iakttar honom med en på samma gång undrande och frånvarande, fortfarande sömndrucken blick. Det är en rörande syn, en liten värnlös varelse som just har lämnat nattens rike. Sedan kramar barnet den lilla tygbit som tjänar som snuttetrasa, vänder med tunga ögonlock ansiktet mot bilrutan och stoppar tummen i munnen.

Paul tar plats bakom ratten, och Julie i baksätet bredvid barnet.

– Jérôme, det här är Julie. Julie, min son Jérôme.

– ...

– Väluppfostrade personer brukar i allmänhet säga hej till varandra, påpekar Paul utan att verka upprörd.

Det hej som utväxlas mellan de båda motparterna förebådar inte någon särskilt harmonisk resa. Flickans hej är tvekande och avmätt, läkarens iskallt och högdraget.

Det ser lovande ut!

Efter att ha åkt i några minuter frågar sig Julie om hon gjorde rätt i att tacka ja till Pauls inbjudan. Vilken glädje kommer hon att få av semestern om stämningen fortsätter att vara så här katastrofal? Hon klamrar sig fast vid tanken på att få se havet med sin son, som inte har bett om att bo på tjugofem kvadrat med leksaker från Emmaus och en mamma som varje dag kämpar för att klara brödfödan. Därför hade det varit fel av henne att inte ta chansen.

Han där framme kommer säkert att smälta det.

Eller också inte.

Men det är inte hennes problem.

Julie har lärt sig att inte ta ansvar för andras problem. Hon har fullt upp med sina egna. Hon tar sin tröja, rullar ihop den och stoppar in den under huvudet, mot den uråldriga bilbarnstolen där hennes son nu återigen sover fridfullt.

Det ständiga bullret på stormarknaden går henne på nerverna och hon blir trött av att ofta ligga sömnlös om nätterna och gruva sig över vardagens krav. Därför släpper Julie nu taget och somnar snabbt.

Paul kastar med jämna mellanrum en blick i backspegeln.

Det går plötsligt upp för honom hur opassande situationen är och han förstår sonens reaktion. Ändå känner Paul att flickan kommer att få honom att må bra och att det troligtvis blir ömsesidigt. Han är trött på att fundera i dagar, veckor och kanske månader innan han kommer till skott. Impulsiva beslut har den fördelen att de är spontana och uppriktiga. När man hjälper en rörelsehindrad person över gatan är det som balsam för själen en god stund efteråt. Märkligt nog har Paul en intuitiv känsla av att hans och Julies vänskap kommer att hålla ett bra tag. Vissa intryck man får kan ibland inte förklaras. Kanske är det så att han känner sig friare just nu, och gläder sig åt det. Det kommer Julie till godo för att de råkade träffas på rätt plats vid rätt tillfälle.

Hon som hela sitt liv har råkat befinna sig på fel plats, vid fel tillfälle.

När de passerar Vogeserna via tunneln vid Saintes-Marie-aux-Mines kommer Paul på sig själv med att i backspegeln studera Julies och barnets ansikten, som är strimmiga av de förbisvischande neonljusen. När han kör ut ur tunneln tar han avfarten mot en stormarknad i industriområdet utanför Saint-Dié. För sin son, som undrar varför de redan ska stanna, förklarar han att han inte står ut med tanken på att köra ett treårigt barn i en undermålig bilbarnstol. Han skulle ge sig själv skulden om något hände.

– Stannar du kvar och håller ett öga på dem eller följer du med och sträcker på benen? frågar han sonen.

– Jag följer med, svarar Jérôme som om det vore en självklarhet.

– Kan du hämta en kundvagn? Bilbarnstolen är skrymmande.

– Är du säker på att du vet vad du gör?

– För själv är du alltid säker på vad du gör i livet?

– Nej, det förstås, men jag försöker vara försiktig…

– Vad riskerar jag om jag köper en bilbarnstol till en tjej som inte har råd med en till sitt barn?

– Att hon känt lukten av pengar och kommer att skinna dig utan att du ens märker det.

– Ge dig nu! Pengar har jag gott om och hon kommer inte att förvrida skallen på mig, om det är det du är rädd för. Möjligen få mig på andra tankar, men inte förvrida skallen på mig. Den sitter alldeles för stadigt på plats. Det är ingen passionerad förälskelse jag känner för flickan. Det är då man kan göra tokiga saker.

– Men vad känner du för henne då?

– Ömhet. Ömhet är en fin känsla, Jérôme, du borde pröva.

– Hur länge har du känt så?

– Sedan jag mötte henne. En uppenbarelse, apostlarnas mystiska eldsflamma som plötsligt valde ut mig.

– Du har ju bara känt henne i en vecka!

– Än sen då? Det kan gå fort när man väl börjar se klart.

– Och du påstår att du inte är förälskad?

– Nej, jag tror inte att jag skulle våga röra henne ens. Jag skulle vara rädd att skada henne.

– Hon verkar ju inte direkt bräcklig. Hon ser ut som en sådan där lättfotad tjej som roar sig med att hoppa i säng med killar när de andra fortfarande leker med hopprep. Nu ser vi resultatet. På smällen som sextonåring!

– Skenet kan bedra. Jag är övertygad om att den här flickan behöver en trygg och varm famn där hon kan söka skydd undan alla bekymmer, som i en kokong.

– Där ser du. Du pratar ju själv om att ta henne i famnen. Jag lovar dig att hon bara leker med dig och kommer att skinna dig.

– Livet är lätt som en fjäder när det bärs av kärlekens och ömhetens vindar, därför skulle jag gärna avbörda mig lite jordiska ägodelar …

– Vems ord var det där? undrar Jérôme.

– Mina.

– Dina? svarar han med ett skratt.

– Värst vad du är uppkäftig.

– Hon verkar ju åtminstone inspirera dig. Alltid något. Men tänk om det går dåligt i Bretagne? Huset är ju inte jättestort, vi kommer att leva inpå varandra.

– Och tänk om det går bra? Om vi lyckas leva *tillsammans* med varandra?

– Jag har lite svårt att se hur det ska gå till med en flickunge som jag inte känner, som precis lämnat tonåren bakom sig, om hon nu har det, med en unge på halsen som skulle kunna vara hennes lillebror.

– Stoppa inte in människor i fack. Bara för att hon är fattig och tonårsmamma betyder det inte att hon är omogen och ointressant.

– Vi kan ju ta den diskussionen på hemvägen, säger Jérôme cyniskt.

– Exakt! Hon ägnar förresten mycket tid åt att läsa. Och du då? Hur länge sedan var det du öppnade en bok?

– I förrgår! En tjock och tung med rött omslag.

– Läkemedelsbibeln, jag vet. Men romaner, essäer, grejer som gör att man tänker sig bort och får nya perspektiv?

– Jag hinner inte.

– Det är klart att du hinner. Du tar dig bara inte tid. För att du inte tycker att du behöver tänka dig bort eller få nya perspektiv på världen.

– Jag behöver Irène.

– Irène är död, säger hans far i kort ton.

Jérôme svarar inte. Flera månader efter tragedin tar de tre orden fortfarande lika hårt. Hans far uttalade dem kyligt, och Jérôme vet varför. Han vet att han behöver ta till sig det som hänt, registrera det på sin hårddisk, och att han inte blir hjälpt av att man tycker synd om honom. Paul har varit förstående, han kramade honom ofta under dagarna efter händelsen, höll honom i handen på kyrkogården när alla hade gått därifrån och Jérôme sjönk ihop på grusgången efter att ha fastnat framför gravhålet. Men sedan några veckor tillbaka har han bytt strategi. Alltför mycket medkänsla får sonen att fastna i ett osunt beteende. Är det inte ibland bättre att ta till elchocksmetoden, om det kan hjälpa honom att se sanningen i vitögat?

Död.

Det är bara hans far som vågar säga *död*.

De andra föredrar att undvika det brutala ordet. Genom att använda sig av omskrivningar och inte säga som det är, inbillar de sig att verkligheten inte blir lika påtaglig, att den mildras.

Gått bort.

Vart då?

Avliden.

Elegant men abstrakt. En smula pompöst. För officiellt.

I himlen.

Det kan de försöka inbilla någon annan!

Död.

Ja, just det, död!

Motsatsen till levande. Som i en målning av en stor konstnär, där plockade blomster och frukter bara bevarar sin färg och skönhet tack vare målarens avbildning. Som de enstaka fotografier av henne som han förvarar i ett album i bokhyllan. Som ett stilleben på en vägg i hans liv som landsortsläkare. Och det är en pina för honom att vara tvungen att slå i spiken som tavlan ska hänga på. Den spiken tränger djupt in i kroppen. Ett gapande sår som kommer att bli till ett förhårdnat, valkliknande ärr, den sortens ärr som svider livet ut.

Paul har hittat en bilbarnstol. Han tog den dyraste förstås. Maximalt skydd. Eller smart lurendrejeri från tillverkarens sida.

När han kommer fram till Audin öppnar Julie bildörren och meddelar:

– Ludovic sover fortfarande, och själv är jag pissnödig. Jag lämnar honom här.

Medan Jérôme ser henne avlägsna sig muttrar han i sin tre dagar gamla skäggstubb att han sällan har sett en flicka bete sig så vulgärt.

– Du överdriver, det var du själv som sa att ”pissa” var en medicinsk term, invänder Paul.

– Det hindrar väl inte att det låter vulgärt i vardagstal.

– Man måste alltså vara läkare för att få använda det i vardagstal, utan att det låter vulgärt? Julie kanske vet att det är en vetenskaplig term som betyder att man tömmer blåsan.

– Känner du många tjugoåriga tjejer som uttrycker sig så?

– Jag känner inte så många tjugoåriga tjejer. Och jag struntar i deras språkbruk, det som räknas är att de är fulla av liv. Och positiva, om möjligt.

– Är det på grund av Irène som du säger så?

– Kanske det, ja. Det hade varit bättre om hon varit vulgär men lycklig. Jag ska också pissa. Har jag rätt att använda det ordet?

– Lägg av.

– Håller du ett öga på lillkillen?

– Har jag något val?

– Är du pissnödig?

– Nej.

– I så fall har du inget val. Jag är snart tillbaka.

Paul ställer sig utanför damtoaletten och väntar på Julie för att ge henne ett högst anständigt förslag.

Hon kommer ut en kort stund senare och drar snabbt handen genom håret, förmodligen en följd av att hon sett sin sömnrufsiga frisyr när hon kastade en blick i spegeln ovanför handfaten.

– Ta en snabb titt på bokavdelningen. Hittar ni något ni gillar, så köp det. Leta upp någon liten grej åt Ludovic också, för det blir en lång bilresa, säger Paul och ger henne sin plånbok. Vi ses vid bilen.

– Och Ludovic?

– Han är i goda händer, oroa er inte.

– Det är just det.

– Just vadå?

– Jag oroar mig just för de där goda händerna ni pratar om.

– Oroa er inte. Skenet kan bedra i båda riktningarna.

– Vilka riktningar?

– Huvudsaken är att jag själv vet vad jag menar. Och skynda på nu, vägen är lång och dagarna blir allt kortare. Jag vill gärna vara framme i Bretagne innan det blir mörkt. Jag är rädd att det redan är kört, men i alla fall.

Julie blir inte långvarig på bokavdelningen. Hon vet vad hon ska välja för egen del. Den senaste deckaren av Fred Vargas som hon hållit utkik efter på biblioteket för att kunna låna den så snart den var katalogiserad. För Ludovics del får det bli något med tomtar och sagofeer. Som sagorna hon vaggades av som barn. Kanske för mycket. Svårt att komma vidare när man är bergfast övertygad om att de underbara sagorna är sanna. En dag vaknar man upp och inser att livet inte är fullt så idylliskt som de där berättelserna vill få det att framstå.

”De gifte sig och fick många barn.”

Skitsnack!

Först gäller det ju att man lyckas hitta sagoprinsen. I sagornas värld uppfostrar inte kvinnor sina barn ensamma och de sliter inte dagen lång för att få ihop till brödfödan. I sagornas värld är kvinnorna vackra och männen starka, de älskar varandra och livet är snällt och behagligt mot dem.

Sagor är värdelösa.

När Julie är tillbaka på parkeringen och ser att platsen där de stod en halvtimme tidigare är tom vänder det sig i magen på henne. Hon är nämligen säker på vilken rad det var, precis här, alldeles bakom stället med kundvagnar, mitt framför B-ingången. Tankarna virvlar runt i skallen på henne, förmodligen i samma tempo som när en döende människa ser sitt liv passera revy. De har stuckit, de tog med sig Lulu, hennes mamma hade rätt i att det var galenskap, men varför? För den där omfattande handeln med barn till Asien? Inte Lulu! Inte hennes Lulu! Hur kunde hon lita på första bästa främling och inte se längre än till sin egen lilla tillfredsställelse? Så fort hon har hämtat sig från det första knytnävsslaget rätt i mellangärdet börjar Julie springa mellan raderna med bilar, på jakt efter Audin. Det är inte sant, det är inte sant, det går inte ens att föreställa sig.

De jävlarna!

Julie får inte luft längre. Hon ser inte ens människorna omkring sig, hör inte svordomarna från kvinnan hon nyss knuffade till och som närapå ramlade. Hitta Lulu. Hon spanar bort mot vägen längre fram, försöker få syn på en flyende bil. När man tänker efter var det välorganiserat. De spelade sitt lilla spel övertygande. Hon var för blåögd och gick rakt i fällan. Så vad gör hon? Vad gör hon? Julie känner ögonen tåras. Hon måste få tag på en telefon och ringa Manon. Manon kommer att veta vad hon ska göra. Hon vet alltid vad man ska göra. Julie har vänt sig om och står och tittar mot köpcentrumet, i riktning mot den obarmhärtigt tomma parkeringsrutan, där en annan bil just har ställt sig. Hon hoppar till när hon hör någon tuta bakom ryggen, och vänder sig om. Vid ratten sitter Paul och ler, men blir plötsligt skamsen när han uppfattar paniken i hennes ögon. Julie skymtar sin sons silhuett i bilbarnstolen. Hon sluter ögonen och är nära att svimma. Lättnaden ersätts omedelbart av vrede och när hon har hoppat in i baksätet drämmer hon häftigt igen bildörren.

– Vart tog ni vägen? vrålar hon.

– Lugna dig, Julie. Vi åkte och kollade lufttrycket på macken, jag kände mig lite osäker på däcken.

– Gör aldrig om det där. Jag blev rädd!

– För vadå?

– Att ni hade åkt!

– Och vart trodde du att vi skulle åka utan dig?

– Jag vet inte, men gör aldrig om det där, upprepar Julie och pussar Lulu, som ler stillsamt.

– Vaffö skike du, mamma?

En liten stund senare rullar bilen ut på motorvägen igen. Ludovic dricker ur sin nappflaska. Julie har redan börjat på boken hon nyss köpte, för att glömma den paniska skräck som fortfarande får hjärtat att dunka extra fort. Jérôme tittar ut på landskapet, oberörd, och Paul funderar.

Han funderar på det förflutna, framtiden och nuet. På det liv han levt och på det han fortfarande drömmer om. Han behöver ungdom och fantasi, gott humör och ömhet. Framför allt ömhet.

Han var besviken på sitt andra äktenskap, men stannade hos sin fru för att hålla skenet uppe. När det kom till kritan hade de inte mycket gemensamt. Hon sysselsatte sig främst med sådant som rörde hennes utseende, det var skönhetssalongen och gymmet, shopping på eftermiddagarna och tjejkvällar med väninnorna. Hon var hemmafru eftersom hennes mans lön med råge räckte för att försörja familjen, och inrättade sig i den lyxen utan att visa honom vare sig särskild tacksamhet eller omtanke. Deras samtal var lika platta och intetsägande som sidorna i de där damtidningarna hon plöjde dagarna i ända, medan Paul inget hellre ville än att få diskutera de både äldre och samtida författare som han roade sig med att läsa under sina få arbetsfria stunder.

Hustrun brydde sig bara om det materiella, något hennes man fann oerhört torftigt.

Han inser nu att han under ett antal år barrikaderade sig bakom arbetet för att tillbringa så lite tid som möjligt i hemmet. Framför allt när Jérôme hade flugit ur boet.

Därför blev det en lättnad för Paul när Marlène lämnade honom, och faktiskt en möjlighet att börja om. Han vill att det ska bli glädjerikt och givande. Han vill leva i nuet, inte gå och vänta på att kometen ska komma.

Vadå för komet?

Det var Pauline som var hans komet.

Hon bytte omloppsbana för trettio år sedan. Hon är ljusår bort, hans komet …

Julie skulle kunna vara en liten asteroid som han har kolliderat med. Men om sammanstötningen är tillräckligt våldsam händer det ibland att omloppsbanorna byter riktning.

Vem vet?

Med tanke på vägen de har framför sig känner han sig åtminstone säker på en sak: det kommer att bli en lång dag.

De rastar sällan. Pojken håller sig lugn, hans mamma är bra på att hitta på sysselsättning åt honom. De roar sig med att leta efter vattentorn på kullarnas krön och räkna hur många lastbilar i högerfilen de kör om. Julie hittar på sagor inspirerade av landskapet. Ibland är landskapet trist, i synnerhet när åkrarna breder ut sig så långt ögat når mellan ensamma träd, och då dyker de ner i sina böcker. Jérôme har praktiskt taget inte sagt ett ord sedan de lämnade stormarknaden. Paul står rycken. Han har aldrig haft svårt att koncentrera sig och han gillar att köra bil. Men det börjar bli dags för lunch. Pojken vill ha mat. Det vill Pauls mage också. Ett akut blodsockerfall på motorvägen vore fatalt.

Ett par mil senare blinkar han åt höger och svänger av mot en rastplats där det enligt skylten ska finnas restaurang. Klockan är närmare två, så det borde inte vara så mycket folk.

Jérôme är först ute ur bilen och styr stegen mot gräsmattan nedanför parkeringen. Han tittar mot horisonten, sträcker på armarna och står så en stund. För att kunna idissla i lugn och ro.

Julie har gått runt bilen för att spänna loss sin son. Hon retar sig på bilbarnstolens spänne som hon ännu inte har lärt sig. Den gamla stolen var kanske mindre säker, men enklare. Paul tar tag om hennes axlar och erbjuder sig att hjälpa henne. Han lyckas snabbt få upp säkerhetsbältet och kastar en blick på Ludovic. Barnet tittar på honom och ler sedan i samförstånd. Ett leende som Paul tar emot som en framsträckt gåva. Det första steget mot att tämja honom. Precis som Lille prinsen tämjde räven. Fast här är det en gammal räv som försöker tämja Lille prinsen. Sak samma, tämjningen sker alltid i båda riktningarna.

Den han framför allt skulle vilja tämja är pojkens prinsessliknande mamma.

– Kan vi inte dua varandra? föreslår han.

– Om ni vill …

– Det börjar inte så bra.

– Ge mig lite tid bara …

– Varför då? säger Paul förvånat.

– Åldersskillnaden.

– Det verkar som om du tänkte fortsätta slänga den där åldersskillnaden i ansiktet på mig.

– Förlåt.

– Oroa dig inte. Jag vänjer mig.

– Jag med …

Paul tar då hennes ansikte i händerna och trycker leende en kyss mot hennes panna. Julie stelnar till vid beröringen och har svårt att slappna av. Hon är inte van vid ömhetsbevis. De känns sällan ärliga och behagliga, bortsett från när Ludovic slår armarna om hennes hals.

– Ska vi äta först, så kan vi sträcka lite på benen sedan? föreslår Paul.

– Det låter bra. Jag går och köper en smörgås på macken.

– Du går inte och köper något alls. Vi går till restaurangen, där får vi varm mat och så sitter vi bekvämare.

– Jag har inte råd med restaurangen.

– Har du blivit hårdför feminist sedan i går?

– Jag vill inte bli försörjd.

– Jag försörjer dig inte, jag bjuder dig och din son. Och min egen son.

– Det känns inte bra.

– Tänk inte så. Jag har mer pengar än jag behöver för att bli lycklig. Du får se semestern som en present som inkluderar alla utgifter.

– Vad tycker er son om det? frågar Julie.

– Din son.

– Min son?

– Vad tycker *din* son om det, rättar henne Paul.

– Han är bara tre år, så det där med pengar går över huvudet på honom.

– Jag pratar inte om din son, utan om min.

– Nu fattar jag ingenting längre.

– Duandet ... Vad tycker *din* son om det?

– Aha ... okej, så vad tycker d... Jérôme?

– Om vadå?

– Om att den där presenten ni ger mig inkluderar alla utgifter.

– Jag struntar i vad han tycker om den saken.

– Han kanske blir avundsjuk.

– Han har inte heller några penningbekymmer. Och sluta upp med att fundera så mycket över honom, säger Paul.

– Han är inte speciellt pratsam, och verkar inte direkt gilla mig.

– Ge honom lite tid.

Paul ropar på sin son och meddelar att de är klara. När Julie tar Ludovic i handen sträcker han sig efter Pauls hand och börjar räkna *ett två teee*. Paul behöver ingen förklaring, han lyfter upp pojken i luften på samma gång som hans mamma, till barnets stora förtjusning.

Jérôme följer efter ett tiotal meter bakom och vet inte riktigt vad han ska tycka om den osannolika trion. Ibland önskar han att han kunde sluta tänka. Då skulle han slippa minnena av Irène. Men det fungerar inte att stänga av, det är omöjligt och ju mer han försöker, desto sämre går det. Han hoppas att vågornas rytm ska hypnotisera hans hjärna som är besatt av saknaden efter henne.

När de har klarat självserveringens prövningar i form av brickor som ska bäras samtidigt som de måste hålla koll på Ludovic som vill se vad som finns på tallrikarna, slår de sig ner vid ett bord. Jérôme är fortfarande plågsamt tystlåten. Han betraktar den lille pojken framför sig. Det är nästan rörande att se hur samvetsgrant han doppar sin pommes frites i ketchupen, för att sedan lyckas kladda ner sin t-shirt. ”De gö inget”, säger han till sin mamma i närmast lugnande ton, innan hon överhuvudtaget hunnit säga något. Andra föräldrar skulle ha blivit arga och skällt på honom för att han inte var tillräckligt försiktig, men Julie säger ingenting. Hon nöjer sig med att torka bort fläcken med sin servett och svarar att nej, det gör inget.

När Jérôme var liten brukade Marlène, hans pappas andra fru, ständigt banna honom för att han smutsade ner sig, oavsett om det var till bords, ute i gräset eller i leran. Hans barndom var trygg, trist och utan överraskningar. Han fick inte lov att göra någonting som riskerade att fläcka ner hans fina kläder, vilket i slutänden hämmade hans fantasi.

När han betraktar Julie slår det honom plötsligt att hans far aldrig har pratat med honom om hans biologiska mor eller om de tre första åren i hans liv då hon tog hand om honom. Hon kanske var ömsint och överseende, uppmärksam på hans behov, glad och förstående precis som den här unga kvinnan är mot sitt barn. För trots att hon utåt sett liknar en trögtänkt tonårstjej visar Julie klart och tydligt att hon är förmögen att ta hand om sitt barn på ett både kärleksfullt och naturligt vis. Kanske för att det inte var så länge sedan hon själv lämnade barndomen bakom sig. Eller kanske bara för att det är sådan hon är. Och för att hon ger sjutton i en ketchupfläck på en t-shirt. När allt kommer omkring slutar ju inte jorden snurra för den sakens skull.

Och tur är väl det!

– Uttalar han aldrig bokstaven ”r”? undrar Paul mellan två tuggor.

– Jo, i vissa ord. Men inte alla. Han säger ”fruva” i stället för ”skruva”, men ”vam” i stället för ”varm”.

– Hur säger du ”va”? frågar Paul vänd mot pojken.

– Va! svarar Ludovic stolt.

– Hur säger du ”vi”?

– Vi!

– Hur säger du ”vem”?

– Vem!

– Och hur säger du ”varm”?

– Vvvv... kall!

Det är nästan så att Jérôme ler när han ser en sådan urskillningsförmåga, rentav humor, hos en liten treåring, men då skulle han tvingas ge upp sitt idisslande, och det har han inte tänkt göra i brådrasket. Det vore alldeles för tidigt. Han måste hålla skenet uppe, visa att han finns till, att han har en åsikt, och en bestämd sådan: det var ingen bra idé att de följde med. Därför behåller han leendet inom sig och försöker att inte dras med av de båda andra vuxna trots att deras skratt snabbt smittar av sig på barnet. Jérôme är nära att falla in i munterheten, men biter sig i läppen och skyndar bort från bordet med sin bricka, som han skjuter in i brickstället intill köket.

– Är ni säker på att jag inte borde åka hem igen, så att jag inte sabbar semestern för er? frågar Julie som har blivit allvarlig igen.

– Jag är säker på att jag föredrar att bli duad. När det gäller Jérôme får du ge honom lite tid, han har haft det rätt kämpigt de senaste veckorna.

– Just därför! Han skulle må bra av att skratta, föreslår Julie.

– Jag skulle vara glad om han kunde gråta. Om han bara tillät sig själv att göra det.

– Varför har han haft det kämpigt?

– Jag ska förklara sedan. Men nu måste vi köra vidare. Jag skulle åtminstone vilja att ni fick se solnedgången när vi kommer fram.

– Solen går väl ner alla kvällar?

– Nej. Den är som vackrast första kvällen. Speciellt om man aldrig har sett havet.

En liten stund senare kör Audin vidare, när alla har intagit sina platser. Ludovic är på väg att slumra in i sin sprillans nya stol, Julie vid hans sida är inne i sin lika sprillans nya bok och Jérôme har blicken klistrad vid vindrutan. För honom är ingenting sprillans nytt, bortsett från ett ihållande missmod och en outhärdlig ensamhetskänsla. Och så är det Paul, som tänker glada tankar. Han gillar själva idén med deras expedition. Han gillar att tänka att han ska ut på äventyr i Bretagne och inte står världens mest kända äventyrare efter. Det är inte geografi det handlar om på den här resan. Snarare människosjälens djup och ogenomträngliga skogar.

Vid halv fem-tiden slår Paul återigen på blinkern. En rastplats i närheten av Angers. Han gillar den här stunden. Nu är det bara tre timmar kvar tills han får vila ögonen på det vidsträckta och rogivande havet. Tre timmar tills han återser sitt lilla hus, som han köpte för trettio år sedan när han behövde placera en del pengar. Ett oansenligt litet hus som står emot tidens tand, vindar och tidvatten, som ligger avskilt från resten av byn, lite högre upp än den övriga bebyggelsen, och där man i det första gryningsljuset kan beundra vågorna från den glasade dörren i sovrummet.

Om Paul hade varit ensam skulle han ha kört sista biten i ett svep, men den lille pojken, som har hållit sig lugn ända till nu, signalerar att han behöver ut och röra på sig. Och Julie behöver "pissa" igen. Hon tar honom med sig. För att byta blöjan hon satte på honom eftersom hon var rädd att han skulle väta ner en bilbarnstol som hon själv aldrig skulle ha haft råd med.

Hon återvänder till bilen med ett kakpaket inhandlat på bensinmacken för växeln hon fick när hon betalade böckerna med Pauls sedel, och som han bad henne att behålla. Jérôme sitter redan i framsätet. Paul väntar på dem med ett leende på läpparna. Nu är det inte långt kvar. Pojken har ju varit lugn hittills. Det gör att han vågar hoppas på en relativt fridfull sista etapp.

– Vill ni ha en kaka? frågar Julie och räcker fram paketet.

– Om du duar mig tar jag gärna en.

– Vill du ha en kaka?

– Där ser du att det inte var så komplicerat.

– Det kan ju ni säga! Och kakan då?

Paul gör en grimas, men tar en kaka. Det sitter hårt åt. Han slår sig ner i förarsätet och väntar tills barnet är fastspänt i sin stol innan han vrider om tändningen.

Julie sätter sig i baksätet och räcker fram paketet mot Jérôme.

– Vill ni ha en kaka?

– Nej tack, svarar Jérôme utan att se på henne. Jag försöker tänka på vad jag äter.

– Inte jag, säger flickan med munnen full. Man lever bara en gång. Trist om man inte kan unna sig något gott då och då.

– Hon har en poäng, säger Paul. Det är inte ett chokladkex som kommer att förkorta din förväntade livslängd.

– Låt mig vara. Jag vill bara inte ha.

– Kan jag få hans? frågar Paul innehavaren av kakpaketet.

– Lulu vill! säger Ludovic med befallande röst.

– Om du frågar snällt, svarar hans mamma.

– Lulu vill snällt!

– "Kan jag be att få", säger man, tillägger hon.

– Låt det bli en lärdom, säger Paul till sin son.

– Okej, det räcker nu, svarar den unge mannen vasst.

– Lugn, Jérôme, jag skojar bara. Du kommer att må bra av lite semester.

– Jag börjar tvivla på det.

Då ringer hans telefon.

– Hallå? svarar Jérôme stridslystet.

– Ja, hej, eller hej igen kanske jag ska säga, det är Caroline.

– Redan? säger han med lite mildare tonfall.

Det är ju faktiskt inte hennes fel.

– Ursäkta, jag är ledsen.

– Jag skämtar. Vad står på?

– Jag har haft sönder blodtrycksmätaren. Oroa er inte, jag lovar att skaffa en ny. Men jag kommer inte hinna köpa någon i morgon innan jag har besökstid.

– Det finns en i förrådet. Är ni på mottagningen?

– Ja.

– Fjärrstyrning! När ni kommer in i rummet står det ett stort skåp rätt fram med tre rader lådor. Mätaren ska ligga i nedersta lådan i högra raden.

– Jag ska se efter, säger hon och drar ut lådan. Här finns bara operationsmunskydd.

– Försök med den andra, till vänster.

– …

– För säkerhets skull bara, visst palperar ni levern till höger på patienterna och lyssnar på hjärtat till vänster?

– Ja, hur så?

– Ingen särskild anledning. Hittade ni?

– Ja. Den låg i den andra lådan.

– Har det gått bra annars den här första dagen?

– Ja. Ni hade rätt. Förkylningar, vårtor, öroninflammationer och halsont. Inget speciellt allvarligt.

– Där ser ni. Ni hade kunnat sova i natt. Akut lungemboli inträffar aldrig första dagen.

– Var det avsett att lugna mig?

– Det var avsett att vara roligt.

– Det var det inte.

– Förlåt. Det var onödigt. Känns det bättre om jag säger att jag aldrig har haft något sådant fall, och inte heller min företrädare med trettiofem år i yrket?

– Lite.

– Intala er hur som helst att ni gör allt som står i er makt, men att ni inte råder över ödet. Jag vet vad jag talar om.

– Jag ska försöka. Jag ska inte störa mer. Trevlig semester! säger den unga kvinnan.

– Vi hörs i morgon, svarar Jérôme.

– Nej, nej, jag lovar att inte ringa och störa varje dag.

– Akut lungemboli inträffar i allmänhet andra dagen.

– Ni är fortfarande inte rolig.

– Ha en bra kväll, Caroline.

Under färdens sista etapp är det ganska tyst i bilen. De båda männen i framsätet säger inte mycket. I baksätet är man flitigt sysselsatt med att försjunka i böcker eller hitta på gissningslekar utifrån det förbiilande landskapet. Det har varit en solig dag, men ljuset börjar sakta mattas när de kommer fram till Vannes. Det återstår knappt en timme tills de kan parkera framför huset. De kommer att vara där lagom till solnedgången, ett fint slut på bilfärden. Det kanske kan få den spända stämningen att lätta.

När de slår in på den lilla kustvägen är det inte längre ett utan två barn i baksätet, förtrollade av landskapet, hänförda av denna magiska första gång och av de orangeskimrande ljusreflexerna som slår emot dem. Som neonljusen i tunneln samma morgon, fast oavbrutet. Och mycket vackrare. Det är ingen tunnel utan ett hav som sträcker ut sig framför dem. När Paul parkerar framför huset tror Julie att hon drömmer. Hon får syn på stranden en bit bort och hör redan vågornas brus. Hon spänner loss Ludovic och ler mot Paul innan hon försvinner bakom huset.

– Kommer du med oss ner till stranden? frågar Paul sin son.

– Nej, ge mig nycklarna så lastar jag ur bilen.

– Som du vill. Nycklarna ligger på det vanliga stället. Hallå, vänta på mig, ropar han åt flickan, som redan går i sanden med barnet i famnen.

– Jag kan inte, svarar hon med ett skratt. Jag är bara tvungen …

När Paul kommer ikapp dem har hon stannat upp. Hon står och betraktar horisonten med sonen i famnen. Solens sista strålar lyser upp deras ansikten, som är mer lika varandra än någonsin och där saliga leenden tar form. Ett tredje leende sällar sig till gruppen, nämligen Pauls. Han är upprymd över att få dela den här stunden av enkel lycka, i vetskap om att den lite grand är hans förtjänst. Stormarknadens bullriga miljö är långt bort. De flanerar en stund längs stranden trots att det skymmer allt mer. Vågornas brus sjunger i Julies huvud och hon tackar honom för den fina gåvan. Hon får nästan lust att be honom nypa henne. Den här sortens stunder är så sällsynta i hennes liv att hon har svårt att tro på dem när de inträffar. Sedan går de in i det lilla huset vid havet, ett hus som Julie aldrig skulle ha kunnat föreställa sig, ens i sina mest högtflygande drömmar.

Jérôme har gått och lagt sig utan ett ord. Han tog den lilla vindskammaren. För att få lugn och ro. Återstår det stora sovrummet med dubbelsäng och det lilla gästrummet med en smal säng. Julie börjar bära in sina saker där. Hon är van vid trångboddhet. Men Paul tar dem utan ett ord och ställer in dem i det stora sovrummet.

– Jag tar det lilla, säger han till förklaring.

– Aldrig i livet, jag och Lulu kan klämma ihop oss, det är jag van vid.

– Skojar du? Gör er hemmastadda. Det kommer att påminna mig om min studenttid, när jag hyste in mig på soffan hos kompisar och kunde sova var som helst.

– Som ni vill.

– Jag vill framför allt att du slutar upp med att nia mig, för det får alla mina ungdomsminnen att försvinna direkt och påminner mig om vår omtalade åldersskillnad igen. Vill du ha något att äta?

– Nej tack. Lulu är trött, jag ska lägga honom.

– Jag gör upp en brasa i öppna spisen, om du vill komma och värma dig lite sedan. Det är faktiskt rätt kyligt här i huset.

– Jag nattar honom och kommer sedan.

Ludovic har kopplat ett grepp om mammas hals. Han viskar i hennes öra att havet är fint. Frågar henne om de kan gå tillbaka dit i morgon. Det är klart de ska tillbaka i morgon.

Han kommer inte att kunna bada, men de kan åtminstone leka i sanden...

Han somnar utan större svårighet, trots att han sov så länge i bilen. Resan har gjort honom utmattad. Ansiktet har bevarat leendet från stranden. Den här första kvällen i huset upplever Julie en rätt sällsynt stund av lycka när hon ser sin son sova under duntäcket i den breda sängen. Vågorna nynnar en vaggvisa och dofterna från stranden svävar i rummet. Den stunden skulle nästan kunna få henne att glömma alla andra stunder då hon grämer sig över att en treåring ska behöva uthärda ett sådant skitliv. Det hjälper inte att dagmamman säger att det inte är det materiella som räknas och att Ludovic verkar mycket lyckligare än många andra barn som får allt de pekar på, Julie känner sig ändå skyldig för att hon tvingar honom att leva ett så torftigt liv.

Sedan gör hon Paul sällskap i vardagsrummet. Han har slagit sig ner i soffan med ett glas i handen. Han tittar på lågorna som dansar i eldstaden.

– Vill du ha ett glas?

– Vad är det för något?

– En gammpojkslikör.

– Är den tillåten för flickor?

– Du har ju en pojkes temperament, så du borde gilla den. Hemmagjord, från förra året.

– I så fall vill jag gärna smaka. Vill inte Jérôme ha?

– Det tror jag inte. Han sover nog redan. Han sover mycket nuförtiden.

– Så vad är det han har varit med om?

– Hans fru tog livet av sig för drygt tre månader sedan.

– Å..., säger hon, följt av en lång tystnad, varför det?

– En djup depression. Som jag minns Irène var hon alltid depressiv. Hon var skör till både kropp och själ. Det hade räckt med en kastvind för att lyfta upp och svepa iväg med henne utan att hon förmådde kämpa emot. Och de känslomässiga vindpustarna hade samma effekt på hennes psyke. Ett förlupet ord, en lite sned blick, och hon stirrade ner på sina skor för att man inte skulle märka att hon blåste iväg som ett höstlöv i storm. Just så. Nu när jag pratar om henne förstår jag precis vad hon gav för intryck. Ett vissnat löv som lossnat från sin livgivande gren och inte längre fick någon sav. Men varför hon bara fick uppleva hösten, det har jag ingen aning om. Av en slump blåste hon in i Jérômes trädgård. Jag misstänker att han förälskade sig i henne i en omedveten önskan om att rädda henne. Hans läkarhjärta. Dagen det hände kom han för sent. Bara några minuter tidigare, så hade hon fortfarande varit vid liv. Han anklagar sig själv. Han stod och pratade med en av sina patienter på yttertrappan. Och så hörde han skottet.

– Sköt hon sig? Det är ju fruktansvärt.

– Minst sagt.

– Var fick hon tag på vapnet?

– En gammal pistol som tillhört hennes farfar. Andra världskriget. Jérôme hade ingen aning om att hon visste hur den fungerade. Så ligger det till. Därför behöver han lite tid för att vänja sig vid dig, och vid folk i största allmänhet. Jag bjöd hit honom för att han skulle få lite miljöombyte innan han begraver sig i arbete igen. Han tar sig inte ur förlamningen och mår sämre och sämre. Det bekymrar mig.

– Det kan jag förstå. Jag ska lämna honom i fred. Han accepterar mig nog till slut.

– Det gör han nog. Du förstår, det finns inget ont i honom. Han behöver bara få lite tid på sig. Lätta på trycket. Så ger det sig. Han har ju heller aldrig varit någon muntergök, men han är bra på att vara trevlig.

– Har han inga barn?

– Nej, de hann aldrig skaffa några. Det kanske var lika bra, tillägger Paul. Att förlora sin mamma så tidigt …

– Å andra sidan hade det kanske dragit upp honom till ytan.

– Låna ut Ludovic till honom för den där uppdragningsmanövern. Jag är säker på att lillen skulle göra verkan.

– Men han kan ju inte dra upp alla heller, han är bara tre år.

– Vem är det mer han drar upp, menar du?

– Mig. Han hjälper mig att komma upp på morgnarna, att stå ut med jobbet, att hoppas på bättre tider.

– Är du inte lycklig?

– Jag är varken lycklig eller olycklig. Jag är framför allt trött. Jag går och lägger mig, meddelar Julie.

– Är det för att slippa prata om hur du mår?

– Vi ses i morgon...

– Förklara åtminstone en sak för mig. Din pojkes snuttetrasa, vad är det egentligen?

– Det är en av mina avlagda behåar, svarar Julie leende.

– En behå?

– En amningsbehå. Han snodde den en kväll i klädhögen framför tvättmaskinen när han knappt kunde krypa och så ville han ha den när han sov. Den luktade mjölk. Sedan dess har han den alltid med sig. Jag klippte åtminstone av axelbanden eftersom de fastnade överallt och för att grejen blir lite mindre behå på det viset. De tycker att jag är totalt koko på förskolan. För en månad sedan kallade rektorn, som är lite rigid, in mig på sitt rum och höll en hel föreläsning om den okonventionella snuttetrasan. ”Jag har aldrig varit med om maken, och varför inte ett par trosor?” sa hon.

– Hon har ju en poäng. Vad svarade du?

– Att han gillade doften av min mjölk och att jag tänkte börja oroa mig först om han snattade förskolepersonalens behåar, men att jag än så länge inte tyckte att det var något att bråka om. Särskilt som ursprungsformen försvinner mer och mer i takt med att jag lagar den. Så i lådan med gosedjur innanför dörren till klassrummet ligger det alla möjliga nallar och en amningsbehå, som för övrigt är helt oigenkännlig numera.

– För Jérôme var det kissemissar som gällde när han var liten.

– Vad för något?

– Kissemissar. Det var så han kallade dem. Gula skumgummibitar som man hade som kuddstoppning. Han hade alltid några på sig, och brukade klämma på dem när han sög på tummen.

– Lika bisarrt som en behå.

– Men lite mindre tvetydigt. En gång, han kan ha varit i sexårsåldern, hade vi hyrt en stuga i bergen, och i ett av sovrummen stod det en skumgummimadrass mot väggen, utan överdrag. Den var i samma material som hans små kuddkissemissar. Han var andlös av beundran och utbrast "å, en jättekissemiss". Och när han var femton hittade Marlène fortfarande små kissemissar i hans jeansfickor när hon tvättade. En långdragen historia, de där kissemissarna...

– Man tröstar sig så gott man kan, säger Julie och går och lägger sig.

Paul häller upp ett sista glas. Hans gammpojkslikör är verkligen delikat. Den smakar ännu bättre nu när han verkligen är en gammal pojke, lite till åren och nybliven ungkarl. Här slipper han åtminstone att Marlène hänger över axeln på honom och säger att han ska sluta dricka. Hon skulle aldrig ha tagit ett glas med honom framför öppna spisen för att njuta av livet.

Flickan har en sprudlande sida som han i över trettio år har saknat i sin trista tillvaro som ansvarskännande man. Även om hon verkar ha en hel del bråte att släpa på lyckas hon fortfarande känna förundran inför en solnedgång på stranden. Det är ett gott tecken. Hon är en annan sort än hans bortgångna fru Pauline. En helt annan sort. Pauline var kultiverad, elegant och diskret. Julie är närmast vulgär, lite av en pojkflicka som vet vad hon vill. Men hon har det där lilla extra som vissa personer har. Glöden. Det där som både värmer och får luften att vibrera.

Irène hade slocknat redan innan hon dog. Hade hon åtminstone flammat upp någon gång i livet?

Marlènes känsloliv var kallt som en glaciär. Och man kunde inte hoppas på minsta uppvärmning av atmosfären om så hela ozonskiktet varit borta.

Julie däremot ...

Närmaste psykolog skulle hävda att Paul ägnar sig åt projicering. Att han hos Julie tycker sig hitta det han förlorade med Pauline. Att det förmodligen är en dålig idé, något hans son för övrigt anser. Men efter att i alla år ha jobbat som en besatt utan att tänka på vart livet tar vägen är Paul nu bara intresserad av en enda sak, och det är att kliva av tåget och göra upp en sprakande brasa att värma sig vid.

Nyp mig i armen. Jag drömmer.

En prinsessdröm, som när jag var liten och trodde på sagoprinsen. Han som nu kandiderar till rollen som prins är en gammal kung, men han erbjuder mig en saga lika vacker som i drömmen. Och gammpojkslikör som gör mig snurrig i skallen. Jag längtar så till i morgon, när jag får gå tillbaka till havet med Lulu. Och inte bara för hans skull. Mina fötter gillade också känslan av sanden, mina ögon den vidsträckta horisonten, mina öron vågornas sång.

Vem är jag? Flickan med åsneskinnet, med en man som skulle kunna vara min far?

Askungen? Jag skulle se rätt korkad ut i glasskor på stranden i morgon!

Jag ska försöka att inte vara Rödluvan och bli uppkäkad av vargen.

Vargen har jag sett lite för mycket av. Nu vill jag bara få se havet igen.

Jag hoppas att Lulu inte ska frysa i natt. Jag lade över honom en extra filt, men jag vill ha fönstret öppet. Vågornas brus är så otroligt välgörande. Den där långsamma och regelbundna rytmen får en att glömma all mänsklig stress. Vem är jag jämfört med havet? Vem är jag jämfört med jorden? Ett sandkorn, precis som alla andra. Och en del sandkorn ligger och trycker på dem därunder och gör det svårt för dem att andas.

Om Lulu fryser, kommer han instinktivt att kura ihop sig mot mig. Jag kommer att känna hans lena hud och vaggas av hans andetag. Han kommer säkert att andas i takt med vågornas brus. För att det är så livet fungerar. Man söker harmoni för att må bra. Och för att stå ut bland kornen som kvävs under de andra.

Tämjning

När Paul vaknar är vågornas brus genom den halvöppna glasade dörren det första han hör. Sedan ljudet av någon som diskar, utifrån köket. Han drar på sig ett par byxor, behåller sov-t-shirten på och tassar dit. Ludovic sitter vid köksbordet med haklapp om halsen och knaprar på en skorpa. Julie vänder sig om, ansiktet skiner upp i ett nymornat leende.

– Sovit gott? frågar Paul.

– Ja, jättebra. Det är skumt när man bor vid havet. Man behöver inte räkna får, man blir sömnig direkt.

– Hittade du något att äta till frukost?

– Nej, inte mycket. Jag hittade några skorpor åt Lulu, han var hungrig, men det är nog ungefär vad som fanns i skafferiet.

– Vi får handla i bageriet, de har allt som behövs. Klä på Ludovic, det är inte så varmt ute.

– Hur tar vi oss dit?

– Vi går. Det är bara femtio meter.

När de kommer in i bageriet förvandlas ägarinnan till ett enda leende och går runt disken för att ge Paul en varm kram och pussa honom på kinderna.

– Hej, Paul. Är du här?

– Hej, Annette. Det här är Julie.

Kvinnan kramar då även om flickan och pussar henne på samma hjärtliga sätt.

– Den här vackra flickan hade du allt gömt för oss!

– Vad du gör, säg inte att hon skulle kunna vara min dotter, hon vill inte att jag utger mig för att vara hennes pappa.

– Där har du fel, tösen min. Paul är en charmerande man och en idealisk far.

Julie ler artigt mot Paul, som blir generad.

– Han skulle rentav bli en bra morfar, tillägger kvinnan och böjer sig fram mot Ludovic som sneglar på henne gömd bakom mamma.

Hon går då in bakom disken igen, tar fram en stor brioche och skär av en bit som hon ger till barnet.

– Här får du, hjärtat! Vi ska allt se till att göda dig lite under semestern i Bretagne. Stannar ni länge?

– Två eller tre veckor. Jérôme är med också. Han sover fortfarande.

– Å, vår stackars Jérôme. Be honom att komma och hälsa på oss. Det gjorde oss så ont när vi fick ditt brev.

Annette är raka motsatsen till klichébilden av bagarfrun som är lika rund som en vetedeg på jäsning. Hon är medelålders, och nätt och slank under förklädet. Det var nog inte med sin kouign amann som hennes man vann hennes hjärta. Eller också hör hon till de där kvinnorna med ämnesomsättning som en kärnreaktor, de som kan äta hur mycket som helst utan att lägga på sig ett gram medan andra producerar bilringar bara de sneglar på skyltfönstret till en chokladbutik. Hon är av naturen gladlynt och återfår snabbt sitt goda humör efter att ha berört den tragiska händelsen. Hennes klingande skratt ekar i bageriet och avslutar var och varannan mening.

– Är inte Marlène med?

– Marlène är ett avslutat kapitel.

– Säger du det? svarar kvinnan glatt. Det var på tiden!

– No comment, Annette, jag vet att du hade rätt. Hon var inte en kvinna för mig.

– Det är inte min stil att bli mallig för att jag hade rätt, du känner väl mig.

– Det är det jag gör.

På hemvägen travar Ludovic före Paul och Julie med sin stora briochebit i handen. Han stannar med jämna mellanrum, böjer sig ner och plockar upp en sten som han stoppar på sig. Byn ligger öde. De har ännu inte mött en endaste bil.

– Det är lugnt här, konstaterar Julie.

– Lågsäsong. Så här i mitten av oktober är det bara de bofasta i byn som är här, plus några galenpannor som fortsätter komma hit för att höra vågbruset. Småbåtarna är uppdragna, fönsterluckorna mot havet stängda, men stämningen är ännu mer välkomnande än på sommaren.

– Alla känner er här i byn.

– Jag har kommit hit varje sommar i över trettio år.

– Blir det aldrig tråkigt?

– Aldrig. Jag älskar den här platsen. Att vara på stranden och få den där känslan av att man står på randen till det oändliga. Och människorna är fantastiska.

– Det tvivlar jag inte på. Tanten i bageriet därhemma skulle knappast ha skurit upp en brioche och gett Lulu en så stor bit. Han kommer att gå upp tre kilo på ett par veckor om det fortsätter så här.

– Det mår han inte illa av. Han liknar en sparvunge som trillat ur boet. Och du borde förresten följa hans exempel. Då skulle du själv se lite mindre sparvlik ut.

– Jeansen börjar redan kännas trånga. Det var det där restaurangbesöket i förrgår.

– Bara bra. Du ser ju lite ömklig ut.

– Jag trodde att ni inte tyckte synd om mig. Jag ser hellre ömklig ut och kommer i brallorna.

– Det är bara att köpa en storlek större.

– Jag har inga pengar.

– Sluta tjata om pengar hela tiden.

– Men samtidigt är det nyckeln till framgång. Utan pengar kommer man ingen vart i dag.

– Lycka kan inte köpas för pengar.

– Det där är verkligen en rikemansklyscha. Lycka, vad är det egentligen? Kärleksdravel och tomma ord? säger Julie irriterat. Jag ser vart ni vill komma. Det är alltid de med gott om pengar som säger att det inte är viktigt. Men det går inte att blunda för att pengar gör livet lättare. Då kan man ha ett telefonabonnemang och ringa sina kompisar när man är deppig. Man kan äta god mat mellan varven och sluta böja sig för att komma åt budgetmärkena längst ner i hyllorna, där kackerlackorna krafsar runt på golvet om nätterna. Man kan hänga med lite i modet om man får lust i stället för att alltid ligga två år efter, och det bara tack vare att några stenrika tanter haft vänligheten att skänka sina avlagda plagg till secondhandbutiken på hörnet. Man kan lägga undan lite och tänka att det inte är så farligt om kamremmen pajar. Man kan…

– Sluta, det räcker. Jag är ledsen. Men jag vill påminna dig om att semestern inkluderade alla utgifter. *All inclusive*. Det gäller även byxor, om du skulle få lite mer hull på benen.

– Och jag vill påminna om att det stör mig.

– Javisst ja, du är ju feminist.

– Nej. Jag är inte van vid att bli köpt.

– Jag köper dig inte. Försök få den tanken ur skallen. Jag köper grejer åt dig och din son. Det är inte samma sak.

– Jag har fortfarande inte förstått varför jag blev erbjuden att följa med.

– Du behöver inte förstå. Jag är inte ens säker på att det finns något att förstå. Du råkade komma i min väg, som en bit flinta. Och jag är en cromagnonmänniska som desperat letade efter just det för att kunna göra upp en eld vid vägkanten.

– Jag begriper inte ett dugg av det där.

– Du gör mig varm om hjärtat.

– Jag förstår inte hur.

– Inte jag heller. Jag bara konstaterar att det är så. Måste man förstå allting?

– Är ni kär eller?

– Du kan vara lugn, jag är inte den typen som vill dra med dig till ett hotellrum för att få yvas över att jag fortfarande kan få omkull unga tjejer. Du har någonting inom dig som strålar. Det är allt. Och jag längtade efter lite ljus i min grå vardag.

Julie blir inte klok på vad den där ljusstrålen skulle komma från. Hon som tycker att hennes liv mest är ett grått töcken, om man undantar Ludovic.

– Men var någonstans ser ni det där ljuset?

– I dina ögon.

– Äh. Kom inte dragande med den där! Det är den mest pinsamma raggningsrepliken jag vet, att säga till en tjej att hon har vackra ögon.

– Jag sa aldrig att de var vackra, jag sa att de strålade.

– Hm ...

– Vilket inte hindrar att de är vackra.

– Vad var det jag sa!

– Pauline påminde lite om dig.

– Pauline?

– Min första fru. Jérômes mamma.

– Varför imperfekt?

– Hon dog när han var tre år.

– Jag trodde att hon dumpade er.

– Jag vet.

– Vad dog hon av?

– Vulvacancer. En grej som man aldrig drabbas av i den åldern. Men som tog hennes liv på tre månader. De kunde inte göra någonting. Bara stympa henne. Till ingen nytta.

Hon var min solstråle. När hon slocknade lyckades jag aldrig få upp värmen igen. Men sedan en vecka tillbaka känner jag att det pirrar lite i ryggmärgen, och kanske i bröstet, och i magen. I fingertopparna. Små gnistor som tänds här och där och som får mig att tro att det fortfarande är möjligt att bli varm inombords.

– Och er andra fru?

– Ett kallt sken. Att leva med Marlène var som att tillbringa trettio år framför ett kylskåp, med öppen dörr.

– Det är åtminstone klart och tydligt.

– Nej, tvärtom dunkelt. Det känns som om jag missat trettio år av mitt liv och håller på att vakna upp ur en mardröm.

– Fast det var väl ingen som tvingade er att gifta er?

– Nej, men jag var vilsen och hade en treårig pojke. Vi träffades via gemensamma vänner, jag tänkte att vi kanske kunde slå våra påsar ihop, och att hon skulle vara bra för Jérôme.

– Var hon bra för honom?

– Jag har ingen aning. Jag tror inte att hon var dålig för honom.

– Alltid något.

När de kommer hem till huset packar de upp frukostinköpen på bordet. Ludovic avslutar stillsamt sin brioche och ber om en skål med mjölk. Paul sätter på en kanna kaffe och Julie tar fram koppar och skedar. Pojken ropar då på sin mamma och säger att han vill göra Baloo.

– Vad är det han vill göra? frågar Paul förvånat.

– Baloo. En morgonfavorit, för att få oss på gott humör.

– Vad är Baloo? frågar Paul, ännu mer konfunderad.

– Ska vi visa honom vad det är, Lulu? frågar Julie sin son, som nickar till svar.

– Jag är rädd, säger Paul leende.

– Var inte det. Vänd ryggen till och låtsas vara ett träd. I morgon får ni vara Baloo.

– Vem är Baloo?

– Djungelboken. Baloo. Det är nog läge att friska upp litteraturkunskaperna. Vänd er om! säger hon i befallande ton.

Paul gör som han blir tillsagd och vänder sig mot diskbänken. Han känner då hur Julie trycker sig mot honom, rygg mot rygg, och börjar sjunga *Var nöjd med allt som livet ger och allting som du kring dig ser*, samtidigt som hon gnider sin rygg mot hans, vilket väcker viss förvåning hos honom, men tveklöst också välbehag. *Glöm bort bekymmer, sorger och besvär, var glad och nöjd för vet du vad …*, fortsätter hon och gnuggar sig energiskt mot honom. Jérôme kommer i det ögonblicket in i köket och blir en kort stund stående och tittar förargat på dem. Julie ser honom, men fortsätter sjunga. Paul skrattar. Sedan vänder han sig om och upptäcker att Jérôme är där.

– Du är uppe? konstaterar han i ett försök att verka oberörd.

– Ja, det är jag. Är ni färdiga med er lilla show?

– Du borde pröva, det är välgörande.

– Visst, klart att jag borde, säger Jérôme cyniskt.

– Har du sovit gott?

– Jovars, säger den unge mannen med låg röst utan att titta på någon.

Resten av frukosten präglas av barnets envisa önskemål om att gå till havet. Julie skyndar sig att dricka upp sitt kaffe för att kunna göra honom till viljes, särskilt som hon själv inte har tänkt på annat sedan hon slog upp ögonen. Strax därpå lämnar hon huset med Ludovic på ryggen och sätter kurs mot stranden.

Paul dricker upp sitt kaffe med ett leende på läpparna medan han ser dem springa omkring i sanden.

– Vad har den där tjejen gjort med dig för att du ska glo på henne med det där fåniga flinet? frågar Jérôme.

– Har jag ett fånigt flin?

– Vill du ha en spegel?

– Än sen då? svarar Paul.

– Inget. Det oroar mig.

– Oroar det dig att se din far lycklig?

– Det oroar mig att se vad som gör dig lycklig.

– Mig oroar det att se min son olycklig.

– Det har jag goda skäl att vara.

– Jag har också goda skäl. Och tro mig, det är bättre att ha goda skäl att vara lycklig än goda skäl att vara olycklig.

– Då är det väl så. Vad har du för planer i dag?

– Jag tar med dem till Quiberon och handlar, vi måste fylla på förråden. Och du då?

– Jag tänker vandra längs stranden. Kanske läsa lite. Jag ligger efter med mina medicinska tidskrifter.

– Lägg allt det där åt sidan. Ta nu en rejäl paus från ditt liv. Fråga Julie om du får låna hennes Fred Vargas. Hon säger att den är jättebra.

Julie har stannat i vattenbrynet. Hon har tagit av sig skor och strumpor. Ludovic ville göra likadant. Vattnet är iskallt, men strunt samma om de blir sjuka. Luften är ljummen och lusten att vandra längs vattnet omöjlig att motstå. De får torka om en stund, om de så måste dra på sig tredubbla lager strumpor och krypa in under duntäcket. Det enda viktiga just nu är att gå i den våta sanden och leka med vågorna som sköljer upp över dem. Ludovic plockar snäckskal. Julie ritar i sanden: hjärtan och olika stora ”Lulu” som vågorna ögonblickligen suddar ut. Det ständigt pågående mötet mellan land och hav fascinerar henne. I morgon bitti tänker hon komma hit och springa. Det var tur att hon tog med sig joggingskorna. Underlaget är perfekt. I gryningen måste det vara en ljuvlig känsla.

Det är nästan så att Julie glömmer Pauls planer på att fylla på matförråden inför vistelsen. Hon föreslår Lulu att de ska gå hem och lovar att köpa en spade och en hink åt honom, och kanske till och med en liten lastbil med flak för att kunna leka i sanden, om nu affärerna fortfarande har sådant hemma i oktober.

När Audin kör iväg sitter Jérôme kvar i köket och stirrar ut i tomheten med vågornas brus i öronen. Irène är där, alldeles nära. Hon dyker hela tiden upp om dagarna, men försvinner när han försöker närma sig. Irène var visserligen ledsen, men hon var snäll. Irène var olycklig, men hon var ömsint. Han tyckte om att ta henne i famnen och känna hur hon tryckte sig intill honom. Han var bra på att trösta henne och hoppades varje gång att hon hade tagit sig ur svackan och så sakta börjat vandra uppåt. Men så var det inte, hon halkade ohjälpligt ner, som om den där backen vore överdragen av is. Det hjälpte inte att han strödde ut salt...

Klockan är redan halv tolv. Jérôme ska just duka av bordet när telefonen ringer. Han ler svagt när han ser namnet på displayen.

– Hej, Caroline. Kom lungembolin tidigare än planerat?

– Ni är fortfarande inte rolig. Sluta prata om lungemboli, ni kommer att ge mig otur.

– Jag är rena otursmagneten. Det finns nog inte så mycket kvar till er andra.

– Tro inte det, med otur är det som med mänsklig dumhet, den tar aldrig slut.

– Ni är så otroligt positiv av er.

– I alla fall jämfört med er, kontrar Caroline.

– Ni ringde väl inte bara för att fälla den sortens vänliga kommentarer?

– Nej. Jag ringer med anledning av madame Paquin. Jag vet inte hur jag ska göra med henne. Hon säger sig ha ont i magen. Jag upptäckte inget onormalt när jag palperade, men remitterade henne till blodprov och bukröntgen trots att jag kände mig tveksam.

– Helt rätt magkänsla i det här fallet, det fanns ingen anledning att remittera till röntgen och blodanalys. Ni kommer inte att hitta något.

– Varför berättade ni inte för mig om henne?

– För att inte beröva henne tillfredsställelsen att sätta vikarien på prov.

– Är det ett skämt?

– Nej, en olycklig kvinna.

– Och vad gör jag med henne? Hon sa att hon skulle komma tillbaka i kväll med provsvaren.

– Lyssna på henne.

– Är det allt?

– Det är värt en hel del. Det är hennes livshistoria som ger henne ont i magen, får hon ur sig en del fungerar det som smärtlindring. Det är därför hon gärna vill träffa vikarier. Jag har ju redan hört alltihop, det har inte samma effekt på henne som när hon får dra sin historia för helt nya öron. Däremot ska ni inte låta er ryckas med. Empati innebär att man sträcker ut handen åt den som är nere i gropen, inte att man hoppar ner för att hjälpa personen upp.

– Varför säger ni så?

– För att ni är den typen som hoppar ner i gropen.

– Jag tänker inte gå i närheten av kanten.

– Jo, ganska nära åtminstone, annars är det ingen idé att lyssna. Men håll er där vid kanten, så att ni inte trillar i.

– Nu blir jag orolig.

– Ni får se själv. Ta det som det kommer.

– Okej. Jag ska inte störa längre. Hur är det där borta? Hur är vädret?

– Ute eller inne?

– Bådadera.

– Soligt ute, regn inne.

– Men gå ut och få lite luft då! säger hon som om det vore självklart, och slänger på luren.

Den osannolika trion är tillbaka i början av eftermiddagen. Ludovic har somnat i bilen. Paul parkerar så långt upp han kan på husets baksida, där tomten övergår i strand, för att kunna hålla ett öga på pojken från uteplatsen. Vid den här tiden är det behagligt varmt i solen där. De kan vänta med att lasta ur bilen tills han har sovit middag, för att undvika att smälla i bildörrarna. Genom det höga gräset som dansar i vinden skymtar Paul sin son, som sitter i en solstol mitt på den öde stranden. Han föreslår att Julie ger honom romanen hon just läst ut, i hopp om att det ska bidra till att bryta isen. Hon gör honom till viljes, förmodligen med samma förhoppning.

Jérôme hör henne inte komma. Han sitter och dåsar, vaggad av vågorna som drar sig tillbaka. Julie hostar till, rädd att skrämma honom.

– Jaså, är det ni, jag hörde inte att ni kom, säger han och reser sig upp.

– Jag tog med mig något att läsa, skyndar sig Julie att förklara, som för att ursäkta sig, och räcker fram boken.

– Är det pappa som har sänt er?

– Svårt att få er att tro något annat.

– Vad tycker ni? frågar Jérôme.

– Om Paul?

– Nej, om boken.

– Jättebra.

– Och om pappa?

– Samma där.

– Vad är det ni vill ha? fortsätter Jérôme.

– Av boken?

– Nej, av min pappa! fräser han.

– Jag? Ingenting! Det var han som sökte upp mig. Det är honom ni ska fråga vad han vill ha av mig.

– Jag bara varnar er, jag tänker inte låta er förvrida skallen på honom. Han är ingen duvunge som ni kan lura fjädrarna av.

– En väldigt stor duvunge i så fall. Skulle tippa på minst åttio kilo. Inte för att jag har kollat, men han verkar inte särskilt dunig heller. Om jag får gissa är han snarare hårig.

– Är ni färdig? säger Jérôme irriterat.

– Har jag gjort er någonting?

– Nej.

– Varför är ni så aggressiv mot mig då?

– För att jag är på min vakt.

– Mot vad?

– Mot er.

– Varför då?

– För att ni är den sortens tjej som gärna roffar åt sig om hon får chansen.

– Ni borde vara försiktig med att dela in människor i fack, då fastnar man bara i schabloner. Möt dem ansikte mot ansikte i stället, säger hon och vänder honom ryggen.

– Det är inte precis så ni möter mig nu, gastar han. Snarare med rumpan, tillägger han lågt medan han ser henne avlägsna sig.

Julie har förmånen att vara ung och välsvarvad. Jérôme har å sin sida förmånen att få betrakta henne en stund när hon släntrar bort och resolut kör ner hälarna i sanden. Han konstaterar att män uppenbarligen har ett obetvingligt behov av att stirra på en viss del av kvinnokroppen, som om deras reptilhjärna befallde dem att vid varje nytt möte kolla om artens överlevnad kan tryggas med hjälp av den individen. Eller inte. De driftsstyrda prövar gärna sin lycka. De eftertänksamma, mer sällan. Och Jérôme är i första hand en tänkande person.

Eftersom han inte har något annat för sig, och eftersom hon gjorde sig besvär med att ge honom boken, slår han upp den och börjar läsa.

När Jérôme mot slutet av eftermiddagen kommer upp från stranden och går in i köket, doftar det ljuvligt. Han ser sin far sitta på golvet i vardagsrummet i färd med att spela Memory med den lille pojken, som verkar bättre på att memorera djurkorten än hans femtio år äldre motspelare.

Jérôme skulle nästan kunna sträcka sig så långt som till att säga att ångorna från grytorna doftar gott, men det vore att ge Julie en komplimang. Han nöjer sig med att slå sig ner i fåtöljen bredvid öppna spisen och i smyg försöka mäta sig med barnets neurologiska förmåga.

Han upplever en sorts sinnesfrid. Som en söndagseftermiddag med familjen om hösten. Tanken gör honom nedstämd. Han tänker på Irène igen, och på alla söndagar som han inte kommer att uppleva tillsammans med henne. Han försjunker i boken igen, hellre fångas av en historia än att fortsätta älta sin egen.

Julie kommer och slår sig ner hos sin son. Paul är utmattad efter att ha spelat tre partier och kämpat för att inte tappa ansiktet. Utan framgång. Flickan byter av honom och utmanar det lilla geniet. Jérôme sneglar diskret på dem över bokpärmen. Han iakttar hur Julie spelar mot sin son. Han kan inte minnas att han någonsin har ägnat sig åt sådana spel. Julie är reaktionssnabb, koncentrerad och effektiv, och Ludovic förlorar rundan. I stället för att gråta, som många bortskämda barn skulle ha gjort, ler han mot henne och vill spela en gång till. Men hans mamma säger att maten är klar.

Jérôme tar om för andra gången, utan ett ord. Det är Paul som står för frågorna.

– Var har du lärt dig laga mat?

– Av min mamma. Jag var enda barnet. Hon hade väldigt traditionella värderingar. Hon förde vidare det där med matlagning. Jag gillar att laga mat. När jag får chansen.

– Varför skulle du inte få det?

– Det krävs bra råvaror för att laga god mat.

– Nu har du väl så att det räcker för resten av semestern?

– Ni tänker väl inte bura in mig i köket varenda dag? protesterar Julie. Jag *är* faktiskt lite feminist. Visserligen utan bankkort, men ändå feminist. Vi kan väl turas om?

– Gärna för mig, säger Paul. Och du då, Jérôme?

– Jag bjuder er på McDonald's när det är min tur.

– Det är fusk, invänder Julie.

– Okej då. Jag lagar mat. På så vis kommer ni att vilja byta med mig nästa gång.

– Paul, vad sägs om att hänga med ut och springa i morgon bitti? frågar Julie.

– Skulle jag springa? Har du sett hur jag ser ut? Med min kagge och mina dåliga knän!

– Det gör inget, jag får springa själv. Det är väl inte alltför många skummisar ute häromkring, vid sextiden på morgonen? undrar hon.

– Varför hänger inte du på, Jérôme, det skulle vara bra för dig. Det var länge sedan du var ute och sprang.

– Om jag ska behöva vänta in henne var tvåhundrade meter ..., muttrar Jérôme nedlåtande.

– Det skulle jag allt vilja se, säger Julie.

– I morgon bitti, halv sju här utanför huset. Om jag måste vänta i mer än två minuter blir det till att ta över mina kökspass.

– Kör till. Och hur gör vi om det är tvärtom?

– Jag är inte det minsta orolig.

– Mamma spinge snabbt, påpekar Lulu.

– Din mamma springer säkert inte lika snabbt som jag.

– Vaffö? frågar barnet troskyldigt.

– Därför att … jo, därför att …

– Förmodligen för att jag är tjej, svarar Julie. Men vi kan ta den diskussionen i morgon.

– Visst, det gör vi, säger Jérôme och reser sig för att duka av bordet, med ett sarkastiskt leende i mungipan.

– Du e en boccoli! utropar Ludovic.

– En bock, och vadå?

– Broccoli, rättar Julie.

– Han kallar mig för broccoli, säger Jérôme med ett gapskratt.

– Jag skulle inte vara så kaxig i det läget, fortsätter Julie, för Lulu är det den grövsta förolämpningen som finns.

– Broccoli den grövsta förolämpningen? säger Jérôme spydigt. Och varför det om jag får fråga?

– För att han avskyr broccoli.

– När ni har slutat att tjafsa som småungar kan ni väl säga till oss, meddelar Paul lugnt och lyfter upp Ludovic. Kom med här! Jag måste få ta revansch i Memory. Jérôme, hon lagade maten, du tar disken.

– Ja, pappa, säger han med en grimas.

– Då går jag väl och tar en dusch, meddelar Julie och ser på Jérôme med samma ironiska leende.

Jérôme är nästan klar med disken när hans telefon ringer.

– Nej, Caroline, jag ska inte prata mer om lungemboli.

– Då kanske det ger mig otur. Ringer jag och stör?

– Nej, jag höll på att diska.

– Då förväntar jag mig ett tack.

– Jag måste ju ändå diska klart när vi har lagt på … Vad gäller saken?

– Jag ville bara tala om att jag inte ramlade ner i gropen.

– Det var bra.

– Men det var inte lätt.

– Jag vet. Kunde ni hjälpa henne?

– Hon log stort när vi skakade hand efteråt. Och hon hade inte lika ont i magen.

– I så fall hjälpte ni henne. Madame Paquin, det var dag nummer två. I morgon träffar ni nog Alfred Maul. Var på er vakt. Han dyker bara upp när det är en kvinnlig vikarie, om ni förstår vad jag menar.

– Nu blir jag rädd.

– Tänk på att i hans ålder är krafterna på upphällningen.

– I morgon ska jag inte ringa.

– Jag kommer kanske att sakna det.

– Nej då.

– Ni har rätt. Men det har inget med er att göra. Det är bara det att jag skulle vilja koppla bort jobbet helt.

– Jag förstår. Då säger vi väl att jag bara ringer vid akut lungemboli.

– Inte har ni väl börjat skämta, Caroline?

Lulu har precis somnat, och jag ska försöka somna jag med. Jag måste vara i form i morgon bitti. Fattas bara att jag förlorar vadslagningen. Jag måste visa Lulu att jag inte behöver prestera sämre än en man bara för att jag är kvinna. Jag vill att han ska förstå att kvinnor är männens jämlikar. När han blir stor ska han inte låta frugan stå vid spisen medan han sitter i soffan och läser tidningen. Alldeles för ofta har jag sett mamma slita i hemmet utan att säga ifrån.

Jag vet att Jérôme inte kommer att vänta på mig.

Och även om det blir kämpigt tänker jag inte visa det.

Det nöjet ska han inte få.

Bara för att man är ledsen behöver man inte vara otrevlig.

Det är rätt åt honom om han kommer sist, tappar ansiktet och måste laga mat i mitt ställe.

Barndomslandet

Tjugo över sex.

Julie joggar några vändor fram och tillbaka framför huset. Solen går upp borta vid infarten till byn. Man kan fortfarande skönja mörkret över havet, strax ovanför den välvda horisontlinjen.

Havet är lugnt.

Inte flickan.

Hon känner att hon spritter av energi. Varifrån kommer den där kraften hon känner så fort det handlar om att tävla mot en man, och särskilt om han är lite sexistisk? Antagligen från tonåren. Sedan dess bjuder hon mesta möjliga motstånd. När hon får chansen. Mot Chasson får hon ingen chans. Hon har inte råd, eftersom det handlar om pengar. Men den här morgonen, mot Jérôme, tänker hon ge sig hän av hjärtans lust. Hon vet inte vad den här mannen har för idrottsliga förmågor, men rent instinktivt känner hon sig trygg. Hon kommer att vinna. Om inte annat för Lulus skull. Och lite för sin egen också.

Han dyker upp några minuter senare och sätter sig på yttertrappan med sina joggingskor.

– Åt vilket håll ska vi? frågar Julie.

– Söderut längs stranden. Sedan tar vi småvägarna parallellt med kusten och tillbaka ner på stranden sista biten. Hur är det med formen?

– Klart godkänd för min del. Jag tryckte inte i mig en kvarting whisky i går kväll.

– Det kommer inte att hindra mig från att vinna.

– Ska vi värma upp lite först?

– Det behövs inte.

Julie sätter iväg innan Jérôme ens har hunnit ställa sig upp. Hon tar den lilla stigen mellan sanddynerna och avverkar sträckan med våt sand i lugn takt. När hon ökar tempot märker hon att Jérôme har hunnit ikapp. Några minuter senare springer han om henne. I fortsättningen ligger Julie bakom och lämnar en liten lucka. Det gäller att inte förödmjuka honom för tidigt, det skulle se illa ut och förstöra nöjet under resten av löpturen. Efter en dryg kvart anar hon att hennes medtävlare har nått sin maxfart, han verkar andfådd. För egen del har hon inga problem med andningen.

– Blir det många löppass? frågar hon utan ansträngning.

– Jag... pfff... då och då förut... pfff, det var ett tag sedan... pfff, och själv då?

– Två gånger i veckan. Jag har alltid sprungit.

Jäkla bitch, det sa hon inget om innan!

Julie pratar obesvärat. Inte han. Men hon tiger hellre, för att spara på krafterna. För att inte riskera att förlora. Den risken blir mindre ju längre de springer. Därför passar hon på att njuta av landskapet, som är fantastiskt. Havet som rytmiskt slår sina vågor mot klipporna, likt åskådare som klappar händerna för att mana på den lilla envetna flickungen när hon matar på med steg efter steg för att visa Jérôme, och hela världen, att hon har en plats att fylla bland människorna, om än liten så dock en plats. Hennes plats.

En halvtimme senare har de avverkat avsnittet med grusväg och hon skymtar stranden. Julie ökar lite för att se om konkurrenten är mör. Och mycket riktigt är han nära att stupa. Hon tar då gradvis ut stegen medan hon springer över den våta sanden. Den lustfyllda känsla hon föreställde sig kvällen innan blir verklighet: hon springer på stranden. Hon väjer knappt för vågorna som retfullt rullar in över sanden. Hon tar sikte på huset, långt därborta. Julie ser sig över axeln. Jérôme är också långt borta. Hon springer, med ett leende på läpparna. Men visst kan hon hjälpa honom att laga mat. För att det ligger i Julies natur. Hon är varken högfärdig eller föraktfull. Chosefri. Men i den stunden njuter hon ändå av sin seger. Något hundratal meter från det lilla huset ser hon Paul på uteplatsen, med Ludovic i famnen. Pojken är fortfarande i pyjamas och vinkar frenetiskt för att heja på henne.

Paul vet att han får ta det varligt med Jérôme. Det är inte läge att provocera honom. Han måste vänta tills sonen har smält nederlaget, och ge honom tid att erkänna sig besegrad. Men en sak vet han, och det är att Jérôme inte kommer att ta skada av det.

Respekt, tjejen!

– Var nöjd med allt som livet ger, var det inte så? säger Paul.

– Visst… fff… med allting, svarar Julie, som trots allt är andfådd när hon kommer fram till den lilla uteplatsen.

– Är det han, den där lilla fläcken som rör sig längst bort på stranden?

– Rör han sig fortfarande?

– Nu var du elak!

– Jag går och köper färskt bröd, det kommer han att behöva, med Nutella till så att han återhämtar sig, tillägger Julie. Jag lånar plånboken.

– Köp en brioche åt Lulu också.

– Det kommer jag inte att kunna ge honom varje dag när vi kommer hem.

– Han kommer att kunna skilja på vad som är semester och vad som är vardag.

Jérôme sitter vid köksbordet när Julie kommer tillbaka med brödet. Han nedlåter sig inte till att titta på henne, barrikaderad bakom sitt glas med apelsinjuice. Våmmen jobbar för fullt. Paul blinkar åt henne när hon ger honom en frågande blick.

Han kommer över det...

Jérôme störtar ut ur rummet utan ett ord och börjar gå mot stranden. Solens första strålar har tittat fram. Julie lämnar Ludovic hos Paul, bland briochebitar och varm mjölk. Något driver henne att uppsöka mannen på stranden. Hon förstår inte vad. Hon följer sin magkänsla. Han sitter i sanden, halvvägs mellan det höga gräset och havet, som har dragit sig tillbaka. Med armarna om sina uppdragna knän. Han tittar ut mot vattnet. Kroppen är spänd. Julie märker det redan innan hon är framme hos honom. Som om han ville avskärma sig i en osynlig bubbla, som Julie försöker hitta en ingång till. Hon sätter sig bredvid honom, säger ingenting. Betraktar vågornas oupphörliga dans när de kommer och går. Minuterna tickar långsamt förbi, det enda som hörs är havets rörelser och måsarnas skrik över hamnen lite längre norrut.

Julie tar till sist hans hand mellan sina och säger med låg röst:

– Ibland är livet svårt, och ibland finns det inget man kan göra åt det.

Jérôme drar ett djupt andetag, sjunker ihop i famnen på Julie och brister i gråt. Han gråter en lång stund. Paul suckar av lättnad där han står i köksfönstret. Äntligen visar den sig, den där sorgen som har gnagt i sonen i månader. Äntligen vågar den sig fram ur sina gömslen, inte så stursk över att ha försökt dölja sig bakom sken och yta. Ut med dig bara, förbaskade sorg, så ska vi göra processen kort med dig. Låt tårarnas salta vatten lösa upp dig och försvinn för gott i havets djup. Julie har satt sig grensle över Jérôme för att kunna hålla om honom ordentligt, tätt intill sig, och vagga honom som hon brukar göra med Ludovic när han är ledsen. Kan man jämföra sorgen hos en treåring som just har haft sönder sin favoritleksak med sorgen hos en man som nyligen förlorat sin hustru? Vem vet?

En blandning av svett och tårar. De struntar fullständigt i sina eventuella kroppsodörer efter löpturen nyss. Det enda som räknas nu är att finna tröst. Allt annat kan kvitta.

Julie lyckas förmå honom att återvända till huset efter en dryg halvtimmes ordlös gråt. Han går för att ta en dusch, skölja av sig svetten och dämpa ögonlockens svullnad. Kommer tillbaka några minuter senare med en handduk över axlarna. Julie har gjort kaffe och brett smörgåsar med ett tjockt lager Nutella. Om söta smaker har en lugnande inverkan på nyfödda borde de väl vara bra för alla som har farit illa, oavsett ålder. Man lämnar aldrig barndomslandet helt och hållet.

Paul har tagit med sig Ludovic på en promenad i byn, för att ge Jérôme lite andrum. Julie försvinner i sin tur in i badrummet och låter honom få en stund på tumanhand med sina smörgåsar, ifall han skulle få lust att tömma burken med nötkräm utan att någon ser honom. Fast hon hoppas att det ska finnas lite kvar till i morgon. Inte heller hon har helt och hållet lämnat barndomslandet.

På eftermiddagen är vädret så där strålande vackert. Några ägnar sig åt drakflygning nere på stranden, andra doppar fötterna i vattnet. Ropen från lekande barn överröstar vågornas brus. Det är första gången Jérôme är ute med Paul och Julie. Han går en liten bit framför dem, eftersom de har stannat för att studera en liten krabba tillsammans med Lulu. Då tappar Lulu intresset helt och skuttar i stället efter mannen som går tio meter längre fram. När han har kommit ikapp fattar han Jérômes hand. Jérôme hoppar nästan till, förvånad över ömhetsbeviset, men kramar sedan försiktigt de fem små fingrarna i sin kalla hand.

– Vaffö skatta du aldig? frågar Lulu efter en liten stund.

– För att jag är ledsen.

– Vaffö e du ledsen?

– För att min fru är död.

– Vaffö e hon död?

– Öh, för att hon var ledsen.

– Så då ska du också dö?

– Jag… Nej, inte nödvändigtvis.

– Men vaffö e du aldig glad om du inte ska dö?

Jérôme ser då på barnet och ler mot honom. Ibland är livet så okomplicerat. Han tar tag under armarna på pojken, svingar honom ett varv i luften och lyfter sedan upp honom på axlarna. Lulu ser honom inte längre, men leendet dröjer sig kvar på Jérômes läppar, som om han först nu efter morgonens tårar kunde tillåta sig det.

Barnet hostar då till flera gånger.

– Är du sjuk?

– Nej, jag ha ba svalt en fökylning…

Vädret är så där strålande vackert. Några ägnar sig åt drakflygning nere på stranden, andra doppar fötterna i vattnet. Ropen från lekande barn överröstar vågornas brus. Och så har själen fått lite balsam, nu när sorgen har dragit sig undan och lämnat lite plats åt allt det andra.

På häxornas tid var nog manstårar väldigt eftersökta. Det är lika sällsynt som paddspott. Vad det kunde användas till vet jag inte. En trollbrygd som gjorde att man blev snällare? Mer mänsklig? Inte så snål med känslor? Inte så luden?

Bara för att de vill verka manliga håller de jämt på och sväljer ner tårarna, till och med när livet är som värst. Som om det gjorde saken bättre. När det hjälper att gråta. Det sköljer rent i skallen, rena sorghögtryckstvätten. Så varifrån har de fått den där befängda idén att de inte får gråta bara för att de minsann har stake?

I morse vet jag inte om det var tröttheten, gårdagens sprit, att han fick stryk när vi sprang, eller allt det där sammantaget som fick fördämningarna att brista, men jag vet däremot att han log några timmar senare. Ett sådant där öppet och naturligt leende som får en att tro att stormen snart ska mojna.

Det var tur att jag visste att han hade en fruktansvärd förlust i bagaget, annars hade jag kunnat tro att han sörjde sitt nederlag som en bortskämd unge som inte fick mandeln i julgröten. Och eftersom jag inte är den typen som lägger mig och låter andra vinna …

För tio dagar sedan grät jag själv en skvätt i kassan, men sedan dess har en man ställt sina varor på mitt rullband, bjudit mig på restaurang och sedan på semester i Bretagne, och i dag tackar han mig för att jag fick hans son att gråta.

Rena galenskapen!

De ger inte intryck av att vara inblandade i en världsomspännande handel med kvinnor och barn. Samhörigheten mellan dem verkar faktiskt riktigt äkta.

Och själv har jag aldrig förr bränt någon annans pengar på det här viset. Bäst att jag ser upp innan det blir till en vana. Fast med tanke på att jag sedan tre år tillbaka är inkörd på att räkna vartenda öre kommer jag inte att vänja mig av med det i första taget. Och förresten får du sluta drömma, Julie, för det kommer inte att vara för evigt. Tre veckors semester, sedan är det kassan som väntar. Dina griniga och otåliga kunder, din taskiga chef, dina jobbiga arbetskamrater, ditt skitliv…

Så ta chansen. Det finns en liten treårig kille som får stjärnor i ögonen när han tittar på havet. Och det är värt att glädjas åt…

Det kan man vila i utan att grubbla.

I kväll sa han "jag älskar dig". Jag svarade med "jag älskar dig". Då lade han till: "I så fall älskar vi varandra, mamma."

Ja, min lille Lulu, vi älskar varandra…

Fingertoppskänsla

Jérôme har stigit upp i ottan. Under gårdagskvällen hoppade han över nattfösaren. En liten seger. Han drar på sig joggingskorna och sätter kurs mot stranden. Han behöver träna upp sig lite innan han försöker ta revansch på flickungen som förnedrade honom i går morse. Hon visade honom att han blivit ett vrak som visserligen fortfarande orkar masa sig upp om morgnarna men som glömt varför. Nu har han en bra anledning. Motiverande dessutom. Att komma i form igen. Och bevisa för henne att han har en del hästar kvar under huven. Det hjälps inte att hon har en spänstig rumpa som är rätt trevlig att titta på när man springer bakom, han tänker åtminstone orka hålla jämna steg med henne innan de åker hem till Alsace.

Julie står i fönstret och ser honom jogga iväg. Hon drar på sig ett par byxor och stänger försiktigt dörren om barnet som fortfarande ligger och sover. Hon försöker väsnas så lite som möjligt när hon gör i ordning frukosten. Det finns lite Nutella kvar på botten. Hon sticker ner en tesked och njuter en lyx hon inte har unnat sig sedan förra julen. Hon brukar köpa en burk varje år. Hon hade haft råd med en i veckan om hon inte hade druckit den där kvällen på den alldeles för blöta födelsedagsfesten i sin kompis garage, om hon inte hade fallit för den där killens flirtande från andra änden av lokalen, om hon hade kunnat fullfölja sina studier som planerat och blivit ingenjör i mikrobiologi. Sista året på gymnasiet hade hennes lärare vänt på varenda sten för att ge henne en chans att börja på universitetet och hittade till och med en lösning för att finansiera studieavgifterna. Men resten då, allt annat? Därför slutade hon efter att ha tagit studenten och gått ut från den naturvetenskapliga linjen med fina betyg. Det är ju bra för en kassörska att kunna räkna. Men alla struntar i hennes betyg och vad hon drömde om att bli.

Fina betyg räcker inte för att köpa Nutella.

Hon hade kunnat köpa lastpallar med nötkräm om hon haft möjlighet att fortsätta studera.

Men då skulle inte Lulu finnas.

Lulu skulle inte finnas.

Han är hennes mikrobiologiska dröm inkarnerad.

Så vad är problemet?

Jérôme är tillbaka, flåsande och badande i svett, men lite mindre tillknäppt än under de gångna dagarna. Endorfinkicken får honom att se livet i ett nytt ljus och slätar ut hans spända anletsdrag. Paul har gått och köpt bröd med Ludovic. En knaprig baguette varje morgon är lika gott som Nutella. Man vänjer sig snabbt. Och får man sedan både och…

Jérôme har gått och duschat. Julie sitter vid köksbordet och ögnar igenom gårdagens lokaltidning. Dröjer vid notiser och nyhetsartiklar när hans mobiltelefon börjar vibrera på bordet, och sedan ger ifrån sig en ringsignal. Julie svarar inte. Hon är faktiskt ingen läkarsekreterare. ”Mottagningen” står det på displayen.

Den där vikarien är ju rena blodigeln!

Signalen tystnar men börjar igen efter bara några sekunder. Samma nummer. Julie svarar. Det kanske är något akut.

– Hallå?

– Hallå, det är Caroline, jag har en navelsträngsprolaps, vad gör jag? VAD GÖR JAG? gastar en upprörd röst.

– Ett ögonblick, så hämtar jag Jérôme, svarar Julie, störtar upp från stolen och sätter fart mot badrummet.

Mannen därinne har just stängt av duschen. Julie struntar i om han är naken eller inte. Hon bryr sig inte om att förvarna innan hon går in i badrummet eftersom hon uppfattar att det är ett nödläge. Hon kände inte igen uttrycket vikarien använde, men vet hur en skräckslagen person låter på rösten.

– Det är Caroline, hon har en navelsträngskollaps, meddelar Julie och räcker fram telefonen.

Jérôme tar den och hugger samtidigt en handduk för att torka av ansikte och hår så att det inte ska droppa på telefonen. Resten spelar mindre roll.

– Vem är det? Hur gick det till?

– Madame Humbert. Hon kom hit för att hon kände av sammandragningar i går kväll. Jag undersökte henne, jag hade en öppen livmodermun, buktande hinnor och en baby som låg väldigt högt, i säte. Jag nuddade knappt vid henne förrän vattnet gick och där stod jag med navelsträngen i handen.

Han vänder sig om och ser att Julie räcker fram hans pappas morgonrock, med blicken stadig i hans för att inte titta någon annanstans. Han stoppar ena armen i ärmen, tar telefonen i andra handen och drar på sig plagget helt innan han går ut i köket och ställer sig vid fönstret som vetter mot havet. Låter blicken vandra för att kunna koncentrera sig helt och fullt.

– Och vad gjorde ni?

– Jag håller kvar fingrarna. Jag försöker pressa upp rumpan så långt det går och jag har precis ringt på en ambulans. De är på väg.

– Det är bra, fortsätt så. Tur att det var sätesbjudning.

Jérôme känner hur två armar omsluter honom i midjehöjd och knyter morgonrocken framtill. En liten rysning far längs ryggraden. Han lyfter handen till tack.

– Det tar evigheter för dem att ta sig hit, säger den unga kvinnan med hackig röst.

– De är snart på plats. Pulserar det i navelsträngen?

– Ja.

– Vilken puls?

– Hundratrettio, hundrafyrtio.

– Utmärkt. Säg åt hennes man att skriva en skylt och tejpa upp den på dörren. ”Akutfall, jag är tillbaka i eftermiddag.”

Caroline tar för ett ögonblick telefonen från örat för att vidarebefordra instruktionerna till kvinnans man.

– Vad mer ska jag göra?

– Be honom att ta med er väska, för ni måste hålla kvar fingrarna där de är.

– Kan jag göra något mer? säger hon, fortfarande väldigt ängsligt.

– Använd hela knytnäven, då får ni mer kraft. Utan att klämma ihop navelsträngen förstås. Och be en bön. Nu ska ni lägga på, för de här båda människorna behöver er. Och sluta jaga upp er. Panik smittar av sig och är hälsovådligt, iatrogent och allt vad ni vill, det har i alla fall inga positiva effekter. Ni ska vara lugnande och säga att läget tills vidare är under kontroll, att ni gör vad som krävs, att ni måste hålla kvar handen i samma ställning under hela transporten ända tills ni är framme i operationssalen, att maken får försöka komma efter i bil. Det bästa vore väl om han tog er bil, så kan ni köra hem den efteråt. Var tydlig med att tala om till vilken klinik ni ska. Men framför allt får ni förbereda er på att ni kommer att få väldigt ont i handen och i armen.

– Det har jag redan.

– Det blir värre. Snart kommer de att vara helt bortdomnade. Men trots det måste ni hålla ut, för ni har ett människoliv i er hand. Då är det inte läge att släppa taget. Ni ska hålla ut både fysiskt och psykiskt, för ni är den enda de här människorna har om de ska kunna klamra sig fast vid hoppet om att fira en första jul tillsammans alla tre. Nu ska ni lägga på och så försöker ni lugna dem. Sammandragningar?

– Nej. Inte sedan i går.

– Det är risk att de kommer nu, när vattnet har gått. Ambulanspersonalen får stoppa dem. Slår hjärtat stadigt fortfarande?

– Ja, barnet verkar ligga rätt högt. Om hjärtfrekvensen går ner?

– Då trycker ni ännu hårdare med fingrarna mot huvudet, för att pressa det tillbaka. Lägg henne i bäckenhögläge. Eller lägg åtminstone en kudde under baken på henne.

– Men om jag tappar känseln i fingrarna då?

– Det där hörde jag inte. Ni trycker, oavsett. Ring mig så snart ni kan.

Varpå Jérôme avslutar samtalet, med bekymrad min.

– Det hade varit bättre om hon råkat ut för en lungemboli, säger han till Julie som ger honom en undrande blick.

– Vad är en navelsträngskollaps?

– Navelsträngsprolaps. Det är när vattnet går samtidigt som barnet har en bit av navelsträngen under sig. Navelsträngen åker ner i livmoderhalsen och kläms till av barnet så att blodtillförseln stryps.

– Kommer barnet att dö?

– Det beror på hur länge Caroline orkar. Det är allt på ett kort. Om hon klarar det hinner de köra till kliniken och göra ett katastrofsnitt. Annars är det risk att barnet dör, ja. Men sätesbjudningen förbättrar oddsen lite.

– Fy fan, tacka vet jag att vara kassörska, utbrister Julie.

– Det beror på hur man ser det.

– Och nu då?

– Nu?

– Vad gör du nu?

– Jag väntar på att hon ringer tillbaka. Och ber en bön.

– Äh, vilket trams.

– Att be?

– Ja.

– Jag sa inte att jag skulle ta fram radbandet och börja rabbla Ave Maria och Fader vår.

– Hur bär du dig åt då när du ber?

– På samma sätt som du, antar jag.

– Jag ber aldrig.

– Då kan vi väl kalla det att vi ”tror”.

– Tror på vadå?

– På kraften vi alla har inom oss när en annan människas liv står på spel. Den du har om det gäller din son. Och som jag hoppas att Caroline också ska ha.

– Det räcker inte alltid att tro.

– Nej. Men det hjälper.

– Okej då, jag ska tro tillsammans med dig. Kommer hon att höra oss tro från andra änden av landet? undrar Julie utan större övertygelse.

– Ingen aning. Det enda jag vet är att det är allt jag kan göra.

– Jag hade gjort i ordning lite frukost till dig.

– Jag är inte hungrig. Jag känner mig så hjälplös. Jag kan ingenting göra den här gången heller.

– Hurdå, den här gången?

– För att jag inte kunde göra något för Irène heller.

– Det räcker inte alltid att tro, sammanfattar Julie.

Hon hade kunnat be honom att förklara närmare, ställt frågor, försökt förstå, men hon avskyr att klampa in i människors privata sfär när de inte kan försvara sig. Hon om någon vet hur det känns. Då ska hon väl inte ta sig samma friheter med andra. Vill han verkligen prata om det kommer han att göra det på eget initiativ, utan att hon behöver grilla honom.

Tre kvart senare ringer Jérômes telefon igen. Han svarar direkt. Julie och Paul, som kommit tillbaka under tiden, hänger vid hans läppar.

– Bravo, Caroline. Ni är fantastisk. Apgar?

– Tre efter en minut, sex efter fem och åtta efter tio. Hon mår fint. En liten flicka. Hon ska heta Viktoria. Tvåtusen sjuhundraåttio gram. Hon var inte så stor, det gjorde det lättare för mig.

– Vad är apgar? undrar Julie.

– En skala som används för att avgöra hur barnet mår, svarar Jérôme bredvid telefonen. Och ni då? Hur många poäng har ni? säger han, nu med adress till sin vikarie i andra änden av linjen.

– Tre här också, fast mina poäng går inte upp, svarar Caroline och bryter ihop. Jag trodde hon skulle dö.

– Men hon mår fint.

– Men hon hade kunnat dö, snyftar hon.

– Men hon mår fint, upprepar Jérôme lugnt.

– Jo, men det var på gränsen, jag kände att pulsen blev svagare i ambulansen.

– Men hon mår fint.

– Men tänk om hon hade dött? envisas den unga kvinnan.

– Hur mår barnet nu då?

– Hon mår fint, tvingas Caroline erkänna.

– Bra. Och era fingrar?

– De mår däremot inte alls bra. Inte armen heller. Det värker ända upp i ryggen. Jag har aldrig haft så ont i hela mitt liv.

– Men i gengäld har vi en baby som mår bra. Det är väl en ganska okej byteshandel?

– Jag vet. Vad gnäller jag om egentligen?

– Jag ringer en god vän som är sjukgymnast. Ni får åka dit så tar han hand om er mellan två patienter.

– Vad kan han göra åt saken?

– Han har nyligen renoverat sin mottagning, så han har säkert någon sticksåg som ligger och skräpar i en vrå. Med tanke på ert tillstånd ser jag ingen annan råd än att amputera. Men han är ingen klåpare, det blir snyggt och prydligt. Och så är han en riktig whiskykonnässör med välfylld källare, efter en halvflaska känner ni nog ingenting. Andra halvan kan användas till att desinficera stumpen.

– Ni är verkligen ett stöd!

– Han kommer att massera armen så skönt att ni ångrar att ni inte stoppade in båda två.

– Tur att patienten inte hör er, säger hon med ett kvävt fniss.

– Ingen idé att fantisera om honom, han är gift.

– Jag är inte direkt upplagd för att fantisera överhuvudtaget.

– Inte ens om mig? Jag var faktiskt helnäck när ni ringde nyss.

– …

– Hallå?

– Sluta, Jérôme, det här börjar kännas genant.

– Det är för att ni ska glömma att det gör ont.

– Ring den där sjukgymnastkompisen i stället. Han är nog mer professionell.

– Men inte lika ledig …

– Gör ni närmanden?

– Jag backar inte för något. Ni har faktiskt just räddat en baby från en säker död. Det är ganska upphetsande så här på avstånd.

– Ni verkar må bättre, konstaterar hon.

– Ja. Jag håller på och städar i hjärnkontoret. Värre än ett spökslott dit spindlarna kommer och firar Halloween. Men jag går igenom rum för rum. Jag skakar av skynkena som hänger över möblerna. Det är dammigt, men nu börjar det se bättre ut.

– Jag är glad för er skull. Jo, förresten. En sista sak bara innan vi lägger på.

– Ja?

– Kan prolapsen ersätta lungembolin?

– Jag antar det. Annars bringar ni verkligen otur. Vi hörs i morgon.

– Nejdå, nu kommer jag inte att behöva ringa mer eftersom det värsta scenariot redan har inträffat.

– Det är jag som behöver. Det känns bra att få senaste nytt från mottagningen och höra hur det går för mina patienter … Och för er.

– Ska vi ta en stund varje kväll?

– Mansslukerska! myser Jérôme. Jag vet inte om jag är i tillräcklig form för det.

– Bäst jag lägger på, ni har snuskig fantasi. Vi hörs.

Jérôme lägger på med ett leende. Det var länge sedan han roade sig med den sortens retsamma kommentarer. Caroline är tacksam ur den synpunkten. Hon går igång direkt. Det hörs i telefonen när hon rodnar. Det ger en lust att fortsätta. När han tittar upp konstaterar han att Julie och Paul står och ser på honom med road min.

– Vad är det?

– Inget, svarar de med en mun och lämnar rummet med ett gapskratt.

Den räddade babyn har gjort alla på gott humör.

Och det med rätta.

När allt kommer omkring har jag det inte så illa på min stormarknad. Det enda jag riskerar är att ha sönder en glasburk, göra kassafel, råka ut för ett trasigt mjölpaket eller glömma att ta bort ett larm. Inga liv som står på spel där.

Jag hade aldrig på allvar funderat över sådana där yrken där man har människoliv i sin hand. Jérôme höll sig hela tiden lugn. Ändå kände jag att han var orolig. Det visade han inte för sin vikarie, trots att hon var utom sig av oro. Hade det varit jag skulle jag nog ha gått i bitar. Man måste vara jäkligt stark för att kunna hantera sådana situationer.

Han ser rätt bra ut också. Den sortens man som jag skulle kunna bli kär i, om han inte vore så bufflig till sättet. Med det sagt gör han framsteg. Jag förstår bättre nu varför Paul ville få honom att gråta. Det lättade på den där bördan han släpade på som Jesus släpade på sitt kors. Inte trodde jag att en liten joggingrunda kunde göra så stor skillnad.

Bufflig till sättet dock.

Och med lite taskig kvinnosyn.

Äsch!

Skala lök

Påklistrade leenden lossnar, munhäftan släpper, blickarna möts. Tämjningsprocessen pågår i det tysta. En viss misstänksamhet fungerar fortfarande som en sköld för Jérôme, men han börjar långsamt smälta det som hänt. Våmmen jobbar på. Det är nästan så att han finner gräset lockande. Men än så länge nöjer han sig med den näring den mänskliga samvaron ger honom, som när man har tappat aptiten och sväljer ner smaklösa rätter bara för att hålla sig uppe. Han håller sig åtminstone uppe. Mänsklig värme. Det kanske var det han saknade mest efter Irènes död. Inte fysisk värme. Inte nödvändigtvis. En blick, ett leende, gott humör, en regnbåge av människor i alla färger som välver sig över en och visar att andra hjärtan fortsätter att slå.

Nu på morgonen har Ludovic plockat fram målarfärger och pensel till frukosten. Han ritar vida bågar på ett papper. Penselspetsen doppas med jämna mellanrum i den blå bägaren.

– Titta mamma, ja ha itat en blå egnbåge, säger han.

Hon tittar uppmärksamt på den. Och så tar han ett nytt papper och tillägger:

– Nu ska ja ita en gul egnbåge.

– Han pratar bra, konstaterar Jérôme. Synd att han inte får fram r:en.

– Det är precis som med tårar, ibland är det synd att man inte får fram dem, svarar Julie. Men så en dag kommer de till slut...

Jérôme ler bara till svar. Han tittar på när fadern rumsterar om i köket. Han har tagit fram ett recept på kalvfrikassé som han följer till punkt och pricka, han väger till och med saltet, vilket får Julie att småle. Hon som anser att matlagning ska gå på instinkt. Jérôme tycker mest att det är trist. Med matlagning alltså, inte med Julie. Han har slutat tycka att Julie är trist.

Nu är det Pauls tur att gråta floder. Löken. Han kämpar på, men blinkar allt häftigare och störtar till slut iväg från arbetsbänken och famlar sig ut för att se om det går att öppna ögonen igen ute i havsluften. Julie reser sig utan ett ord och tar över lökskalandet.

– Du då, blir inte du gråtfärdig av lök? frågar Jérôme efter några minuter.

– Nej, jag är ganska hårdhudad.

– Och så pikar du mig för att jag inte kunde gråta!

– Man måste kunna gråta när det verkligen behövs. När det gäller lök känns det inte så motiverat, om man nu inte är särskilt svag just för den grönsaken och inte står ut med att skära den i bitar. Är din pappa särskilt svag för lök?

– Det är rent kemiskt. Vad är det för skruvade förklaringar du hittar på?

– Jag bara retas. Jag har aldrig gråtit av lök. Det bara är så. Det finns folk som har överrörliga stortår, och andra som kan vika tungan dubbel, och jag är en sådan som inte gråter av lök. Jag borde söka jobb på en flammkuchenkrog. Som lökskalare. Inget dåligt jobb.

– Du skalar ju män åtminstone, det är alltid en början!

– Skulle jag skala män? säger Julie häpet.

– Du skalar av lager efter lager och blottar det som ligger under. Och medan du skalar får du dem att gråta …

– Menar du det? Det är helt oavsiktligt.

Paul kommer i samma stund tillbaka och torkar de sista tårarna med avigsidan av ärmen för att undvika att komma åt ögonen med fingrarna, som fortfarande är nedsmetade med gråtframkallande ämnen.

– I hans fall är det verkligen löken, försvarar sig Julie och pekar på Paul.

Paul visar en påtaglig lättnad när han ser att Julie har avslutat det momentet i receptet. Han ger henne en puss på pannan och viskar att man ska vara nöjd med allt som livet ger. Även det allra minsta.

– Kan jag ta en tur med båten i dag? frågar Jérôme sin far.

– Ja, om du vill. Den är nog genomgången och klar. Men fråga för säkerhets skull Léon nere i hamnen. Och ta med Julie! föreslår han efter en kort paus.

– Nänä, inget sådant, protesterar Julie. Jag är en landkrabba. Jag gillar att springa i sanden, men att guppa omkring ute till havs, det är inget för mig.

– Havet är lugnt, påpekar Jérôme.

– Det är alltid vågor, envisas Julie.

– Du skalar lök utan att gråta, men själv har jag överrörliga stortår och jag kan vika tungan dubbel, kolla bara, säger han och viker mycket riktigt tungan dubbel för att visa. Men framför allt vågar jag åka båt på Atlanten utan att få panik.

– Okej! Jag följer med.

– Måste din stolthet få sig en törn för att du ska ändra dig?

– Och Ludovic? frågar hon.

– Jag passar honom, svarar Paul. Jag ligger i hårdträning i Memory, det gäller att inte tappa fart när jag har ångan uppe.

– Ni kan ju träna på egen hand när han sover middag.

– Du kanske kan överväga att börja dua mig när du är därute på båten! säger Paul uppgivet.

När Julie har lagt Ludovic rafsar hon ihop några plagg för att ha ett ombyte om det blir sjögång. Hon är livrädd, men hon ska med. Det stämmer att hon inte gillar att tappa ansiktet. Med en flytväst borde hon inte utsätta sig för någon större fara. Och förresten ska de inte korsa Atlanten. De ska förmodligen ta en tur längs kusten. En eller ett par timmar och så har hon bevisat att hon både kan skala lök utan att gråta och hålla nerverna i styr till havs.

Vad tungvikandet beträffar har hon försökt i tre år. Det lär vara genetiskt. Vilket betyder att hon aldrig kommer att lyckas.

Men man ska aldrig säga aldrig. Därför tror hon att det går. Och övar sig framför spegeln. Tungkanterna börjar bli lite uppåtvinklade.

Jérôme sitter och väntar i Audin på uppfarten när hon hoppar in. Han ler.

– Slappna av.

– Värst vad du var kaxig.

– Vi kommer att få en spännande upplevelse tillsammans, det ser jag fram emot.

– Är det menat att lugna mig?

– Nej, att få dig att slappna av.

– Det fungerar inte heller.

– Vad är du rädd för?

– Vad jag är rädd för ute till havs? En hajattack.

– Vi är i Bretagne, inte i Australien.

– Att vi ska sjunka.

– Inga isberg här i trakten …

– Att vi blir kidnappade med lösenkrav.

– Pappa har råd att betala.

– Smart uträknat.

– Men det är ju sant!

– Att vi blir slukade av en val? fortsätter hon, lite mer tveksam.

– Antingen har du förläst dig på Bibeln eller så kollar du på för många Disneyfilmer med din son, säger han roat.

– Att vi inte ska hitta tillbaka till land?

– Om vi åker åt motsatt håll i förhållande till var solen går ner kommer vi tillbaka till kusten …

Julie tystnar när argumenten tryter. Hon avskyr att ha fel, hon avskyr att visa sig svag och rädd. Hon avskyr att visa sig sårbar. Hon avskyr att åka båt. Därför att det är nytt för henne. Hon avskyr det som är nytt.

När de har ställt bilen på den lilla parkeringsplatsen i hamnen synar Julie i tur och ordning båtarna som ligger förtöjda vid sina bojar, på jakt efter den som ska få henne att lämna fast mark. *Stjärnfallet* sticker ut bland de andra båtarna. Enkel, färgglad, utan utsmyckning men välskött. Hon nästan hoppas att det ska vara den. Hon gillar namnet.

Jérôme, som just varit och pratat med Léon, kommer tillbaka på soligt humör och räcker ut tungan mot Julie när han är framme. Dubbelvikt förstås. Hon svarar med en grimas. Förr eller senare ska hon klara det.

– Hon blev färdig för en vecka sedan och har bara legat och väntat på oss, hojtar Jérôme medan han lossar repet till jollen och uppmanar henne att kliva i.

– Är det där båten?

– Nej, det är ett hjälpmedel för stjärnskådare.

Julie ler. Båten är *Stjärnfallet*.

– Finns det flytvästar? frågar hon.

– Och till och med nödraketer. Men dem kommer vi inte att behöva. Havet är lugnt, oroa dig inte.

– Jag oroar mig inte.

– Du ljuger.

Framme vid båten förtöjer Jérôme jollen och räcker Julie handen för att hjälpa henne ombord. Båten kränger till. Hon håller i sig så gott hon kan, men undrar samtidigt varför hon försatt sig i den här knipan. Bara för att inte tappa ansiktet, vilket otroligt löjligt beteende. Men nu är hon där, det är för sent.

Det är bara att tugga i sig. Låt det bli en lektion i ödmjukhet!

Jérôme gör henne sällskap i den lilla styrhytten, där han startar motorn och trixar sig ut ur hamnen. Hon tittar på, förundrad över hur van han verkar. Förklaringen låter inte vänta på sig. Han berättar för henne om båtturerna med pappan när hans mamma hade dött. Stunder av samförstånd då det gjorde dem gott att vara ensamma till havs, fjärran från andra, fjärran från alla som inte hade en aning om det gapande sår de var tvungna att leva med varje dag. Och som därför inte tog några hänsyn. Marschera eller dö! Han var inte så gammal, men flera gånger tyckte han sig i pappans ögon se en längtan efter att dö och återförenas med henne. Men hans pappa valde att marschera, för sin sons skull ...

I flera månader har han själv känt dödslängtan som ett sug i maggropen. Emellanåt har han dröjt vid den farligt länge. Men den här eftermiddagen på båten upplever han en oväntad sinnesro. Han vet inte om det beror på flickan och hennes rörande lille grabb eller på hans stränga men välmenande pappa, eller kanske på helheten de tillsammans utgör under flykten till Bretagne. Kanske joggingturen på stranden? Att han fick sig en århundradets utskåpning som ledde till att allt han tryckt ner under locket exploderade? Det kan kvitta vilket. Trots att han vet att striden inte är vunnen och att han behöver mer tid, är det enda som räknas att ta sig upp till ytan. Oavsett teknik och hastighet. Upp till ytan. Blotta vetskapen om att den finns där är som balsam för själen.

De möter några båtar som är på väg tillbaka till hamnen.

Själva gav de sig ut sent. Om de inte ska göra en pyttetur

hinner det bli mörkt innan de är tillbaka. Men Jérôme gillar tanken på att uppgå i en magisk rymd där oändligheten förstärks av dunklet. Han gillar att föreställa sig att han ligger ute till havs med motorn avslagen, framför fyren som med jämna mellanrum blinkar, en liten ljuspunkt som knappt syns eftersom den är så långt borta, medan han känner det kompakta mörkret bakom sig. Han gillar att på så vis närma sig känslan som nattfjärilar kan tänkas ha.

Men där är de inte än. Den strålande eftermiddagen lider mot sitt slut, himlen är klar.

De färdas längs den storslagna klippkusten, rundar Quiberonhalvön och sätter kurs mot Morbihanvikens inlopp. Jérôme pekar ut statyn Notre-Dame de Kerdro, som uppifrån Kerpenhirudden vakar över båtarna som tar sig in genom sundet, och berättar om statyns tillkomst. Det är vanskligt att färdas här på grund av de starka strömmarna. Vattnet står högt redan nu, snart är det högvatten i hela viken.

Julie upptäcker ett makalöst landskap. Hon gillar bergen, men kusten börjar vinna hennes hjärta. Först var det vågorna, nu är det Morbihanviken. Jérôme verkar helt hemmastadd. Inte så konstigt, om han har semestrat där i trettio år.

När de har åkt runt mellan öarna i några timmar och tittat på den lokala floran och faunan, små välkomnande vikar, hus vid strandkanten och åkerlappar mitt ute i ingenstans, sätter båten åter kurs mot Quiberon.

Några orangefärgade strimmor börjar synas vid horisonten medan himlen fortfarande är klarblå i zenit. En första stjärna tänds. Den följs av andra, som när en spejare hinns upp av sin armé. En armé som enligt kvällens väderprognos blir månghövdad och gnistrande.

Luften är kylig. Jérôme har packat ner ylletröjor och en stor filt att ha framåt kvällen. Oktober är inte att leka med, inte ens när solen har fått skina en stor del av dagen.

– Vad ska vi ha filten till? undrar Julie misstänksamt.

– Om vi måste ta hand om en skadad delfin.

– Driver du med mig?

– Ja, hur så?

– Har du planerat att göra grejer med mig?

– Massvis.

– Typ?

– Få dig att tro att jag gillar att leka doktor.

– Akta dig, jag kanske vill ha specialbehandling, svarar hon utmanande.

– Inte mig emot, svarar Jérôme småleende.

– Ska vi sluta leka med elden nu?

– Ja, det är nog säkrast, instämmer han.

– Hur var det med filten då?

– Klart väder är bra för stjärnskådning, men gör också att det blir kyligare.

– Varför pratar du om stjärnor, skulle vi inte ta en liten tur på ett par timmar och åka hem sedan?

– Har jag sagt det?

– Och Lulu?

– Lulu lär pappa att det finns en värdighet i att inte vanemässigt förlora alla omgångar han spelar mot en treåring. Det kommer att ta honom hela kvällen. Sedan somnar de och kommer inte ens att märka att vi inte är hemma.

– Och om jag ändå vill tillbaka innan det blir mörkt?

– Kan du simma?

– Nej.

– Kan du inte simma? svarar Jérôme, uppriktigt förvånad.

– Nej, säger jag ju.

– I så fall är du i mitt våld, tillägger han med ett brett flin.

– Underbart, säger Julie syrligt.

– Känner du igen stjärnbilderna?

– Jag känner igen Karlavagnen.

– Det är en bra början.
– Och om jag blir sjösjuk?
– Då får fiskarna mat.
– Yippie! säger Julie, inte mindre syrligt.

När allt kommer omkring blir båtturen en fin upplevelse för Julie. De färdas längs kusten, Jérôme beskriver Quiberonhalvöns geografi, pratar om Quiberonbukten och visar att de passerar strax intill Belle-Île-en-Mer. Sedan koncentrerar han sig på att navigera. Kanske känner han sig också lite blyg. Trots att han inte har planerat att leka doktor med Julie. Som är för ung. För vulgär. Inte hans typ. Men det betyder inte att han är helt oberörd av hennes små runda bröst som framhävs av den åtsmitande polojumpern.

– Sluta kolla hela tiden, säger hon plötsligt.
– Kolla på vadå?
– Mina bröst.
– Jag kollar inte på dina bröst!
– Du ljuger.
– Okej då, du har rätt. Men jag gör väl ingen skada, eller gör jag det?
– Jo, faktiskt … Filten, stjärnhimlen, utlämnad åt en doktor som säger sig gilla att leka doktor … och nu spanar du in mina bröst. Det gör mig ju trots allt orolig.
– Jag är väluppfostrad. Jag ska inte röra dig. Fast om du verkligen insisterar kan jag göra en ansträngning.
– Glöm det! replikerar Julie. Du vet verkligen hur man pratar med tjejer, tillägger hon. Göra en ansträngning, om jag tigger om det! Skulle inte tro det. I allmänhet brukar män inte precis behöva tvinga sig till att röra vid en tjej.
– Det är inte så jag ser på kärlek.
– Inte jag heller.
– I så fall är vi överens, konstaterar Jérôme.
– Alltså kan du sluta kolla på mina bröst!

– Det skulle jag kunna göra. Men jag gör ju ingen skada. Och så laddar jag batterierna.

– Vill du ta på dem också? föreslår hon försmädligt.

– Nej, det är för farligt.

– Det är inga granater.

– Men ändå.

– Är du utsvulten, eller?

– Kan man lugnt säga, konstaterar han bittert.

– Men det var väl inte så länge sedan, med Irène?

– Vi hade slutat ligga med varandra långt tidigare.

– Är inte det grunden i ett förhållande?

– Jo, om det är i balans. Hon var sjuk. Djupt deprimerad. Hon stod inte ut med att man tog i henne. En patologisk syn på den egna kroppen. Ändå sa jag hela tiden att hon var vacker, att jag var attraherad av henne. Hon stod inte ut med sig själv.

– Och du då, stod du ut?

– Hade jag något val? Jag älskade henne. Man står ut med mycket för kärleks skull.

– Varför älskade du henne?

– Som om kärlek gick att förklara. Det var något nytt.

– Nej, men du hade kunnat tröttna på att leva i ett förhållande som egentligen inte var något.

– Det var okej. Jag kunde inte överge henne för den sakens skull.

– Men nu saknar du det.

– Jag vet inte ens om jag gör det.

– Men jag vet, annars skulle du inte kolla på mina bröst som ett dreglande lejon framför ett köttstycke.

Jérôme torkar sig demonstrativt om munnen, för att kontrollera.

– Jag dreglar inte.

– Jo det gör du, titta! säger hon och pekar på hans mungipa.

– Sedan behöver du inte utgå från att alla män är brunstiga hannar. Det stämmer inte alls.

– Säkert? Jag har mina tvivel. Varför mådde din fru så dåligt?

– Hon verkade aldrig trivas med sig själv. Det var kanske därför jag älskade henne. Hon gav mig chansen att spela frälsare.

– Det gick ju bra ..., säger Julie i neutral ton.

– Varför tror du att jag mår skit och behöver fly bort och försöka glömma allt det där? Jag känner mig skyldig för att jag inte var ett bättre stöd för henne.

– Du är inte ansvarig för hennes död. ”Hjälp dig själv så hjälper dig Gud.” Du kan sträcka ut en hand åt någon, men du kan inte dra upp honom ur gropen han har trillat ner i om han inte fattar handen du räcker honom. Om du inte trillar ner själv, och det löser ju knappast problemet. Då är man visserligen två därnere, men man är ändå fast i gropen.

Jérôme är tyst en lång stund. Han funderar på vad hon just har sagt, flickan som han tog för en trögtänkt tonåring i sina slitna jeans. Det var precis den liknelsen han hade använt för att lugna sin vikarie, och ändå försöker han inbilla sig att den inte är giltig för honom och Irène. Men varför skulle inte samma sak gälla dem?

Mörkret har till slut lagt sig över båten. Han har tänt lanternorna i för och akter. Man ser inte längre ljusen längs kusten. Bara fyren som blinkar i fjärran. Jérôme kör ytterligare en liten bit bort, för att inte störas av fyrens kraftiga sken, slår sedan av motorn och släcker lanternorna. Julie ryser till. Det plötsliga mörkret och tystnaden som knappt bryts av vågornas kluckande mot skrovet ger henne kalla kårar.

– Är du säker på att det inte är någon fara? frågar hon med ynklig röst och makar sig lite närmare honom.

– Vi är säkrare här än i en bil på motorvägen. Vad tror

du ska hända? Att Moby Dick dyker upp och välter båten?

– Jag vet inte. Jag är rädd, bara.

– Kom hit, säger han och lägger armarna om henne. Känns det bättre nu?

Sedan följer en lång omfamning, utan att någon av dem vet vem som egentligen tröstar den andra. Jérôme känner hur hela han genomströmmas av en sorts värme. Han har inte så stor erfarenhet av den sortens intensiva känslor. En avlägsen förnimmelse gör sig påmind, förmodligen den han upplevde i sin mors famn. Jérôme faller i stilla gråt.

– Tog du med dig lök på båten? frågar Julie allvarsamt.

– Hela du är som en lök, skrattar han till svar mitt i gråten. Där ser du att jag hade rätt! Du får män att gråta.

– Det är dig jag får att gråta, så dra inga andra slutsatser. Och förresten är det inte mitt fel. Jag är rädd, du ger mig en kram och så börjar du lipa. Kan du förklara varför det är mitt ansvar?

– Det är det inte. Och jag är en idiot.

– Är det därför du gråter? Har du plötsligt kommit till insikt? Då fattar jag, det måste kännas hårt när det går upp för en.

– Du hade väl åtminstone kunnat svara: ”Nejdå, du är inte alls någon idiot”, så att jag kunde känna mig lugn.

– Jag gillar inte att ljuga. Jag kände ju att du dömde ut mig som en slampa när jag klev in i bilen, under hela bilfärden och de första dagarna. Så ja, du är en idiot som tänkte så.

– Du har rätt, det var oförsvarligt. Tycker du att man ska kunna få syndernas förlåtelse?

– Alltid. Men bara på vissa villkor.

– Får jag ge dig en överraskning?

– Du kan ju alltid försöka.

Jérôme går ner i ruffen och lämnar Julie uppe på däck. Det är nästan becksvart. Hon ryser till igen. Moby Dick! Jérôme kommer ut med två madrasser, en under vardera armen, och försöker krångla sig ut genom dörröppningen. Han slänger ner madrasserna på däck och går tillbaka för att hämta filten.

– Ajdå! utbrister Julie. Då var det dags för den beryktade filten.

– Jag hoppas att du är mer mottaglig än Irène. Det är hög tid att jag får ur mig all den här frustrationen jag gått och burit på i alla år.

– Nu blir jag skraj ... vad snackar du om?

– Stjärnor!

– Vilka stjärnor?

– Lägg dig ner här, beordrar han och pekar på madrasserna.

Julie gör som hon blir tillsagd utan att veta vad som väntar. Hur som helst kommer hon inte undan. Även om hon kunde simma skulle mörkret vara otäckt. Där hon ligger på rygg ser hon honom återvända till ruffen en gång till och hämta ylletröjorna, och två kuddar som luktar fukt och jod. Han ger henne den minsta tröjan och säger åt henne att ta på den, varpå han sträcker ut sig bredvid henne och drar filten över dem.

– Nu tar vi och blundar i en kvart eller så, säger Jérôme.

– Är det överraskningen?

– Den kommer strax efteråt. Vi måste släcka ner i hjärnan först.

– Du är rolig, det är ju redan så mörkt det kan bli. Jag känner mig som ett stolpiller i en rumpa.

– Du uttrycker dig så kultiverat, Julie.

– Jag försöker bara anpassa mig till din värld.

– Kalla mig rövhål när du ändå håller på!

– Jag pratar om din specialitet, läkarvetenskapens värld.

– Jaja, var tyst nu och njut av stunden. Och fortsätt blunda.

De ligger så i gott och väl en halvtimme. Flera gånger frågar Julie om hon får öppna ögonen, otålig som en barnunge framför julgranen. Flera gånger svarar Jérôme att det inte är någon brådska, eftersom det roar honom att hålla henne på halster.

Låt gå för det.

Men så får hon äntligen lov att öppna ögonen, på villkor att hon bara tittar på himlen och inte på något annat. Hon invänder att det ändå är mörkt överallt, men Jérôme hävdar att ögonen vänjer sig och att enda sättet att fångas av rymdens oändlighet är att stirra rätt upp mot stjärnorna.

När hon sakta gläntar på ögonlocken är det som om hon lät ridån gå upp över en teaterscen medan salongen vilar i mörker. Hon slungas in i en tredje dimension. Eller kanske en fjärde. Längd, bredd, djup och sinnesfrid.

Synen är mäktig, mängden stjärnor fascinerande. Det är första gången hon ser så många. Små och stora, mer eller mindre gnistrande och i skiftande nyanser. Julie kan skilja dem som ligger längre bort från dem som är närmare. Hon befinner sig inte längre ombord på en båt som ligger och guppar i Atlanten, hon befinner sig i universums mitt. Aldrig tidigare har hon haft möjlighet att titta på stjärnorna på det här sättet. En underbar överraskning...

– Vi utgår från det du kan. Leta upp Karlavagnen åt mig.

– Lätt! Där är den, säger Julie och pekar ut stjärnbilden.

– Vet du hur du ska hitta Polstjärnan från Karlavagnen?

– Nej.

– Dra en linje rätt upp från främre delen av Karlavagnen och räkna fem gånger vagnens höjd så hittar du Polstjärnan, som samtidigt är huvudet i Lilla björnen.

– Polstjärnan, är det Aftonstjärnan?

– Nej, det är inte samma sak. Polstjärnan ligger helt i linje med jordens rotationsaxel, vilket gör den till en fixstjärna för stjärnskådare, åtminstone på norra halvklotet.

De andra stjärnorna roterar kring Polstjärnan. Den är ett riktmärke för astronomer.

– Och Aftonstjärnan?

– Det är ingen stjärna. Det är planeten Venus. Den lyser särskilt starkt för att den ligger så nära solen. Ibland ser man den till och med mitt på dagen.

– Var det Aftonstjärnan som vägledde de tre vise männen?

– Fel igen! Den kallas Aftonstjärnan för att den visar sig strax före solnedgången, och Morgonstjärnan för att den försvinner strax före soluppgången, det vill säga vid den tid då herdarna brukade ta in eller släppa ut sina fårhjordar. De tre vise männens stjärna var en komet.

– Hur som helst tror jag inte på det där …

– Man behöver inte tro för att intressera sig för myter och legender, och dra vissa lärdomar … Venus är kvinnornas stjärna …

– Varför då?

– Namnet kommer från kärlekens och skönhetens gudinna i den romerska mytologin, motsvarigheten till Afrodite i den grekiska. Namnet för tankarna till en underskön kvinna och många ord har bildats utifrån den stammen för att beteckna kärlek och kroppslig njutning. Det astrologiska tecknet är detsamma som biologins symbol för honkön. En ring med ett kors nedtill, föreställande gudinnan Venus handspegel.

– Så män kommer från Mars och kvinnor från Venus?

– Det är lite hårdraget, men inte helt fel. Under Polstjärnan, där, kan du se Cassiopeia i form av ett W, en konstellation med stark lyskraft.

– Vad är en konstellation?

– Det är en stjärnbild, alltså en grupp stjärnor som bildar en figur, som Karlavagnen eller Lilla björnen. Man ritar in dem på himlavalvet för att astronomerna ska kunna orientera sig.

Jérôme fortsätter sin utläggning med att peka ut Uranus och Neptunus, och meddelar att Saturnus snart borde visa sig. Julie häpnar över hans ingående kunskaper. Astronomins värld har känts så ogenomtränglig. Hon börjar känna sig frusen. Makar sig närmare honom trots att han nu har blicken i fjärran, till synes förlorad bland stjärnorna.

Julie vet vad han tänker på …

Mitt liv har blivit surrealistiskt. Jag har nyss lämnat min son hos någon som jag bara har känt i drygt två veckor och jag ligger uppe på däck på en liten båt, mitt ute i ingenstans, bredvid en man under en filt på ett tvåmiljarderstjärnigt hotell. Vilken lyx! Allt detta utan att veta om mannen ifråga har planerat att utan vidare dra över mig eller om han tänker nöja sig med att, som han uttrycker det, dela sin passion för stjärnor med mig.

Det vill jag gärna få veta. Det skulle faktiskt kunna försona mig med mänskligheten. Framför allt dess manliga del. Finns det verkligen män som är kapabla till den sortens återhållsamhet på den här stackars planeten? Än så länge vilar jag helt enkelt i hans famn. Han verkar ha somnat. Efter att ha gråtit ännu en skvätt. Män är värre än lökar när det gäller antal lager. Eller också hade han samlat på sig en jäkla massa. Några salta droppar mer eller mindre i havet ändrar knappast hur världen ser ut. Hur han ser ut kommer däremot att ändras och det redan i morgon bitti eftersom hans ögon kommer att bli rejält svullna, men sedan får det motsatt effekt eftersom han kommer att se mindre sliten ut av att ha fått lätta på trycket. Jag börjar mer och mer tro att det fanns en mening med att jag kom hit. Att det var min uppgift: att skala honom ända in till hjärtat. Då gör jag åtminstone lite nytta.

Det känns konstigt att tänka att det inte kommer att ändra mitt eget liv. Jag har huvudet bland stjärnorna, han-

den i en plånbok full med pengar, jag går omkring i en vakendröm i några veckor, ja, men sedan då?

Sedan kommer jag att återgå till mitt gamla inrutade liv, till min kassa och mina arbetskamrater, både dem jag gillar och de andra, till den där idioten Chasson och det hysteriska arbetstempot som jag inte står ut med längre och till rädslan i maggropen varenda gång jag startar bilen. Och vem kommer att bry sig?

Geografigenomgång

Julie vaknar i gryningen. Det första dagsljuset färgar himlen svagt blå. Några kvardröjande stjärnor påminner om nattens skådespel. Venus är synlig. Havet är mer stilla än någonsin. Båten rör sig praktiskt taget inte alls. En knappt märkbar rullning som hon nu har vant sig vid.

Jérôme ligger tryckt mot henne. Han andas lugnt. Deras kroppar är sammanslingrade. De alstrar förmodligen en värme jämförbar med den som alstras av en hoprullad hund. Hon hoppas att lukten inte är densamma. Fast den där lukten när hunden sträcker på sig om morgnarna är en av hennes älsklingsdofter, som hon rentav föredrar framför vissa lätta blomdofter. Eftersom hon inte vill verka galen har hon aldrig vågat berätta det för någon. Men hon gillar faktiskt den där lukten av varm hund. Inte våt! Varm!

Deras gemensamma värme luktar nog också gott under den stickade yllefilten och det som förut var ett täcke av stjärnor.

Några timmar tidigare var det en hand som i skydd av nattens mörker trevade sig fram under tröjan. En hand som försiktigt gled upp till hennes högra bröst och med ett fast grepp utforskade dess rundning. Och sedan gled handen nedåt igen och vågade sig innanför byxlinningen, in under bomullstrosorna och kupade sig varsamt över Venusberget där den blev liggande en lång stund. Kanske en timme. Som om den ville få ett avtryck i handflatan, låta sig genomträngas av platsens speciella värme, suga åt sig av dess fukt.

Julie sa ingenting. Det fanns ingenting annat än ömhet i beröringen. Och framför allt ett djupt behov av att hitta tillbaka till kvinnokroppen. I tankarna återskapa kvinnans galax för att inte vara alltför vilsen på sitt nästa intergalaktiska uppdrag, även om inga datum var spikade. Hon lät honom hållas och fick för första gången uppleva den sortens ömhet. Med vilken rätt skulle hon ha skjutit bort handen som smekte henne som man smeker en vallmos kronblad, försiktigt så att de inte ska bli skrynkligare än de redan är? Hur hade hon kunnat avbryta den där stunden av riskfullt men, som hon anade, uppriktigt sökande? Som kanske rentav hade en läkande effekt ...

Hon lät honom hållas och tyckte om att känna handen vila på sin kropp, varsamt.

Så varsamt.

Jérôme börjar röra på sig. Julie har legat helt stilla. Hon mediterar, utan att tänka på något annat än båten, vågorna, stjärnorna som nu undan för undan försvinner från himlen, trots att de fortfarande finns kvar. Lulu finns också kvar. Han väntar säkert på henne nu. Han kommer att bli orolig. Hon säger åt Jérôme att hon vill hem. Han reser sig och går till styrhytten efter att först lättjefullt ha sträckt på sig med armarna i vädret. Innan han startar motorn kommer han tillbaka och ger Julie en puss på pannan och viskar i hennes öra, precis som hans far gjorde kvällen innan, att man ska vara nöjd med allt som livet ger. Hon tackar honom för stjärnorna. Hädanefter kommer hon att se på himlen med nya ögon.

Tillbakafärden sker under tystnad. De hämtar sig efter sin alltför korta nattsömn. Sin sammanblandade värme. Den stora ömhet som de kunde hämta kraft ur när deras skilda behov sammanstrålade. För hans del, behovet av att röra vid en kvinna. För hennes del, behovet av att en man närmade sig henne varsamt.

När Julie kliver in i det lilla huset vid havet märker Ludovic inte genast att hon är tillbaka. Han skjuter en skottkärra i plast framför sig i den lilla hallen och ropar: ”Vänta på mig, vänta på mig!” Han försvinner in i vardagsrummet. Julie frågar Paul vem han vill ska vänta.

– Skottkärran…, svarar Paul med en blinkning. Då är barnet tillbaka från vardagsrummet och får syn på sin mamma, som han utan jämförelse föredrar framför skottkärran. Han slänger den bryskt åt sidan, kastar sig i hennes famn och kramar henne hårt med sina små knubbiga armar.

– Va ha du vait? frågar han.

– Bland stjärnorna, svarar Julie.

– På iktigt?

– På riktigt! Jag har tagit med mig en souvenir. Titta i min hand, det finns fortfarande lite stjärnstoft kvar i den. Ser du det? frågar hon och öppnar handen.

– Ja.

– Och hur är det med dig då?

– Paul vann en gång igå kväll.

– Aha? Var det du som lät honom vinna?

– Ja, svarar barnet.

– Stopp och belägg! protesterar Paul på väg ut i köket. Det är inte sant. Jag är inte helt gaggig än! Jag har gjort framsteg!

– Och så tog han en smögås med Nutella.

– Nu får du väl ge dig! Du lovade ju att inte skvallra.

– Vad är det mer han har gjort som han inte vill att vi ska veta? säger Jérôme roat.

Barnet lämnar rummet utan en blick på Jérôme och säger att han ska gå och hämta en sagobok.

– Okej, jag fattar vinken. Här var man inte populär, utbrister Jérôme stött.

– Min sons gillande måste man göra sig förtjänt av, förklarar Julie.

– Sådan mor, sådan son, svarar han.

– Nöjer du dig inte med det vi gjorde i går kväll?

– Vad gjorde ni? undrar Paul nyfiket.

– Vi tittade på stjärnorna, skyndar sig hans son att svara.

– Var det trevligt? envisas Paul, misstänksam.

– Strålande. En fantastisk natt för att observera ... en ny stjärna som jag inte sett förr.

– Vilken då?

– Jag vet inte vad den heter. Men den lyste väldigt klart, säger Jérôme med en konspiratorisk blick på Julie.

Hon återgäldar leendet. Paul tittar på Julie, sedan på Jérôme, och så på Julie.

– Döljer ni något för mig?

– Vi bara driver med dig, svarar Jérôme. Och du sväljer betet utan att tveka, trots att du redan är rätt fet ...

Paul intar boxarposition, säger ”vänta bara får du se” och måttar några slag mot sonens axel. Jérôme svarar med att lägga armen om faderns hals och släpa honom med sig till dubbelsängen i sovrummet bredvid, där han välter omkull honom. De brottas och skrattar, tills Ludovic ansluter sig och kastar sig över dem båda och boxas än mot den ene, än mot den andre. Julie tittar roat på. Och sällar sig till sist till den muntra högen som snor och vrider sig som ett gäng hopslingrade daggmaskar. Hon försöker efter bästa förmåga skydda Lulu som av alla krafter brottas med de båda vuxna, utan att ens försöka ducka för slagen. Det slår henne plötsligt att hennes son måste sakna en fadersgestalt, en manlig närvaro som han skulle må bra av att spegla sig i emellanåt. Snart har de ont i magen allihop, utan att ha träffats av några slag. Magkramp utlöst av smittsamma gapskratt. Paul krånglar sig till slut loss ur högen och går för att laga lunch. Trots att det är sonens tur. Men han börjar få smak för matlagning. Trettio år utan att ta i en gryta och så får han en kulinarisk uppenbarelse under en vistelse vid havet, efter en simpel begäran från en feminist utan bankkort. Jérôme sträcker ut sig på rygg och suckar ljudligt. Lulu hoppar på honom en sista gång, med följd att han tappar andan. Julie gör Paul sällskap i köket och överlåter åt lille Lulu att dra upp sin äldre brottarkompis. Upp till ytan.

– Vill du ha hjälp?

Paul tittar förvånat på henne. Det är nästan så att han vill nypa sig, eller kanske skära sig lite med den vassa kniven han har i handen, för att försäkra sig om att han inte sover.

– Om jag gråter är det inte lökens fel den här gången... äntligen duar du mig.

– Den som väntar på något gott väntar aldrig för länge.

– Var det stjärnorna som fick dig att ändra dig?

– Stjärnorna och en massa annat.

– Vad bra.

Paul säger inget på en stund. Han bemödar sig om att bara glänta lite på ögonlocken när han skalar löken. Han utmanar den, som en cowboy i en revolverduell, kisande i solen och dammet. Nej, han tänker inte gråta. Inte den här gången. Hon skulle ju kunna få för sig att det verkligen var på grund av duandet.

Han gråter.

Helvetes lök!

Julie tar över kniven och avslutar arbetet. Hon ser honom gå ut för att få lite luft, i farten snappar han åt sig kökshandduken som hänger på tork på spishandtaget.

Hon ler.

Paul är strax tillbaka. Han har just mött Jérôme som hade Ludovic på axlarna, med spade i ena handen och hink i den andra. De var på väg mot stranden. Det är strålande sol även i dag. Rena semesteridyllen.

– Har ni legat med varandra? frågar Paul utan omsvep när han rödögd kommer tillbaka till köket.

– Varför vill du veta det?

– Därför. Jag behöver få veta.
– Nej.
– Men ni verkar så hemlighetsfulla.
– Vi hade en fin stund tillsammans.
– Och han rörde dig inte?
– Jo.
– Men ni låg inte med varandra.
– Nej.
– Vad gjorde ni då?
– Jag hade en liten geografigenomgång med honom.
– Kan du vara lite tydligare?
– Nej.
– Okej!
– Jag tror att han helt enkelt behövde hitta tillbaka till en känsla av ömhet. I övrigt är det hans ensak. Han bestämmer själv om han vill berätta för dig. Med mig pratade han om stjärnor, och det var magiskt.
– Jo, jag kan gott tänka mig att han gjorde dig mållös, stjärnfantast som han är.
– När åker vi hem igen? frågar då Julie med halvkvävd röst.
– I slutet av veckan. Plikten kallar. Jag har inte gått i pension helt och hållet än. Jérôme måste tillbaka till jobbet också.
– Slut på drömmen, säger hon med ett stänk av melankoli.
– Varför det? Vi kommer väl tillbaka, eller hur?
– Jo! Men alla ska hem till sitt, det egna lilla livet, och så blir allt som förut igen.
– Inte för mig. Inte sedan jag mötte dig. Vi kommer att ses. Vi bor inte långt från varandra.
– Säger du det så. Vad ska du ha löken till?
– En lökpaj. Ett kilo att skala.
– Är du masochist?
– Jag räknade med dig, svarar han och ler brett.

Det känns sorgligt att behöva åka härifrån ...

Avfärd

Det återstår fyra dagar tills de ska åka hem, en tid som försvinner skrämmande, svindlande, oförskämt fort. Samtidigt som allt känns väldigt naturligt. De lever nästan som en familj, fast utan några par, sammansvetsade i en allt tätare gemenskap.

Jérôme har fortfarande stunder då han sitter för sig själv i sanden och tittar på havet. Han funderar, resonerar hit och dit, simmar sakta upp till ytan, det är fortfarande långt dit, men nu ligger den inom räckhåll. Vågornas rytm har en lugnande inverkan. Han identifierar sig med snäckskalen, som hårdhänt sveps iväg när havet drar sig tillbaka. Snäckskalen som man ibland hittar begravda, eller spräckta, uppochnervända, i bitar. Men andra hittar man nästan oskadda, liggande där på stranden som om ingenting hade hänt. Ett mål att sträva efter. Att vara oskadd uppe vid ytan. Julie har kommit och satt sig hos honom ibland och hållit honom i handen, eller under armen, eller kurat ihop sig mellan hans uppdragna ben i ett försök att hitta tillbaka till den hundlika värmen på båten.

Men andra gånger är Jérôme på gott humör och deltar i olika lekar med Lulu, eller lagar mat med sin far. Än har han inte kommit så långt att han dansar som Baloo, men ögonblicket närmar sig. Våmmen är tom och fördomarna han hade när de plockade upp flickan har farit all världens väg. Han väntar fortfarande på att hans far ska komma och säga: ”Nå, vad var det jag sa?”

Men det kommer Paul inte att göra. Han vet mycket väl att Jérôme helst slipper den repliken, och att det enda han behöver är att må bättre, inte lyssna till onödiga och dryga kommentarer.

Paul kommer på sig själv med att då och då iaktta Julie, han undrar hur hon bär sig åt för att få honom på så gott humör. Det är ju inget märkvärdigt med henne. Inte mer än med någon annan. Om man bortser från det där ljuset hon sprider, som när morgonsolen tränger in genom fönsterluckorna. Med andra ord har han och hans son hittat en stjärna. Han är glad att han litade till sitt första intryck. Glad att hans pizza och sexpack öl passerade hennes händer. Glad att han bjöd henne på lunch, och sedan till Bretagne. Glad att hon hjälpte Jérôme att göra sig fri från kättingen som höll honom fjättrad vid sjöns botten. Glad att han har blivit bättre både på Memory och på matlagning.

Glad.

Det är nästan så att han är tacksam mot Marlène för att hon fick den briljanta idén att lämna honom. Inte nästan. Han *är* tacksam.

Julie och Ludovic tillbringar dagarna i vattenbrynet, visserligen iförda ylletröjor, men i solsken. Vore det möjligt att ta med stranden i bilen skulle de göra det. Men de får nöja sig med att packa ner vågorna i minnet. Därför samlar de på sig så mycket havsdoft, vågkluck, måsskrik och solnedgångar som de bara kan.

Och sedan är det dags att plocka ihop allt. Paul har köpt en stor röd resväska till Julie där hon kan lägga ner både sina gamla kläder och de nya som är mer anpassade till hennes ökade låromfång.

Det bär Julie emot att behöva packa. Hon skulle gärna vara på semester jämt. Lulu skulle lära sig mer här än i förskolan. Men det är inte så livet fungerar. Man måste arbeta, så att man kan betala mat och hyra, och för eventuella nöjen krävs att det finns pengar kvar i slutet av månaden. Mer än någonsin har hon en känsla av att vara född under en olycklig stjärna. Som lyste med blekt sken. Ett öde man inte väljer. Problem som avlöser varandra och en känsla av att springa efter lyckan ungefär som man springer efter en buss som just har stängt dörrarna. Hon gråter över resväskan.

När Paul kommer in i rummet får han en konstig känsla av att ljuset har avtagit. Han lägger en hand på Julies axel, vänder henne mot sig och ger henne en kram.

– Nu ska du sluta gråta eftersom det inte finns någon anledning.

– Jag har ingen större lust att återvända till mitt gamla liv.

– Men gör inte det då. Bestäm dig för att du har ett nytt liv. Så är det för mig. Jag hade ett liv före dig och en dag kommer jag kanske att ha ett liv efter dig. Men för tillfället är det bara du som gäller.

– Det låter som en kärleksförklaring.

– Men det är ju en sorts förklaring! Kanske inte just kärleksförklaring, jag är bortom det.

– Finns det något bortom kärlek?

– Du finns!

– Stora ord.

– Bra botemedel.

– Jag har inte botat någon.

– Nej, men du har kommit med balsam till våra liv, sådan som man stryker på ett sår för att hjälpa huden att läka.

– Och vill du och Jérôme fortfarande ha balsam när såren väl har läkt?

– De läker aldrig helt. Och när de har läkt får man andra sår som måste skötas om. Det är så livet ser ut. Skärsår, blåmärken, stukningar och balsam.

– Och jag är garanterat fri från konserveringsmedel. Vilken tur ni har!

Paul ler och ger henne en ny och ännu hårdare kram.

– Hallå där, nu mosar du tuben, all balsam åker ut!

– Seså, packa klart nu i stället för att prata strunt, säger han och ruskar henne lite i axlarna. Vi måste hinna till bageriet också. Annette har gjort i ordning lite färdkost åt oss med äkta smör från Bretagne. Den ska räcka för att fortsätta gödkuren några dagar i Alsace.

Det känns verkligen sorgligt att snart behöva sätta sig i den där bilen igen. Vi kommer att köra på natten, på så vis märker jag inte när kilometrarna tickar förbi. Hoppas att jag kan sova. Sova så att jag slipper tänka.

Jag vill vara kvar här.

Jag vill vara ett sandslott.

Jag vill vara sand.

Måsar.

Hav.

Och vågor.

Jag vill vara en våg som sköljer in över stranden.

Eller så vill jag vara stranden, och vänta på att vågorna varsamt ska komma och smeka mig.

Ett ögonblicks verk

Klockan är fyra på morgonen. De gav sig av sent i går eftermiddag efter att motvilligt ha stängt fönsterluckorna och tänkt att det fick vara så i några månader, med tungt hjärta vridit om nyckeln i låset och gömt den i det lilla skjulet bakom huset. Paul hade vilat sig i några timmar för att vara redo att köra. Jérôme tog över ratten i början av natten, men har nu lämnat över den till sin far, för att sova lite, precis som Ludovic och Julie i baksätet. Barnet kramar sin snuttetrasa med fridfullt ansikte. Han är långt borta, i nattens drömmar, och vaggas av brummandet från motorn. Julie slumrade in efter några kvävda snyftningar som hon försökte dölja. Men som de båda männen ändå hörde. Paul känner sig tillfreds. Han är inte ledsen. Han vet att hemresan från Bretagne inte är slutet på historien utan början.

Han tycker om att köra på natten, när allt är lugnt både inuti bilen och utanför. Vädret är idealiskt. Några stjärnor låter ana att fälten kommer att ha ett tunt skikt av nattfrost framåt gryningen. Trafiken är förhållandevis lugn på motorvägen. Bara enstaka röda lyktor långt där framme, några halvljus i mötande riktning. Han längtar tills de är hemma. När de har passerat Sarre-Union vet han att det inte är långt kvar.

Men då, då ser han att bilen långt där framme plötsligt vinglar till. Två halvljus kommer rakt emot honom, kränger riskabelt hit och dit och närmar sig i rasande fart. Paul förstår att bilen inte befinner sig på andra sidan mitträcket utan på hans egen väghalva. Audin kör i hög fart, han kan bara försöka undvika den mötande bilen genom att svänga undan. Det är en vit skåpbil, den kör rätt in i bilens högra bakdel.

Kollisionen är våldsam.

Jag känner mig lätt. Det är som om jag vore en tygdocka stoppad med bomull. Allt omkring mig är ljust. Jag ligger som på ett moln. Det är vackert väder. Jag flyger ovanför havet, vågorna rullar in nere på stranden. Jag får syn på det lilla huset i Bretagne, stränderna där jag sprang tillsammans med Jérôme. Lulu leker nere i sanden, fyller hink på hink och vänder dem outtröttligt upp och ner. Paul står framför mig, han ler stort. Han ser sorgsen ut. Men han ler åtminstone. Ögonen är röda. Han har väl lagat lökpaj nu igen. Och plötsligt faller mörkret i ett slag och jag är inte längre någon tygdocka, jag är tung som bly, jag flyger inte mer, jag faller och jag hör Paul vråla: ”Men vad är det för dåre?”

Jag rycker till.

Jag vaknar.

Allt omkring mig är vitt. Jag ligger i en säng. Jag är varken gjord av tyg eller bly, jag är en tom kropp med ett hål i armen, där det sitter en kateter. Men Paul står ju framför mig med ett sorgset leende och röda ögon.

Jag är rädd för att förstå.

Två sekunder före miraklet

Julie sätter sig häftigt upp i stålrörssängen och blir genast yr i huvudet. Paul tar hennes hand och ber henne lugna sig.

– Vad är det som händer? frågar hon upprört.

– Vi har varit med om en bilolycka, svarar Paul lugnt.

– Var är Lulu? frågar hon oroligt.

– Han är i operationssalen.

– Var då?

– På barnavdelningen.

– Jag vill dit.

– Vi måste höra med sköterskorna om de kan ta bort den där grejen du har i armen.

Julie sätter sig på sängkanten och sliter utan att tveka bort plastkatetern hon har i venen. Blodet börjar genast rinna. Hon rycker till sig en förpackning med kompresser på en bänk i rummet, sliter upp den med tänderna och trycker kompresserna mot handleden för att stoppa blodflödet.

– Vilket håll?

– Du kan inte gå iväg så där, Julie, du är fortfarande svag.

– Det är inget fel på mig. Var är han? frågar hon beslutsamt.

Paul håller henne om axlarna och leder henne mot utgången. De möter en sköterska och han förklarar för henne att de ska gå till Julies son, att de är tillbaka om en liten stund. Sköterskan hinner inte ens protestera förrän svängdörrarna har slagit igen efter dem.

När de är framme på barnkirurgen blir de hänvisade till

ett väntrum vid ingången till operationsenheten. De får inte komma längre. Där måste de vänta. De har inget val.

Julie ber Paul berätta om nattens händelser. Själv minns hon ingenting. Det känns otäckt. En del av hennes liv är utraderat. Som när en bil rullar utan att det syns på mätaren. Då förklarar Paul att ambulanspersonalen gav henne lugnande, att hon var alldeles för uppjagad efter olyckan. Han berättar om skåpbilen som kom farande i fel körriktning. För en knapp halvtimme sedan fick han av gendarmerna veta att föraren dog direkt, och att provsvaren visade på alkoholpåverkan. Kraftig sådan: 3,54 promille. Ett brott. Paul pratar om att kollisionen träffade Audin från sidan, vilket gjorde att han själv och Julie klarade sig bra eftersom de satt på rätt sida. Jérôme blev allvarligt skadad, men hans tillstånd är inte livshotande. Det var den lille som drabbades värst, trots bilbarnstolen för tvåhundra euro. Därför tror Paul att han förmodligen skulle ha dött i den gamla.

– Hur är det med Jérôme?

– Bäckenfraktur, och en rad andra frakturer på höger ben. Axeln är också skadad. Men det är ingen fara.

– Men Lulu då? frågar hon med ynklig röst.

– Jag vet inte, Julie. Vi måste vänta.

Tystnaden sänker sig över det lilla rummet där några tidskrifter ligger utspridda på ett lågt bord. En grön växt vegeterar i ett hörn, som för att skänka lite liv åt platsen. Lugnande bilder pryder väggarna: ett hav, en sanddyn, snötäckta bergstoppar i någon okänd trakt. Vilka stora avstånd i ett så litet rum. Och för Julies del, vilken stor oro i ett så trångt bröst. Hon gråter tyst. Paul makar sig närmare, håller om henne lite hårdare, smeker sakta hennes axel.

Mer än tre timmar efter att operationen inleddes öppnas plötsligt dörren. En lång blåklädd man kommer in i väntrummet. Han har fortfarande på sig sin gröna mössa och drar ner munskyddet medan han sätter sig på en stol intill dem. Han vet att Julie är pojkens mamma, men vill förvissa sig om att han kan lämna medicinsk information i närvaro av mannen bredvid. Julie ger sitt tillstånd, tacksam över att inte vara ensam. Hon drar ett djupt andetag...

– Jag är doktor Mercier, kirurg. Jag har både goda och dåliga nyheter. Ludovic har varit utsatt för en våldsam krock. Vi har lyckats hejda hjärnblödningen. Men tyvärr blev vi tvungna att avlägsna mjälten.

– Är det illa?

– Det är ett viktigt organ för kroppens immunförsvar, men man kan leva utan mjälte om man genomgår vissa behandlingar för att förebygga infektioner.

– Var det de dåliga nyheterna?

– Nej. De dåliga nyheterna är dystrare än så. Ludovic har utsatts för en traumatisk hjärnskada, och delar av hans hjärna är påverkade. Han ligger för närvarande i koma. Vi vet inte om han kommer att vakna, eller när det i så fall kommer att ske. Det kan dröja två timmar, två dagar, två veckor, två månader eller kanske två år. Läkarvetenskapen kan än så länge inte förutse när patienter ska vakna upp ur koma. Men hans EEG ser ganska bra ut, och om han vaknar borde han ha hela sin intellektuella förmåga i behåll. Givetvis kanske inte med en gång. I samband med olyckan skadades också ryggraden. För närvarande är han förlamad i benen. Inte heller där vet vi om det kommer att gå tillbaka.

Julie har lyssnat på läkarens sakliga och tydliga redogörelse. Hon har svårt att ta in vad han säger. Efter en stunds fullständig blockering, då hon ser Ludovic leka i sanden dagen innan, i Bretagne, brister hon i gråt, som om situationens allvar plötsligt gick upp för henne. Nu är det hennes tur att uppleva det våldsamma traumat. Hon gråter med ett krampaktigt tag om Pauls arm.

Tiden har stannat i det lilla rummet, bilderna av storslagna vyer känns nu som ett hån, ingenting är stort längre, ingenting utom rädslan. Bilden av havet flinar mot Julie när hon inser att Ludovic kanske aldrig mer kommer att återvända dit.

Hon känner doktor Merciers stadiga hand på sin axel. En kontakt som berör henne, nästan gör henne lugn. Sedan drar han upp sitt munskydd igen och försvinner bakom dörren.

Tystnaden faller över dem som en blykappa. Men även om Paul är oerhört ledsen är han ändå lättad. Han tar Julies haka i ett fingertoppsgrepp och ler ömsint mot henne.

– Julie, Ludovic lever. Han ligger i koma, men han lever.

– …

– Jag är hoppfull. Var hoppfull du också. Jag ber dig att inte ge upp, okej?

– "Släpp inte taget, annars riskerar du att göra det två sekunder före miraklet." Det är ett arabiskt ordspråk som jag har haft hjälp av i åratal. Men jag har inga krafter kvar.

– De finns där. Det känns inte så, men de finns där.

Julie söker skydd i hans famn, som också finns där. Hon försöker återvinna sitt lugn genom att andas i takt med Paul. Han är lång och bred. Lite lös i hullet. En storvuxen mäktig ek med ihålig mossbelupen stam … Och hon är ett litet skadat rådjurskid som söker skydd inuti …

– Men tänk om han inte vaknar?

– Han kommer att vakna, Julie, något annat är inte möjligt. Klamra dig fast vid den tanken.

– Jag försöker klamra mig fast, men det är såphalt överallt, det känns som om jag sitter på en isvägg, utan stegjärn och isyxa.

– Luta dig då mot andra. Luta dig mot mig.

Julie kurar ihop sig lite till i hans famn …

Hans lena hud

Julie har somnat in med huvudet i Pauls knä och benen uppdragna på sätet bredvid. Paul stryker henne sakta över håret, med blicken i fjärran.

Hon väntar på att bli inkallad så att hon får träffa sin son. Hennes sista minnesbild av honom är när han sover fridfullt i sin bilbarnstol, med snuttetrasan i handen.

Det är lugnt på barnintensiven, det är helg och Ludovic är enda barnet på avdelningen.

Han ser fridfull ut, trots alla maskiner han är sammankopplad med. En respirator blåser luft i hans bröstkorg med en metronoms taktfasthet och ger ifrån sig ett konstlat flåsljud. Julie ryser till när hon går närmare, han är isande blek. Om hon inte hörde pipandet från EKG-apparaten som registrerar hans hjärtaktivitet skulle hon kunna tro att han var död. Men han är livs levande, förmodligen långt borta, men livs levande.

Levande.

Helt enkelt.

Hon kysser honom innerligt, på kinden, pannan, ögonlocken. Hon känner hans lena hud mot läpparna och får samma förnimmelse som när han var nyfödd och hon höll honom tätt intill sig. Hon ler mot honom och viskar i hans öra.

Sjuksköterskan fyller i hans journal vid ett litet bord intill.

– Är hans pappa inte här?

– Det är bara vi.

Kvinnan återvänder till journalen, och Julie till sin sons varma kropp.

– Om han skulle vakna när jag inte är här, vad händer då?

– Då ringer vi direkt, vi har fått ert mobilnummer.

– Jag har ingen mobil.

– Mannen som gjorde er sällskap lämnade ett nummer när ni blev inlagd.

– Jaså?

– Är han inte en närstående?

– Jo.

– Morfar?

– Nej, tvekar Julie. Eller jo, kanske.

Sköterskan tittar på henne med ett förbryllat småleende. Hur skulle hon kunna förstå? Hur kan Julie förklara situationen för henne? Han skulle kunna vara en morfarsgestalt genom sin tillgivenhet. Och ålder. Men efter bara tre veckor?

Än sen då?

Paul har plockat upp en tidskrift ur högen, förstrött bläddrat igenom den men snabbt lagt den ifrån sig, oförmögen att koncentrera sig på något överhuvudtaget. Hur oväsentliga framstår inte alla dessa artiklar jämfört med det som hände för några timmar sedan. Han hör raska steg i korridoren och förstår att det inte är Julie, hon går på ett annat sätt. Han börjar lära känna även den sortens saker hos henne.

– Hej, Paul.

– Å, Caroline! Vad bra att ni kom. Har ni varit hos Jérôme?

– Ja, jag kommer just därifrån, han berättade om pojken. Hur är det med honom?

– Han är på uppvaket. De blev tvungna att operera.

Paul drar sedan hela den medicinska diagnosen.

Carolines ögon blir blanka.

– Vilken mardröm. Det är fruktansvärt. Och hur klarar sig Julie i allt det här?

– Omtumlad. Stark.

Tystnaden lägger sig. Det är svårt att hålla igång ett samtal i en stund som denna.

Men hur tung är inte tystnaden.

Lulus snuttetrasa

När Julie vaknar upp känner hon inte igen sig och det tar en stund innan hon hittat tillbaka till verkligheten. Hon ligger i en dubbelsäng i ett modernt inrett sovrum i neutrala färger, det är uppenbart att hon inte befinner sig på sjukhuset. Hon stiger upp för att dra gardinerna åt sidan och titta ut. Då ser hon Paul komma tillbaka från brevlådan med morgontidningen i handen. Alltså är hon hemma hos honom.

Hon tittar på kläderna hon har sovit i, sina egna trosor och en stor kortärmad herrtröja. Hon minns ingenting, inte ens att Paul bar in henne till sängen.

När hon vänder sig om möts hon av sin egen spegelbild. Spöklik. Ögonlocken är svullna, ögonen rödsprängda med mörka ringar under. Ett blåmärke i pannan är enda synliga spåret efter olyckan. Det var Lulu som tog hela smällen. Den stora röda resväskan står vid sängens fotände. Hon tar några plagg och smiter in i det intilliggande badrummet för att ta en skållhet dusch, i hopp om att det ska ha en dämpande och uppmjukande effekt.

Förhoppningar som kommer på skam några minuter senare.

Hon försöker inte ens sminka sig. Om det börjar rinna igen …

Det kommer att rinna igen.

Julie hör klirret av bestick nedifrån köket och går dit. Paul håller på att duka fram frukost.

– Har du sovit? frågar han och pussar henne på pannan.

– Var det du som tog av mig kläderna?

– Ja, inte var det katten, svarar han och pekar på en stor grå hankatt med tjock päls som ligger och slumrar på en kudde i en vrå av köket. Oroa dig inte, tillägger han när han ser att hon blir generad, mina blickar på dig var enbart omtänksamma. Du var helt slut efter att vi hade varit på sjukhuset.

– Jag vill tillbaka dit.

– Jag ska köra dig. Ät någonting först bara.

– Jag är inte hungrig.

– Drick åtminstone lite sötat te. I morgon åker jag och köper en telefon till dig, det kommer du att behöva.

– Nej, nej, jag har inte råd med …

– Tyst på dig. Allt sådant där tar jag hand om. Okej? säger han förargat.

– Bli inte arg, Paul, vädjar hon med återhållen andning.

Paul vänder sig om, tar stöd med båda händerna mot diskbänken och ser ut genom fönstret. Julie ser honom skälva till. Hon går fram och slinker in mellan honom och diskbänken. Han lägger armarna om henne och brister i gråt.

– Det var mitt fel, om jag bara hade reagerat annorlunda.

– Kunde du det?

– Allt gick så fort. Jag hann inte mer än fatta vad det var fråga om förrän skåpbilen körde på oss. Det svinet är inte ens här så att han kan se vilket elände han har ställt till med.

– Varför har du tvättat Lulus snuttetrasa? frågar Julie när hon ser att tygtrasan hänger på tork på kökselementet.

– Den såg för bedrövlig ut. Fråga inte mer, Julie, det är bäst så.

De står kvar där en stund. Sedan sveper de varsin kopp varmt te och åker till sjukhuset, där Paul följer Julie till barnavdelningens entré innan han själv tar en annan trappa och går och hälsar på Jérôme.

Ludovic förflyttades till barnintensiven tidigt på morgonen.

Inredningen är trivsam. Rogivande färger, tavlor på väggarna. Trots det ständiga bullret från maskinerna är stämningen lugn, närmast munter, eller åtminstone som om livet gick sin gilla gång även här. En av de båda sköterskorna har ett leende på läpparna. Hennes gladlynthet förvånar till en början Julie. Att arbeta på den här sortens avdelning verkar så svårt. Men när hon kommer in på Ludovics rum förstår hon att levnadsglädjen nästan smittar av sig. Inte så att hon tror att det hjälper, men hon vill gärna ta risken att bli smittad.

– Skulle jag kunna få träffa en läkare och prata lite om Ludovic?

– Javisst, självklart, ni ska få träffa doktor Lagarde, han är avdelningschef. Han kommer klockan nio, de sitter i möte nu.

Efter en snabb rundtur på avdelningen återvänder Julie till Ludovics rum, drar fram fåtöljen till sängen och sätter sig hos honom. Hon tar hans slappa hand, kramar den hårt och stryker honom över håret. Han har en rad stygn tvärs över ögonbrynen. Andra mindre sår har tvättats och lagts om.

Julie tittar på alla slangar som leder till hennes barn. Sköterskan kommer in i rummet med en bricka i handen. Hon tar en av nålarna och ersätter den med en annan. Hon sprider välbefinnande omkring sig, som doften från en parfym. Det är nästan så att man tycker sig se små blommor virvla omkring. Hon besvarar Julies frågor och lämnar en stund senare rummet med ett vänligt leende.

Det värmer!

Några minuter senare knackar en läkare på dörren och kliver in i rummet. Han förklarar återigen hur situationen ser ut. Genom att höra det börjar hon så smått att förstå.

– Finns det några tecken som visar när han kommer att vakna upp ur koman?

– Både ja och nej. Han kan vakna spontant, utan att vi väntar oss att han ska göra det.

– Och kan man göra någonting under tiden för att hjälpa honom?

– Ja, det är viktigt att prata med honom, röra vid honom, stimulera honom genom att påminna honom om sådant han har varit med om. Det är bra om de personer i hans närhet som han har en relation till kommer och hälsar på, så att han får höra dem prata också. Även syskon …

– Det har han inga …

– I så fall mor- och farföräldrar, hans dagmamma, och så vidare.

– Och benen?

– Där kan vi inte heller säga något bestämt. Det slags skada på ryggmärgen som Ludovic har brukar i allmänhet gå tillbaka. Allt beror på hur länge han blir liggande i koma, och på hans egen vilja. Vi föredrar att vara ganska pessimistiska, så att ni är förberedd på det värsta, men vi gör allt som står i vår makt för att det ska bli så bra som möjligt.

– Betyder det att han blir som före olyckan?

– När man är beredd på det värsta får det mindre dåliga en särskild smak som man kan njuta av, även om den kunde vara godare. Däremot vet vi inte hur lång tid han kommer att få stanna här. Det är viktigt att ni tar hand om er, och framför allt att ni inte blir av med jobbet. Jag vill minnas att ni är ensam förälder. Kuratorn här på avdelningen kommer att ta kontakt med er, men det ekonomiska stöd ni kan få räcker inte som försörjning. Och sedan behöver ni också se något annat, komma ut, få lite omväxling, annars kommer ni inte att orka. Finns det andra som kan komma och hälsa på honom?

– Ja, det tror jag.

– Det är bra. Ta hjälp av dem.

Julie tillbringar resten av förmiddagen hos Ludovic. Hon lägger hans snuttetrasa, som fortfarande är lite fuktig, under hans ena hand. Hon pratar med honom om de andra barnen på förskolan, om lägenheten, hans leksaker, vad det är för väder ute, det hon kan se genom fönstret. Mellan varven är hon tyst.

Hon gräver i väskan efter den lilla kula i sandelträ som hennes bildlärare på högstadiet gav henne en gång när hon var särskilt engagerad i ett projekt om träskulpturer. En liten kula, ett par tre centimeter i diameter, med oregelbundna konturer men osannolikt len efter att ha blivit fingrad och klämd på. Sedan dess bär hon den alltid med sig.

Hon tar den och kramar den hårt i handen. Något måste man ju klamra sig fast vid.

När klockan närmar sig tolv gör sig behovet av frisk luft påmint. Julie går ut för att få sig lite syre till livs.

Det är en strålande vacker dag. Sval, torr och solig. Brittsommar.

En ambulans har just stannat framför entrén till barnakuten. Julie ryser till.

Efter några minuter vill hon tillbaka till sin son. På vägen passerar hon sjukhusets tidningskiosk. Lokaltidningen har slagit upp olyckan med stora rubriker. Julie köper numret.

En fruktansvärd bilolycka inträffade natten till i går. Inblandade i olyckan var en skåpbil och en stadsjeep med en familj som var på väg hem från semestern. Än en gång verkar det röra sig om en alkoholrelaterad olycka. Skåpbilens förare, som dog omedelbart, var höggradigt berusad med en promillehalt som uppmättes till 3,54. Han tog motorvägen i fel riktning och föraren i stadsjeepen hade ingen möjlighet att undvika en kollision. Medan två vuxna klarade sig oskadda är läget mer bekymmersamt för den tredje passageraren, en 33-årig läkare, som fick en rad frakturer i ena benet. Mest kritiskt är läget dock för den treårige pojke som färdades i samma bil. Pojken ligger i koma och läkarna bedömer hans skador som livshotande.

Julie knycklar häftigt ihop tidningen och slänger den i en papperskorg, som om det kunde utplåna minnet av den hemska läsningen.

Det märks att de inte känner Lulu, han är inte den typen som ger upp. Han ska allt visa den där journalisten att han inte har rätt att skriva så hjärtlösa meningar.

Julie är ändå van vid att läsa nyhetsnotiser. Men den här gången är det hon själv som lämnas ut till allmän beskådan. Och det är outhärdligt.

Sköterskan är inne i rummet, hon har än en gång bytt droppåse. Den här gången är det blodpåsen.

– I morgon eller i övermorgon, meddelar sköterskan, kan vi visa er hur man tvättar honom, om ni vill göra det själv.

– Med alla slangar överallt?

– Oroa er inte, det är inte så komplicerat, vi hjälper till så länge det behövs. Och ingen är tvungen att göra det heller.

– Jojo, jag vill gärna, då får jag en chans att sköta om honom lite, precis som hemma.

– Det är faktiskt viktigt, framför allt för Ludovic. Men för er också förstås. Arbetar ni?

– Ja, jag är kassörska. Jag har en semestervecka kvar …

– Har ni flexibla arbetstider?

– Jag har hopplösa arbetstider. Men jag vill ju gärna vara här när han vaknar.

– Det är så svårt att förutse, men ni ska veta att jag har jobbat här i tjugotre år nu, så jag har sett rätt många barn komma och gå. Jag har mina misstankar om att de väljer rätt tillfälle. Och rätt person.

– Vaknade de upp allihop?

– Nej, självklart inte, jag skulle ljuga om jag påstod det. Men barn har en otrolig energi när det gäller att hitta kraften att komma tillbaka. Väck den lusten hos honom.

– Jag vet inte hur.

– Livsglädje är en bra medicin.

– Jag önskar att jag fick tillbaka den.

– Om ni hade gott om den varan förut ska ni se att den snabbt kommer tillbaka.

Liften

Caroline kommer och hälsar på Jérôme varje kväll när hon har stängt mottagningen. Hon håller honom uppdaterad om patienterna in i minsta detalj, ställer de frågor hon grubblar på, masserar hans rygg, ger honom att dricka, kommer med tidningar, håller honom sällskap, ler.

– Vet ni när ni blir utskriven?

– Skulle vi inte kunna dua varandra?

– Jo, varför inte, instämmer hon. Hur blir det med utskrivningen då?

– Inom två veckor, när jag inte behöver så mycket bandage.

– Och när det gäller att gå?

– Ja, det är en annan femma. Det är rena slarvsyltan därinne. Benvävnaden måste få en chans att återbildas. Jag får ringa på hjälp på flygplatsen i ytterligare några månader. Jag ser ut som en verktygslåda inuti. Gillar du pussel? Då ska du kolla på mina röntgenplåtar, ett tvåhundrafemtiobitars i svartvitt. Modern konst. Det kommer att göra succé på väggarna på mottagningen.

– Apropå det, hur blir det med konsultationerna?

– Har du några planer för framtiden?

– Inga särskilda, säger hon och tittar ner, rädd att bli besviken.

– I så fall stannar du. Jag behöver dig. Jag kan hjälpa dig med bedömningarna, men i de kliniska undersökningarna får du vara mina händer, ögon och öron.

– Är du nöjd med mig?

– Nej, det är rena katastrofen. Du drar på dig otur, du hoppar nästan ner i gropar till folk som gått ner sig, du ser till att MR-avdelningen blir överbelastad och till på köpet är du otrevlig.

Caroline håller andan och stirrar på honom med uppspärrade ögon.

– Det är väl klart att jag är nöjd, fortsätter han, annars skulle jag inte be dig stanna. Du måste bara sluta skriva ut grejer stup i kvarten. Försäkringskassan kommer att svartlista dig. Utveckla ditt kliniska handlag, din helhetssyn och din förmåga att lyssna, så ska du se att det i vissa fall är allt som behövs.

– Jag har fortfarande mycket att lära.

– Och tur är väl det! Det kallas att skaffa sig erfarenhet. Du ska väl ändå inte vara duktigare än jag. Så då stannar du?

– Ja, svarar hon med ett leende. Och när det gäller boende?

– Du kan behålla gästrummet, jag kommer inte att använda det.

– Och hur ska du bära dig åt för att ta dig upp på övervåningen?

– Bra fråga. Alltså, ja … Bra fråga! säger han förläget.

– Det är väl bara att installera en stollift.

– Så att jag kan åka skidor ner?

– Nej, jag tänker på sådana där trappliftar med en stol som löper längs väggen. Du vet den där grejen för gamlingar man ser i reklamen.

– Vilka fina blommor, Caroline, det är alldeles för mycket.

– Är det ingen bra idé?

– Jo, svarar Jérôme med resignerat tonfall. Tar du hand om det?

– Om du vill.

– Och pojken, hur är det med honom? undrar Jérôme.

– Han har blivit förflyttad till barnintensiven. Det är min far som är avdelningschef där.

– Vad säger du? säger Jérôme förvånat.

– Ja. Vad är det med det?

– Ingenting, då har du att brås på.

– Ja.

– Varför höll du det hemligt för mig?

– Jag har inte hemlighållit något. Men du frågade inte. Det är inte det jag brukar börja med att berätta. För att jag är en egen person. Jag har ingen lust att bli stämplad som ”professor Lagardes dotter”.

– Men vad säger han om Lulu då?

– Han vill inte säga så mycket. Pojken är stabil, men läget är allvarligt. Det var han som tog hela smällen. De kan bara avvakta. Det är det enda de kan göra.

– Och Julie? Hur mår hon?

– Skapligt.

– Var bor hon?

– För tillfället hos Paul. Men hon pratar om att flytta hem. Hon får väldigt långt till jobbet om hon bor kvar hos Paul när semestern är slut.

– Låt henne bo hos mig. Det finns ett extra sovrum längst bort i hallen. Det är inte bra om hon är ensam.

– Det är inte säkert att hon vill. Hon känner mig inte.

– Hon känner inte så många. Upp till dig att övertyga henne. Dra fram dina trumfkort.

– Vilka trumfkort?

– Inte de där, säger han med en blick på hennes bröst. Det är en tjej vi pratar om.

– Jag skrattar ihjäl mig, svarar Caroline med en grimas.

– Inte vet jag, hitta på något. Kan du inte klia lite här? vädjar Jérôme och pekar på sitt ben vid gipsets nedre kant.

Caroline gör honom till viljes och sätter sig på huk vid hans fötter. Jérôme slappnar av. Han suckar av välbehag och njuter av känslan. Ställningen är lätt ekivok. Carolines kinder är knallröda.

Hon reser sig plötsligt medan han fortfarande blundar och ger honom en puss på kinden.

– Jag måste kila, jag har en stollift som ska installeras.

– Redan? Och kliandet då?

– Det får du ordna med sköterskan.

– Det är en manlig sköterska i natt.

– Det går lika bra.

Hon har redan försvunnit ut i korridoren.

Nej, det går inte alls lika bra!

Jérôme ringer på klockan för att be den manliga sköterskan om hjälp med att komma i säng. Han säger ingenting om klådan. Någon måtta får det vara. En strumpsticka får duga ...

Han plockar upp det senaste numret av läkemedelstidskriften som Caroline gav honom och ger sig i kast med artiklarna när han hör en diskret knackning på dörren. Julie sticker försiktigt in huvudet, för att förvissa sig om att han inte sover.

– Kliv på, Julie. Vad glad jag blir över att se dig. Kom hit!

Julie går in och drar igen dörren efter sig, men blir stående där hon är. Hon är blyg som en liten flicka på sin första skoldag och vågar inte titta på honom. De har inte setts sedan olyckan.

– Kom hit och sätt dig här, föreslår Jérôme och pekar på sängkanten.

Julie närmar sig försiktigt med blicken i golvet. Tårarna rinner igen.

– Såja, kom så ska jag hålla om dig. Vi får turas om med att trösta varandra. Släpp fram det bara! Du om någon vet ju att jag har rätt. När det gäller lök har jag ingen åsikt, men i det här fallet är det motiverat.

Julie gråter ut en lång stund. Det vilar en doft av bretonsk sandstrand i luften. Vågorna andas. Till sist vaggar han henne sakta, samtidigt som han håller sitt hoppusslade ben ur vägen och passar sig för att ramla ner i gropen tillsammans med henne. Det skulle hon inte vara betjänt av. Julie tar sig till slut ur Jérômes famn och ler mot honom medan hon torkar sig om ögonen.

– Det kliar inte för mycket under gipset?

– Jo. Det är närmast outhärdligt.

– Vill du jag ska klia åt dig?

– Nej, det får gå, men tack i alla fall. Jag har en diplomerad klierska. Jag ska inte besvära dig med sådant. Och jag frågar inte hur det är med honom. Caroline har redan berättat. Hennes far är avdelningschef.

– Är han? svarar Julie häpet. Han är snäll.

– Det är hon med.

– Är det hon som är klierskan?

– Ja. Hon är duktig på att klia.

– Själv gillar jag när man kliar mig på ryggen.

– Vänd på dig! beordrar Jérôme.

– Här?

– Varför inte? Det är inget fel med det, tillägger han och stoppar in båda händerna under hennes t-shirt. Vi gjorde värre saker än så på båten…

– Då var vi ensamma, resonerar Julie.

– Fast det var ju risk att Moby Dick skulle dyka upp hux flux. Bra så?

– Lite högre upp.

– Här?

– Mer till höger. Om sköterskan kommer då?

– Det är en man.

– Ännu värre. En annan sorts Moby Dick.

– Jag kliar dig på ryggen, det är inget ont i det. Du får gärna komma och bo hos mig tillsammans med Caroline, vad tror du om det?

– Nej, jag vill inte vara till besvär. Jag tänker börja jobba igen och jag har så skumma arbetstider.

– Hon arbetar hela dagarna och kommer inte ens att märka när du kommer och går. Men då är ni åtminstone inte ensamma på kvällen. Hon är hur snäll som helst, ska du veta. Det skulle vara bra för dig.

– Jag vet inte, jag får fundera på saken.

– Inget att fundera över, det är halvvägs mellan ditt jobb och sjukhuset. Du sparar både tid och energi. Byt miljö och se till att få sällskap.

– Men du kommer väl hem snart?

– Det får vi lösa då. Jag lär bli kvar ett tag till i det här rummet. Och sedan ska jag förmodligen vidare till rehabiliteringen.

– Samma ställe som Lulu?

– Jag vet inte. Kanske. Hoppas det. Är du med på att hålla henne sällskap då?

– Jag ska försöka. Vi får se hur det går.

– Jag bad henne dra fram sina trumfkort för att övertala dig. Försök få henne att tro att det är hennes förtjänst. Den tjejen har ett uselt självförtroende. Det skulle vara bra för henne.

– Vadå för trumfkort?

– Du kan väl berätta vad hon valde att framhålla, föreslår Jérôme leende. Seså, iväg och få dig lite sömn nu, säger han och drar ner hennes t-shirt.

Kaffeautomaten

Några dagar senare.

Klockan är åtta på kvällen.

Julie går till kafeterian, den är stängd vid den här tiden men hon kan köpa sig en mugg sött citronte i automaten. Det enda som just nu kan tänkas glida ner mellan de hårda kalla kloten i hennes mage.

Myntet fastnar i inkastet. Första tanken: varför jävlas livet med henne? Som om hon inte längre kunde sätta saker i sitt sammanhang, skilja det fåniga och banala från sådant som är viktigt.

Hon börjar banka vid myntinkastet på apparaten.

Ingenting händer.

Hon hamrar hårdare, nu på sidan.

Ingenting händer.

Julie kastar en blick över axeln för att försäkra sig om att hon är ensam och sparkar sedan på automaten för allt vad hon är värd. Hon flåsar av smärta och tar sig om foten en stund, medan hon svär som kapten Haddock, men nu trillar myntet ner och automaten spottar äntligen fram en plastmugg. Det onda i foten går över, men automaten får en buckla till minne av deras möte.

Julie hade lika gärna kunnat få ut sina aggressioner och avreagera sig på något annat, nu råkade det bli kaffeautomaten. Hon känner sig bättre men vet inte om det beror på citronteet eller sparken.

Båda två, anfäkta och anamma!

Hans madeleinekaka

– Vill du jag ska klia? frågar Julie när hon kommer in på Jérômes rum.

– Vad gör du här?

– Lulu har somnat, jag tänkte åka hem.

– Ligger inte han i koma? Det är inte så att du håller på att få tillbaka lite av din ironiska stil?

– Man måste väl försöka? säger hon utan större övertygelse.

– Caroline berättade att du flyttade in hos henne i går.

– Ja. Jag gillar ditt hus. Det är lite rymligare än mina trettio kvadrat. Och så har jag inte Lulus rum alldeles inpå, det gör det lättare att tänka på annat.

– Vad blev det för trumfkort hon plockade fram då?

– Att vi förstår varandra eftersom vi är tjejer…

– Nja. Jag är inte säker på att ni är samma typ av tjej.

– Att hon kan låna mig sitt smink och hjälpa mig ur knipan om jag får slut på bindor.

– Sa hon verkligen det?

– Nej, jag ville bara vara rolig. Och få dig att gå igång. Du får erkänna att det var rätt kul med tanke på din situation.

– Det gläder mig att du försöker vitsa till det lite, även om det är på min bekostnad. Men få höra nu, på allvar.

– Du får väl fråga henne.

– Hon kommer aldrig att säga det.

– Hon sa att hon behövde sällskap för att hon kände sig ensam.

– Det är inget trumfkort, konstaterar Jérôme.

– Nej, men det är en bra anledning.

– Hur mår du, Julie?

– Så där. Jag börjar jobba igen om två dagar.

– Du fixar det. Och förresten kan jag sitta hos honom, och Paul med. Har du berättat för dina föräldrar?

– Ja. Jag talade in ett meddelande på telefonsvararen. Mamma ringde upp, säger hon avmätt.

– Vad sa hon då? envisas Jérôme efter en stunds tystnad.

– Inte mycket. Hon är ledsen. Hon kan inte komma och hälsa på honom, för hon mår inte bra själv.

– Och din far?

– Tyst som i graven.

– För helvete! utbrister Jérôme.

– Det gör ingenting. Jag klarar mig utan honom.

– Han som inte bryr sig om annat än religion kommer att behöva lika många goda skäl som det finns sidor i Bibeln om han ska bli insläppt av Sankte Per.

– Här, jag tog med mig något du kan ha som sällskap ...

– Vad är det?

– Din madeleinekaka, säger Julie och drar fram en liten påse ur väskan. Jag hittade dem i en byrålåda i det där rummet längst bort i hallen där du låter mig bo.

– Kissemissar! Hur har du fått nys om dem?

– Gissa?

– Du menar inte att pappa har berättat om dem?

– Till och med om jättekissemissen.

– Och du då? Vad har du för kissemissar?

– Jag? Jag hade ett kramdjur som hette Popi. Jag släpade runt på honom överallt. När jag var sju tyckte pappa att jag var för stor för den sortens barnsligheter. Han slet den ur händerna på mig en kväll och slängde den i öppna spisen.

– Vill du ha någon av mina kissemissar?

– Det blir inte samma sak.

– Kom hit i stället då. Jag kan vara din Popi, så du får gosa lite.

– Men Popi är en apa!

– Min rumpa liknar nog en makakrumpa vid det här laget med tanke på hur mycket jag sitter här i sängen.

– Jag tänker inte se efter, svarar Julie leende.

Den krokiga eken

Julie har lämnat sjukhuset för att få en nypa luft. Det är söndag, en fin höstdag. I morgon ska hon tillbaka till jobbet. Hon förstår inte hur hon ska bära sig åt för att orka. Kuratorn pratade om att hon kunde gå ner i arbetstid för vård av sjukt barn. Hon måste meddela sin chef. De har inte rätt att neka henne. Hon vet att han trots det kommer att opponera sig på ett eller annat sätt. För sakens skull. Därför att elakheten är hans livsluft.

Hon tog spårvagnen in till centrum för att få lite omväxling och strosa runt i en grönskande park. Nu sitter Julie på en bänk under en ek. Hon studerar det gamla trädet, som har bildat valkar kring ett spännband som en dag blev alltför trångt och som ingen tänkte på att ta bort. Eken har tvingats anpassa sig. Den har fortsatt att växa i knöliga utbuktningar runtomkring bandet. Den är lite mindre symmetrisk än sina grannar, men den har växt sig lika hög. På långt håll ser man ingen skillnad. Det kanske inte går att få ut så fina bräder ur trädet när man har fällt det, men det skänker lika mycket skugga som de andra. Och så skiljer det sig från mängden, det har rentav blivit lite av en mötesplats, man känner igen det. Det är en fast punkt. De andra träden är anonyma och ointressanta.

Julie tänker på Ludovic, på bandet som hädanefter omgärdar honom och som han kanske en dag kommer att uppleva som trångt, på skadorna från olyckan som han alltid kommer att få leva med.

Han kommer också att bli en stor och stark och alldeles särskild ek.

Bräderna kan kvitta.

Akuta bagateller

Måndag. Tillbaka på jobbet.

Julie passar på att ringa upp Paul på sin nya telefon när hon har lunchrast. Hon försöker begripa hur den fungerar och känner sig som en treåring framför styrpanelen på en Airbus A350. Paul har, som den praktiska och hjälpsamma person han är, lagt in sitt eget nummer som ett kortnummer. När hon trycker en stund på tvåan dyker hans namn mirakulöst nog upp. Trean går till Lulus avdelning, fyran till Jérôme, femman till Caroline och sexan till Manon. Han har också visat henne hur hon med en enkel knapptryckning tar sig tillbaka till menyn när hon inte längre vet var hon befinner sig.

Paul svarar alltid, oavsett om han sitter i möte eller inte. Det är högre tjänstemäns privilegium när de närmar sig pension och man till varje pris vill ha dem kvar. Han har förvarnat kollegerna ("svarar jag, betyder det att det är akut") och på förhand aviserat att samtal från Julie alltid ska ses som akuta, om det så gäller en bagatell. Vissa bagateller är trots allt akuta.

Hon berättar om hur det var att komma tillbaka till jobbet och om chefen som måste ha lämnat kvar den gnutta medmänsklighet han ärvt av sina föräldrar i moderkakan som gjorde honom sällskap ut i världen. Det var trist att den lilla människovänliga klumpen slutade i soptunnan och beredde plats åt utstuderad nedrighet.

– Han nekade dig väl åtminstone inte att jobba deltid?

– Nej, det har han inte rätt att göra, men han sa att det inte var något giltigt skäl och att han skulle ge mig ett uselt schema. Jag fick lust att trycka upp honom mot väggen.

– Det gjorde du inte, va?

– Har du sett hur jag ser ut? Visserligen har du gött mig i Bretagne, men jag är inte riktigt i hans viktklass än.

– Vi sätter dit honom en vacker dag, Julie. Inte nu, du har annat att tänka på, men lägg hämnden på kylning så att den smakar bra när det är dags. Du får i alla fall lite tid över när du jobbar deltid. Och håll ut. Det är för Lulus skull.

Och så är det bullret och luftdraget vid kassa nummer tolv dit hon är hänvisad dagen lång, kunderna som är lika mulna som vädret, som inte hälsar och knappt tittar på henne, som suckar om hon inte hittar streckkoden och blir otåliga när kunden före har gett henne sju rabattkuponger som hon måste slå in för hand. Sedan är det ”presentkupongerna” som ska lämnas ut tillsammans med varje kassakvitto och som mest av allt stjäl hyllplats i kundernas hem, men som barnen för inget i världen vill missa om de så måste rulla sig på golvet när kassörskan har slut på dem. Ännu mera tid som går till spillo, fler kunder som knorrar, tusen saker att tänka på medan hon måste hålla koncentrationen uppe för att inte göra det där misstaget som leder raka vägen till chefens rum. Men det värsta är ledan över att ägna sig åt löjliga materiella oväsentligheter samtidigt som ett barn sover en alltför djup sömn några mil därifrån, bara för att ett oansvarigt fyllo bestämde sig för att vrida om tändningsnyckeln utan att tänka på att han skulle låta några liv gå åt helvete den kvällen. Sitt eget struntar Julie i, men inte Lulus …

Så rabattkupongerna och lotterna kan de ta och stoppa upp någonstans. Särskilt chefen!

– Jag har redan sagt att du kan säga upp dig och låta mig försörja dig, upprepar Paul oförtröttligt.

– Nej, jag vill inte vara beroende av någon.
– Vad du är tjurskallig.
– Pragmatisk …
– Stursk.
– Realistisk …
– Obstinat.
– Bestämd …
– Okej! Jag ger mig. Jag finns här, det vet du.

Det vet hon.

Ett ordspråk

Julie är just klar med Ludovics morgontoalett. Han har redan varit inlagd i tretton dagar. Läkaren lämnar nu rummet. Det postoperativa förloppet har varit relativt komplikationsfritt och den plågsamma operationen känns nästan avlägsen. Urinen har blivit klar igen, ärren syns inte så mycket, blodbalansen är återställd. Ludovic andas numera för egen maskin och har blivit extuberad. Den kritiska fasen är över och övergår nu obönhörligen i den kroniska fasen, ett uttryck som skrämmer Julie.

Kronisk: adj. – ihållande, långsamt fortlöpande.

Hon förbereder sig, i sin tidsplanering och i sina tankar. De har redan lagt upp ett sorts besöksschema vid Lulus sjukbädd som de rutinmässigt följer. Julie kommer på morgonen och blir avlöst av Jérôme, som sitter hos barnet i sin rullstol och berättar sagor medan hans krossade ben läker ihop, och sedan kommer hon tillbaka när hon har slutat jobbet. Ibland kommer Paul dit och tillbringar en del av kvällen, så att hon får lite egen tid för att återhämta sig. Hon kan inte förmå sig att lämna Ludovic ensam på dagarna. Känslan av att hon överger och sviker honom, att hon gör honom ledsen och är en ovärdig mor är alldeles för stark. Dörren öppnas efter några diskreta fingerknackningar.

– Hej! Är det ni som är Ludovics mamma? Romain Forestier, jag är sjukgymnast här på avdelningen. Trevligt att träffas.

Hans handslag är stadigt och tryggt. Blicken är intensiv, på gränsen till provocerande lång, som om han vill kontrollera om motparten kan uthärda den utan att titta ner. Julie ger inte vika. Aldrig att hon gör det. Hon släpper ju inte taget, så varför skulle hon då slå ner blicken? Blicken blir längre än handslaget. Trots att stunden bara varar i några sekunder känns den evighetslång.

– Jag arbetar på rehabiliteringscentret i andra änden av staden, ni kanske känner till det?

– Ja, jag har hört talas om det.

– Jag brukar komma hit och behandla de barn som jag förmodligen kommer att återse på rehabcentret när de blir utskrivna från sjukhuset. Jag fick Ludovics journal för några dagar sedan …

Han vänder sig mot Ludovic, böjer sig ner över honom, tar hans hand mellan sina båda och tittar länge på honom, på samma sätt som han nyss gjorde med hans mamma, som om han försökte se igenom de slutna ögonlocken.

– Hej, Ludovic, du kan kalla mig Romain, det är risk för att vi kommer att tillbringa en del tid tillsammans. Jag har kommit för att ge dig massage och aktivera din kropp i väntan på att du vaknar upp. Resten får vi prata om när det blir aktuellt.

Han talar till honom i samma tonfall som till en vuxen, utan tecken på medlidande. Med samma respekt och lika rättframt.

Mannen skruvar av korken på en liten flaska med massageolja. Han häller ut några milliliter i ena handflatan och gnider ut oljan med den andra så att den blir kroppstempererad. En massage får aldrig påbörjas med en känsla av obehag, det skapar spänningar som knappast har lugnande effekt. Ytterst långsamt låter han händerna närma sig huden så att kontakten sker omärkligt. Han sätter sig på sängkanten, lägger Ludovics fot på sitt ena lår och börjar med benen. Julie iakttar honom i smyg. Över armarna löper långa markerade ådror.

Hans glänsande händer glider fram och tillbaka längs benet i en varsam men samtidigt fast rörelse. Händerna är breda och ser mjuka ut. Hans lätt vågiga kastanjebruna hår rör sig sakta i takt med huvudet. Runt munnen har han ett prydligt litet skägg. Han har rakat sig omsorgsfullt. Ett manligt koketteri som är lite rörande.

Romain är tyst när han arbetar. Julie respekterar det. Ett diskret ljud fångar hennes uppmärksamhet. Ett litet klirrande ackompanjerar hans rörelser, det verkar komma från under hans t-shirt. Han har en tunn halskedja, det måste vara ett hängsmycke man hör ...

Under en kvart har en ängel kommit och gått genom rummet.

Det roar Julie, hon ler. Hennes egen ängel går inte, han ligger kvar, glider under fingrarna på mannen som vill ta honom i handen och följa honom en bit på vägen.

– Och ni då? Hur mår ni? frågar han till slut.

– Bra. Så bra man nu kan må när det är så här. Jag håller mig uppe. Världen har rasat ihop, men själv håller jag mig uppe.

– ...

– ...

Ängeln håller ett öga på henne i smyg, redo att ingripa.

– Det ni går igenom är tufft, men vad som än händer kommer ni att klara det, för ni har inget val. Livet går ohjälpligt vidare.

Julie säger ingenting men lyssnar uppmärksamt. Så fortsätter han:

– Det finns ett arabiskt ordspråk som säger ”Släpp inte taget, annars riskerar du att göra det ...”

– ”Två sekunder före miraklet ...”

Romain tittar inte på henne, men Julie ser att han ler för första gången. Leendet tonar sakta bort från läpparna, omärkligt som en färgschattering.

Ängeln är tillbaka igen.

– Jag kommer förbi varje dag, utom på helgerna. Det är viktigt att Ludovic får rörelseterapi, ni kan själv massera honom.

– Det brukar jag göra lite grand.

Han går sin väg.

Vilken märklig person. Första intrycket var närmast kyligt, men i slutänden betryggande. Han verkar så säker på sig själv i förhållande till svårigheterna. Har säkert skaffat sig en massa erfarenhet av den här sortens situationer i arbetet med sina unga patienter. Ändå är han inte särskilt gammal. Knappt trettio.

Och så det där ordspråket. Det har Julie haft som motto i fem år nu. Kanske var det första gången någon fyllde i resten av meningen åt honom.

Det var första gången.

Och det lilla klirrandet …

Fina rynkor kring ögonen

Några dagar senare...

Julie har för länge sedan avslutat Ludovics morgontoalett. Sjukgymnasten har fortfarande inte kommit. En känsla av tomhet, något ihåligt som äter sig in i henne, med en udd av otålighet. Hon väntar.

Han dyker upp en halvtimme försenad. Ingen förklaring. Han måste ha blivit fördröjd, kanske av ett annat patientbesök?

Romain Forestier säger inte mycket. Han koncentrerar sig på sitt arbete, ler inte ofta, ser knappt på Julie. Mannen har något rogivande i rösten, i blicken, i hela sin utstrålning. Där finns också en mystisk komponent. Fortfarande hörs det där klirrljudet under hans t-shirt när han masserar Ludovic och får de domnade och tunga lemmarna att utföra olika rörelser.

I pannan har han ett djupt veck som utgår från en punkt mellan ögonbrynen. Det är några centimeter långt och pekar rakt upp. Det ger honom ett koncentrerat och allvarsamt uttryck. Några små fina rynkor strålar ut från ögonvrårna. Och till sist har han på var sida om munnen två markerade båglinjer som hon förmodar ramar in ett generöst leende. Julie försöker föreställa sig honom utanför jobbet. Vad lever han för liv? Är han gift? Har han barn? Går han på bio, går han ut med vänner? Vad har han för läggning? Är han alltid allvarsam, som här i rummet, eller gladlynt så fort han fått av sig sina vita arbetskläder?

Människors privatliv står inte skrivet i deras ansikte. Ibland tror man sig kunna gissa och så tar man fullständigt fel.

Han har ingen ring på vänster ringfinger. Kanske tar han av den när han arbetar, av hygieniska skäl och för att inte störa massagen?

Julie reser sig plötsligt, går och ställer sig vid fönstret och tittar ut på livet som pågår därutanför. Hur kan hon hålla på och fundera över sådant när Ludovic ligger här i koma och lider av sviterna efter en olycka som inträffade för bara några dagar sedan? Julie skäms, skäms över att tänka på någonting annat än sin lille pojke, skäms över att tänka på mannen bredvid.

I glasrutans spegelbild ser hon att Romain iakttar henne alltmedan han fortsätter att massera, med lugna rörelser. Så vänder han sig mot Ludovic igen.

– Vet ni, när jag får hand om ett barn brukar jag försöka ta reda på lite mer om det.

– ...

– Skulle ni kunna skriva ner några rader om er son?

– Det vill säga?

Julie har vänt sig om, hon står med ryggen mot fönstret och vågar inte gå närmare. Hon vill hålla sig på avstånd för att distansera sig från tankarna hon nyss tänkte.

– Det vill säga om hans personlighet, hans vardagsvanor, intressen, hur han fungerar både fysiskt och psykiskt. Det är helt upp till er. Det är viktigt att jag känner honom lite när han vaknar, så att han inte blir alltför vilsen.

– Kommer ni att fortsätta behandla honom även om han byter avdelning?

– I den här typen av fall stannar man vanligtvis här ett tag när man vaknat upp ur koman, så att man hinner hämta sig lite, och flyttas sedan över till rehabiliteringen. Vi kommer att tillbringa en del tid tillsammans ... Åtminstone några månader, ibland flera år, beroende på skadorna och hur snabbt det går framåt.

– ...

– Jag beklagar att jag måste säga det här, men ni kommer att få dras med mig ett bra tag.

Julie ler och går försiktigt fram till fåtöljen vid sängen.

– Det kanske är ni som tvingas stå ut med oss.

– Jag är tålig, oroa er inte.

Leenden.

– När får vi veta om han kommer att kunna gå igen?

– En sak i taget. Han måste få tid på sig. Först och främst tid att vakna.

– Jag oroar mig för framtiden.

– Som jag redan har sagt tar man sig igenom de svåraste situationer. Ibland lite tilltufsad av livet, men man tar sig igenom. Och barn har en otrolig livskraft. De anpassar sig väldigt snabbt till nya livsvillkor. I hans ålder är inlärningsförmågan i princip på topp, det kommer ni att märka.

Julie ser på när han lägger Ludovic bekvämt tillrätta. En lätt smekning på kinden får avsluta behandlingen, precis som förra gången.

– Då räknar jag med att ni skriver ihop någonting. Kan ni göra det till på måndag?

– Jag gör det här, någon liten stund bör jag väl få över, säger hon med ett ironiskt leende.

Romain tittar Julie djupt i ögonen så där som han brukar. Ett leende förstärker linjerna vid munnen och rynkorna vid ögonen får liv.

Blicken dröjer sig kvar ännu en stund när han har lämnat rummet, som fotspår i våt sand innan vågorna kommer och suddar ut dem.

Om Ludovic

Måndagen därpå.

Julie ger honom kuvertet innan han ens har hunnit fram till Ludovics säng. Han väger det i handen, förvånad över tyngden. I allmänhet brukar föräldrarna kasta ner några rader på en papperslapp. Julie har skrivit ”Ludovic” för hand och bemödat sig om att byta färg för varje bokstav. Hon har ritat dit några fjärilar, en stor sol och små blommor i gräset...

Man kan väl åtminstone få drömma lite!

Romains förvånade blick möter Julies leende, hon är stolt och rörd. Hon ger honom en liten bit av sin son. Hon har väckt honom till liv, och även om det bara var i form av bokstäver på ett papper gav det henne tillfälle att gå tillbaka i minnet.

Romain vågar inte vika kuvertet så att det ryms i rockfickan utan lägger det på sängbordet:

– Tack, jag ska läsa det i lugn och ro.

– Det är jag som ska tacka, det kändes bra.

Resten av behandlingen äger rum under tystnad. Julies leende dröjer kvar på läpparna. Linjerna vid Romains mun kröker sig försiktigt. Och änglarna går kors och tvärs genom rummet. Rena festivalen, en luftbalett, keruber vart man ser...

Senare på kvällen väntar Romain tills Charlotte har somnat innan han slår sig ner i soffan. Skenet från lampan i vardagsrummet är svagt men tillräckligt. För starkt ljus skulle blända orden.

Han lyfter upp fliken på kuvertet, som Julie inte har klistrat igen.

När han viker upp brevpapperen ramlar ett fotografi ner i knäet på honom. Ludovic och hans mamma, vid havet. Det ser ut som Bretagne. Ett soligt leende lyser upp barnets ansikte. Julie ser på honom.

Ludovic föddes för snart tre år sedan några våningar under avdelningen där han ligger nu. Fönstret stod på glänt och morgonens första fåglar sjöng.

Ingen pappa. Han hade redan försvunnit när Ludovic bara var en liten nybildad cellklump.

Flera miljarder celler senare slog han upp ett par beslutsamma ögon och blickade ut över min hud som fortfarande var fuktig av fostervatten. Hans blick var så djup att man kunde drunkna i den... Nu får hans frånvarande ögon mina egna att rinna i ett kör.

Min barndomsvän var med mig under denna magiska stund. Vi var två feer som lutade sig över hans vagga och önskade honom ett lyckligt och fridfullt liv. Vi borde verkligen fundera på att ta några lektioner till i trollstavslära... Inte sant? Eller också hade det behövts en tredje fe för att få det att fungera, såvida inte den onda fen hann före utan att jag märkte det och utslungade en förbannelse över min Lulu, som nu sover som Törnrosa.

Ludovic har alltid visat en fantastisk beslutsamhet. Redan när jag ammade honom första gången visste han vad han ville: leva, bli stor, upptäcka världen, det såg man i hans små runda ögon.

När jag hittade ett jobb – man måste ju försörja sig – lämnade jag honom hos en dagmamma. Det var hon som fick hans första leenden, med henne han greppade sina första föremål, tog sina första steg, sa sina första stavelser. Men hon berättade allting för mig. En ensamstående mamma tvingas göra sina val i livet. Jag valde att behålla Ludovic när det ännu fanns tid att plocka ut honom ur min mage. Varje dag när jag ser på honom får jag bekräftelse på att jag valde rätt.

Han har alltid varit väldigt känslig. Han blir rädd bara någon smäller i en dörr.

När han började på förskolan för några veckor sedan grät han långa stunder. Jag med. Separationen var plågsam. Hans känslighet fick sig en törn i grupperna med livliga och stojiga barn.

Ludovic är fascinerad av regnbågar, särskilt när de går från ena änden av horisonten till den andra. För två månader sedan sa han förresten så här:

– Mamma, vet du att det ligger en skatt nedgrävd vid regnbågens fot?

– Ja, det vet jag.

– Kan vi gå och hämta den en dag?

– Jo, det kan vi, men du ska veta att det är svårt, för ju mer man försöker närma sig regnbågar, desto mer drar de sig undan.

– Då är det väl bara att springa jättefort!

Och Ludovic springer fort, hela tiden.

Ludovic gillar att skoja. Han gömmer saker som jag ibland håller på och letar efter en lång stund, ända tills han inte längre kan motstå frestelsen att avslöja gömstället. Oturligt nog för mig är han väldigt ihärdig när det gäller den typen av skämt.

Ludovic lär sig snabbt i förskolan, han har mycket bra minne, men han är en riktig drömmare. Han kan sitta i flera minuter och stirra ut i fjärran.

Han börjar hitta på låtsaskompisar. Det är Skorpan, Arthur, Stjärnan och Flingan. Ibland dukar han åt dem och sparar en bit av sitt bröd åt dem. De leker tillsammans hela eftermiddagar i sträck, i vardagsrummet eller på hans rum.

De andra barnen tycker om honom. Han är inte våldsam, han är snäll och försynt.

Han gillar när jag läser sagor för honom. Han kan hundratals sagor utantill och fy mig om jag ändrar på några ord.

Han älskar att se julpyntet prunka i skyltfönstren och han gläds åt det vi hänger upp i vardagsrummet. Han säger fortfarande "juel" och behåller nästan alla "r" för sig själv.

Ludovic är lite lättstött och ibland grinig. Han är mörkrädd, han tycker om att stearinljusens lågor dansar när han blåser på dem, hans älsklingskramdjur heter "Kanin", han gillar enkelhet och stillhet, små bäckar där man kan bygga fördämningar, ibland skrattar han i sömnen. Innan han ska till förskolan glömmer han ofta att torka bort sin chokladmustasch. Han sparar alltid det mesta av sina flingor till slutet av frukosten, han gillar vaniljglass, han gillar inte zucchini och inte spenat, inte fruktbitar i yoghurten, och värst av allt är broccoli. Han har till och med förvandlat det ordet till en förolämpning. Så se upp om han en dag kallar er för broccoli. Han slickar bunken om man bakar en kaka, han är rädd för folksamlingar, han vill hålla mig i handen om vi tittar på tecknad film. Han låtsas vissla genom att sätta fingrarna till munnen och ge ifrån sig ett gällt litet skrik. Han ler när han får syn på mig utanför skolan, han gillar Camille som går i hans klass för att hon har en massa fräknar och för att hon spelar fotboll. Ibland kommer han och kryper upp i min säng när han gråter för att han har drömt en mardröm. Han går längst bort i trädgården och övar på att kissa så långt som möjligt. Han plockar små torra träbitar, det är de som flyter bäst i den lilla kanalen bakom vårt hus. Han tömmer nya flingpaket i en salladsskål så att han ska kunna hitta leksaken som alltid ligger längst ner. Han plockar fina stenar och stoppar dem i fickan och glömmer dem alltid där, till tvättmaskinens stora förtvivlan. Han vill ha det lugnt omkring sig. Han sorterar sina glaskulor efter färg i små askar. Han suger på tummen och virar en hårtest om pekfingret, men föredrar mitt hår.

Ludovic är känslig, generös, kelig, stark, modig och gladlynt. Jag älskar hans skratt, jag älskar hans blick, jag älskar hans livsaptit, hans lena hud.

Jag älskar honom.

Julie

Romain viker ihop de tre bladen och betraktar fotografiet en lång stund.

En lång stund …

Väntan

En månad. Nu har Ludovic varit på sjukhuset i en månad. Han sover fortfarande, han sover länge. Julie ger sig ibland hemåt lite tidigare på kvällen. Inte så att hon fjärmar sig från sin son, men hon behöver samla kraft. Väntan är lång och tung. Det händer att hon förtvivlar, får lust att ge upp, kapitulera, klippa av det sista bandet av hopp som knyter henne till honom, släppa taget. Men de stunderna är sällsynta och korta. De kommer när Julie tar ett steg tillbaka för att skaffa sig en bild av läget, få överblick, och plötsligt inser hur allvarlig situationen är. Då återvänder hon snabbt till sin bubbla av osäkerhet, till det lite vaga, rutinmässiga. Man blir galen när man ser den sortens sanningar i vitögat. Det är bättre att gömma undan det alltför svåra, undvika att tänka på det, prioritera vardagen och leva utan att tänka på konsekvenserna, hämta näring ur minnena för att inte bli slav under nuet, och än mindre under det som riskerar att hända. Julie tar saker och ting som de kommer, ett ögonblick i sänder, och återfår så sakteliga lusten att leva. Sorg och förtvivlan har aldrig hjälpt någon att övervinna prövningar. Därför går Julie ut med Manon, och äter med jämna mellanrum middag med Paul. Hon vårdar sin sociala förmåga och får sig på så vis några solstrålar till livs igenom molntäcket.

Sockret på botten av muggen

Julie har somnat med huvudet på sängen, bredvid Ludovics hand som hon håller i sina båda händer.

När Romain Forestier kommer in i rummet, lika diskret som han brukar, är Julie för långt borta i sina drömmar för att höra honom.

Han stryker henne över kinden med baksidan av handen så att hon ska vakna upp varsamt, precis som han brukar stryka Ludovic över kinden, en gest som Julie tycker så mycket om. Det rycker lite i ögonlocken, men hon dyker snart ner i sömnen igen.

Då sätter han sig på stolen på andra sidan sängen och iakttar dem. Han återkallar för sin inre syn bilden från stranden, en bild som var så levande jämfört med nuet där båda två är frånvarande. Men om Ludovics ansikte fortfarande är nollställt, så som det har varit i över en månad, är Julies ansikte desto mer uttrycksfullt. Det är rofyllt, närmast muntert. Mungiporna ser ut att dra sig uppåt och närma sig ett leende. Romain försöker föreställa sig vad hon upplever på den plats där hon just nu befinner sig.

Det går ytterligare några minuter, då han slits mellan lusten att fortsätta njuta av synen och tanken att han borde väcka henne eftersom han måste ägna sig åt Ludovic.

Han smeker återigen Julies kind med sin mjuka varma hand. Har Julie känt det, från den plats hon nu lämnar? Hon slår upp ögonen, hoppar nästan till när hon får syn på sjukgymnasten som står och tittar på henne med ett lite generat leende, som ett barn som ertappas på bar gärning.

– Ursäkta mig, jag hade gärna låtit er sova vidare men plikten kallar och jag har ett annat barn att besöka före lunch.

Julie ber om ursäkt, förvirrad och modfälld.

– Ni gjorde helt rätt, de där små vilopauserna är välgörande. Det behöver ni säkert.

Julie rätar på sig, fortfarande sömndrucken, och kör handen genom sitt rufsiga kortklippta hår. På hennes ena kind har lakansvecken lämnat ett avtryck. En rörande detalj.

Men Romain känner på sig att Julie inte mår bra. Hon skruvar på sig i fåtöljen på ett ovant sätt, ser sig lite förvirrat omkring och ögonen blir blanka.

– Är det något på tok?

– Nej, nej! Eller jo, lite, det blir så ibland när jag vaknar upp plötsligt. Och så är jag lite överkänslig för tillfället.

Hon torkar bort en liten tår. Gesten undgår inte Romain.

– Får jag bjuda på en kopp kaffe om en stund, efter min nästa patient, som en liten ursäkt?

– Ni har ingenting att be om ursäkt för, ni sköter bara ert arbete ...

– Men enbart för nöjes skull då?

Julie tvekar en liten stund, fortfarande konfys av sitt smärtsamma uppvaknande. Men tackar ändå ja.

– Jag kommer förbi och hämtar er, säger Romain.

– Jag passar på att gå och stänka lite kallt vatten i ansiktet när det är någon här.

När hon kommer tillbaka ser Julie att Romain håller Ludovic i handen och viskar något i hans öra. Det är första gången han är ensam med barnet, utan någon mamma som hör vad han säger. Julie blir berörd av att han visar en sådan omsorg och närhet i umgänget med Ludovic, något som förmodligen gäller alla barn han ansvarar för. Han verkar inte tycka att det är betungande. Hon hostar diskret för att meddela att hon är tillbaka och inte överrumpla honom i en förtrolig stund. Romain smeker Ludovics kind, ler mot Julie och lämnar rummet.

– Vi ses om en stund då, jag bör vara tillbaka inom en timme.

Hon hinner skymta hans tunna halskedja, som för en gångs skull hänger utanpå t-shirten. Det karakteristiska klirrandet är lite mindre dämpat än vanligt. Två ringar slår emot varandra varje gång han rör sig. Två små ringar...

De har letat upp ett litet ledigt bord i kafeterian. Romain kommer med de båda kaffekopparna på en bricka. Han gestikulerar på håll för att höra om hon vill ha socker, och hon nickar till svar. Han sätter sig, räcker fram muggen, sockret och den lilla plastpinnen att röra om med.

– Känns det bättre?

– Jadå, lite kallt vatten gjorde susen. Jag har nog sovit för lite. Jag var på bio i går kväll.

– Vad bra! En del föräldrar inser inte att de måste ta hand om sig och försöka leva så normalt det bara går. Och ni ska se att det kommer att hända att ni skrattar av hjärtans lust och får dåligt samvete för att ni gör det. När man går igenom en stor sorg i sitt liv känns det som om man inte har rätt att vara glad i andras ögon trots att man djupt inom sig känner att det är glädjen som håller en vid liv. Ett japanskt ordspråk säger ”Lyckan söker sig till dem som kan skratta”.

– Jag hör att japanerna konkurrerar med araberna.

Romain ler.

– Det låter som om ni har upplevt det där själv. Det är sant, det ni säger.

Romain ser ner och svarar inte.

– Förlåt, det har inte jag med att göra, ursäktar sig Julie.

– Jag pratar helst inte om det. Det är så löjligt jämfört med det ni går igenom.

– Det förstås, en man som anförtror sig är ju löjlig. Det är därför de inte gör det. Kvinnor har begripit att man inte dör av att vara löjlig. Och att det rentav kan vara bra ibland. Inte att vara löjlig, men att lätta sitt hjärta. För män har väl också ett hjärta?

– Jo. Och ibland blir det krossat. Min fru lämnade mig.

– Lämnade? undrar Julie oroligt. Lämnade hon oss alla?

– Nej, nej, det var bara mig hon lämnade. Men det är sak samma.

– ...

– Hon försvann med en advokat. Det är bättre med en advokat, de är tjusiga och tjänar bra. Hon strök ett streck över sitt tidigare liv utan större saknad. Med mig är det väl en sak, mina sår läker ihop, men jag kan inte fatta att hon gör så mot Charlotte.

– Charlotte?

– Min dotter. Det vill säga vår dotter. Ja ni ser, det har gått så långt att jag tänker att hon inte längre har någon mamma.

– Har hon inte delad vårdnad?

– Det ville hon inte ha. Hennes käre advokat tyckte att det verkade besvärligt.

– Träffar hon henne åtminstone?

– Inte ofta. De har flyttat till Paris.

– Älskade ni henne på riktigt?

– På riktigt.

Julie kommer inte på något mer att säga. Kan det verkligen vara möjligt? Att en mamma lämnar sin dotter i sticket för att hon träffat en annan man? Det är fullständigt obegripligt för henne. Fullständigt obegripligt.

Romain har utan att tänka på det fört handen till halsen och fingrar på de båda ringarna. Den andra handen tecknar en cirkel när han rör om i kaffet.

Julie kupar händerna om den lilla pappmuggen för att få en smula värme.

– Alla sår läker, mer eller mindre snabbt och mer eller mindre väl, men huden sluter sig. Man bär med sig märket, men livet är starkare.

En lång tystnad lägger sig. Den bryts bara av några blyga klunkar kaffe. Det är tydligt att änglarna flockas i deras sällskap …

Julie fortsätter röra runt i muggen med sin lilla plastpinne, långsamt, utan att tänka.

– Jag tror kanske att sockret har smält vid det här laget.

– Jo, säger Julie och brister i skratt.

Då och då utväxlar de blickar, i en förtrolighet som de kanske hade anat redan första gången de sågs men som nu har tagit form vid det här lilla fyrkantiga bordet, i en stimmig och anonym kafeteria.

– Och Ludovics pappa?

– Känner ni inte till det?

– Jo, just därför, det står i journalen. Har han aldrig gjort anspråk på faderskapet?

– Aldrig.

– Och ni har aldrig velat hitta en adoptivpappa åt Ludovic?

– Varje morgon ber jag till Gud att jag ska hitta en pappa till honom. Och som en bonus, en man till hans mamma.

– Och?

– Och för varje kväll blir jag en mer och mer övertygad ateist.

– Konstigt med tanke på hur charmig ni är.

Ett skyggt leende syns på hennes läppar. Komplimangen gör henne rörd. Och sätter färg på kinderna. Som om två rosenblad hade landat på dem …

Men hon tackar den välsignade lilla plastpinnen som ger

henne en anledning att undvika att möta Romains blick. Hon är säker på att det fortfarande finns en liten sockerrest på botten av muggen, och återgår till att frenetiskt röra om med pinnen.

– Tack …

– Jag menar det …

– Jag har svårt att hitta den idealiske mannen för Ludovic och mig.

– Har ingen berättat för er att sagor om prinsar och prinsessor bara finns i böcker?

Men tänk om hon, Julie, har lust att tro på sagor? Va? Är det någon som har problem med det?

Hon ska just till att svara när han tillägger:

– Om ni lägger ribban för högt kommer ingen man att vara lång nog att ta sig över den. Alla kommer att krypa under.

– Hur lång är ni?

Romain ler, men säger inget.

– Jag vet att idealmannen inte finns, fortsätter Julie, men jag behöver lite tid på mig för att välja. Eftersom jag redan har tagit fel en gång vill jag helst att Ludovic ska slippa fler misstag.

– Man tar inte fel när man älskar.

Just i det ögonblicket börjar hans personsökare pipa. Han behövs på avdelningen. Lika bra det.

Hissen

När han väntade på att dörrarna av metall skulle glida igen kunde Paul inte ana att handen som skulle dyka upp från ingenstans och stoppa dem skulle tillhöra Manon.

När hon praktiskt taget kastade sig in i hissen, för att hon alltid gör så, alltid springer efter klockan och lever i tvåhundra kilometer i timmen, kunde Manon inte ana att hon skulle råka på Paul där, med fingret riktat mot knapparna med våningsnummer för att försöka hitta den rätta, förvånad över att bli avbruten mitt i rörelsen.

– Det var nära att jag tvingades bevittna en fasansfull fingermassaker, utbrister han.

– Och det var nära att jag inte kom med.

– Det är jag redan glad att ni gjorde.

Manon rodnar. Särskilt med tanke på det trånga utrymmet.

– Ska vi till samma ställe? frågar hon för att byta samtalsämne.

– Ja, det antar jag. Har ni bråttom, eller är det något annat?

– Problemet är att jag inte gillar hissar, men åtta våningar till fots!

– Varför gillar ni inte hissar?

– Jag har cellskräck.

Hissen stannar plötsligt mellan två våningar samtidigt som ljuset slocknar.

– Var det ni som stoppade den? frågar Manon ängsligt.

– Nej, inte alls, det vill jag inte utsätta er för när ni just har berättat att ni lider av cellskräck.

– Och vad gör vi nu?

– Tja, jag har en hel arsenal med aktiviteter som jag kan föreslå i ett läge som detta.

– Det är inget kul alls, jag avskyr det.

– Avskyr ni min arsenal utan att ens veta vad den består av?

– Jag avskyr hissar, och särskilt när de går sönder.

Enda belysningen i just den här hissen kommer nu från en ynka liten lampa som gör att de bara kan urskilja varandra som mörka silhuetter mot en lite ljusare fond. Manon är skärrad, hon trycker på alla knappar huller om buller.

– Och om hissen rasar ner?

– Då kraschar vi tillsammans. Men jag kan tillägga att vi inte är så högt upp, så vi borde komma undan med några blåmärken. Jag kan hålla om er, så får min kropp dämpa fallet.

– Sluta, det är verkligen inte kul. Jag är rädd på riktigt.

– Rädd för vadå? För mig?

– Nej, klart att jag inte är rädd för er. Rädd att vi inte ska ta oss härifrån.

– Varför skulle vi inte ta oss härifrån?

– Vi kan dö av hunger eller törst, vi kan bli bortglömda.

– Törsten ger oss en frist på fem dagar. Och förresten är det hur som helst bäst att undvika att dricka i sådana här situationer, annars blir följderna lätt svårhanterliga. Vad gäller hungern får man nog räkna med fem sex veckor innan konsekvenserna blir dödliga. Det ger oss rätt goda marginaler. Framför allt mig, om man jämför våra fettdepåer.

– Det hade varit bättre om jag tagit trapporna. Då skulle jag inte stå här nu.

– Men då skulle jag inte haft sällskap av er.

– Okej, allvarligt talat, vad gör vi?

– Vi ringer på en servicetekniker, föreslår Paul och trycker på larmknappen.

Signalen går fram, men ingen svarar. Den ljuder i hissen som ett rop på hjälp i natten.

– Och vad gör vi nu då? säger Manon oroligt.

– Jag kan faktiskt erbjuda er min famn i väntan på att någon kommer och undsätter oss. Det kanske skulle få er att må lite bättre.

Manon tar genast ett steg närmare och kurar ihop sig mot honom.

– Ni var inte nödbedd.

– Julie har berättat om er. Om er förmåga att sprida lugn omkring er. Just nu är jag verkligen i behov av det.

– Vi befinner oss på ett sjukhus, Manon, det finns inte en chans att de glömmer oss, så oroa er inte ...

– Julie hade rätt. Ni har en lugnande famn.

– Det är inte så att ni börjar hoppas att haveriet ska dra ut på tiden?

– Så långt vill jag inte sträcka mig.

Då gungar hissen till samtidigt som ljuset kommer tillbaka i det trånga utrymmet, vilket plötsligt gör dem medvetna om sin kroppsliga närkontakt. Manon tar ett steg tillbaka och ler förläget, varpå hon diskret slätar till håret.

Som om de hade tumlat runt ...

En sådan där dag

Julie hörde inte väckarklockan. Hon kommer sent till sjukhuset efter att ha svurit i trafikstockningarna i närmare trekvart.

Hon tycker inte om att bli försenad trots att hon vet att Ludovic kommer att ligga där i samma ställning som alltid, med orörlig kropp och slutna ögon, men hon skulle klandra sig själv om han var ensam när han vaknade. Då tänker hon på vad sjuksköterskan sa och parkerar bilen lugn till sinnes eftersom hon innerst inne vet att Ludovic kommer att vänta tills hon är där innan han vaknar upp ur sin koma.

När hon i rask takt går mot huvudentrén ser hon en bil komma emot sig. En äldre modell, en sådan man ibland ser på bilrallyn på småvägarna i vindistrikten. Först i sista stund känner Julie igen Romain, som vinkar åt henne med ett leende hon knappt kan se, dolt som det är av trädens speglingar i vindrutan. Fasen också, hon missade honom precis. Han brukar ju faktiskt komma tidigare på tisdagarna för att hinna tillbaka till sitt veckomöte klockan tio på rehabcentret.

Julie besvarar vinkningen. Romain ser henne i backspegeln. Hon blir stående en liten stund, besviken över att inte få tillfälle att växla några ord med honom i dag. Hans ritual med Ludovic har blivit en ritual för henne också. Tomheten hon känner på grund av förseningen gör henne medveten om att hon trivs i hans sällskap, att det ger henne kraft att fortsätta, härda ut, kämpa på.

Men i ett ögonblick av misströstan tänker Julie ändå att det blir fler tillfällen, fler morgnar av samma slag, så en mer eller mindre ...

När hon kommer in i rummet möts hon av synen av Ludovic. Fortfarande i samma ställning. Samma uttryckslösa ansikte. Runtomkring honom står samma maskiner. Det är samma säng, samma rum, samma koma.

Julie har helt klart upplevt roligare morgnar ... Men när hon har gett Ludovic en puss får hon syn på en hopvikt papperslapp på sängbordet.

Till Ludovics mamma

Hon viker ut den.

Jag antar att det har kommit någonting i vägen ...

Jag ville föreslå ett besök på centret för att ni ska få en uppfattning om hur det ser ut och hur verksamheten fungerar. För närvarande har vi inte så många barn, så det kunde kanske vara ett bra tillfälle?

Jag har en liten lucka i eftermiddag vid tvåtiden, då jag kan följa med dit – jag ska ändå tillbaka till sjukhuset och träffa ett annat barn ... Jag lämnar mitt mobilnummer så att ni kan meddela ifall ni har tid och lust.

Vi hörs,

Romain Forestier

Det är klart att Julie vill besöka centret där Ludovic ska tillbringa en del av sin barndom. Det okända är alltid lite skrämmande, det är bättre att bekanta sig med det när tillfälle ges.

Julie tar fram mobilen och lägger in Romains nummer i adressboken. Hon har gjort stora framsteg inom området mobilhantering. Hon tvekar mellan ”sjukgymnasten” och ”R. Forestier”. Det blir ”Romain”.

Hon skickar ett sms där hon bekräftar att hon gärna vill göra ett besök och att det passar bra samma eftermiddag.

Julie håller Ludovics hand i sin, stryker över vart och ett av hans fingrar med pekfingret, tecknar en snigel i hans handflata och trycker den sedan mot kinden. Hon betraktar sin son och gråter tyst.

Några tårar för att lätta lite på sitt tunga, till brädden fulla hjärta och låta det svämma över. Sorgen är för stor. I dag är det en sådan där dag. Hon kan inte räkna med att få se solen varje morgon. Ibland är himlen mörk och kastar en annan sorts ljus över livet, lite mattare, lite gråare, mindre glatt.

Julie accepterar de stunderna av svaghet, de går inte att undvika. Hon tittar ut, himlen är grå även i det verkliga livet. En störtskur börjar falla över staden. Regndropparna hamrar mot rutorna i smattrande salvor när vinden ligger på. Vattnet strilar, först en stor droppe som rinner nedför rutan, och i takt med att den stöter på fler droppar går det fortare utför och strilandet tilltar ytterligare. Och vattenvalsen spelas upp, om och om igen. Utanför är landskapet beslöjat, täckt av dis, man kan urskilja former men knappast längre några detaljer, en ovisshet precis som i livet hon ser framför sig. Skissen till en tavla hon hoppas få måla färdigt med tiden, och då med rejäla lager färg.

Mobilen vibrerar.

”Hej, Baloo. Jag längtar efter att du ska få lust att dansa igen, trädet har tråkigt. Jag finns här, jag tänker på dig…
Paul”

En liten ljusglimt tränger igenom molnbankarna…

Julie svarar att danslusten kommer tillbaka. Att trädet

kommer att stå kvar när Baloo lämnar sitt vinteride. Gamla ekar lever länge.

Paul får henne att skratta, lyssnar på henne, anförtror sig åt henne, får henne att fundera, brinner för samma saker som hon. Paul finns där när hon behöver honom. Han skulle kunna vara hennes bästa vän om deras vänskap inte var så färsk. Krävs det tid för att befästa den sortens relationer? Hon öppnar sig för honom utan att reflektera, det känns självklart. Han skyddar henne. Han är först i replaget när de bestiger toppen, och stigningen är brant i dessa tider. Men han är en bit ovanför, peppar henne, tipsar om var hon får bäst fäste, drar lite i repet emellanåt när Julie är på vippen att ge upp, men inte för mycket, så att hon när hon väl kommer upp ska få känna tillfredsställelsen i att själv ha kämpat sig till framgången.

Paul är det man brukar kalla en ”bästa vän”.

Klockan är strax efter två. Det knackar på dörren. Romain Forestier sticker in huvudet. Ler när han får syn på Julie och går sedan fram till Ludovic.

– Hur är det i dag?

Julie svarar ärligt, säger att hon känt sig lite nere under förmiddagen. Det är så enkelt med honom. Romain är en av de sällsynta personer som verkligen bryr sig om vad man svarar när han hälsar och undrar hur man mår. Det syns på hans blick och sätt att invänta svaret att han är uppriktigt intresserad av andra människor.

– Är ni redo då?

– Öh, jag vet inte. Det får vi väl se.

– Ni kommer att märka att stämningen är väldigt välkomnande, om det är det ni är rädd för…

– Jag vet inte vad jag är rädd för. Eller jo, det är väl det jag gör.

– Då kommer ni att bli lugnad, på centret ser man framtiden i ljusa färger eftersom det alltid finns något man kan göra, inget är förlorat på förhand. Man släpper inte taget.

– Och inträffar det många mirakel?

– Om ett funktionshindrat barns leende är ett mirakel upplever vi sådana hela tiden. Tillräckligt många för att göra borgmästaren i Lourdes grön av avund!

– I så fall kan jag knappt bärga mig!

– Vad bra, då ger vi oss av. Får jag ge er skjuts?

– Som ni vill, men då blir ni tvungen att åka tillbaka hit.

– Ingen fara, hur som helst har jag en del pappersarbete som väntar.

Julie ger Ludovic en puss och säger att hon kommer tillbaka efter besöket.

– Ska vi ta trapporna eller hissen? undrar Romain.

– Vi kör på trapporna ...

– Det är bra, ni är den sportiga typen ...

– Tveksamt numera ...

Julie vågar inte erkänna att det känns mindre besvärande att ta trapporna än att gå in i den trånga hissen där det inte finns några flyktvägar och där alla tystnader blir laddade.

När Romain låser upp sin gamla sportbil på den välfyllda parkeringen tvekar Julie vördnadsfullt.

– Hoppa in bara, hon är tålig!

– Framför allt är hon vacker.

– Ni passar fint ihop ...

– Nu rodnar jag.

– Det gör hon med, titta bara, hon är knallröd.

När Julie kliver in i Romains bil flyttar hon undan några cd-skivor från passagerarsätet. Hon tror inte sina ögon och fylls av en sorts munterhet som förmodligen syns.

– Något som är roligt? undrar Romain.

– Ja, ganska.

– Säg det fort, jag brinner av otålighet att få veta vad

en gammal kärra som den här kan dölja för humoristiska kvaliteter.

– Det är inte bilen, det är på grund av cd-skivorna med Tracy Chapman.

– Känner ni till henne?

– Jag tror att hennes texter snart börjar synas på väggarna i mitt vardagsrum så mycket som jag lyssnar på henne.

– Så pass?

– Så pass.

Två timmar har gått. Under två timmar har de vandrat runt i korridorerna och tittat in i de olika rummen på centret, pratat en stund med föräldrar, och med barn mitt uppe i någon aktivitet. Framför allt har hon upptäckt att hela avdelningen genomsyras av en sorts livsglädje, som för att besvärja olyckan.

Julie känner på nytt lite tillförsikt, även om framtiden fortfarande ter sig lika oberäknelig som ett snöskikt i början av vintern.

Romain kör Julie tillbaka till sjukhuset.

– Jag sätter av er här, mitt pappersarbete får vänta, jag måste hämta Charlotte hos barnflickan klockan fyra.

– Tack i alla fall för besöket.

– Tycker ni att det har klarnat lite nu?

– De verkar inte olyckliga. Men jag vet inte om jag någonsin mer kommer att kunna tänka att livet är vackert.

– Det är inte livet som är vackert, det är vi som tycker att det är mer eller mindre vackert när vi ser på det. Det är ingen mening med att sträva efter fullkomlig lycka, man får nöja sig med livets små glädjeämnen. Sammantagna gör de att man orkar.

– Vad är det ni kallar livets små glädjeämnen?

– Små små saker i vardagen som man inte ens märker längre, men som beroende på hur man förhåller sig till dem hjälper en att må bra i stunden och känna sig glad. Vi har alla våra egna små saker. Det gäller bara att bli medveten om dem. Tänk efter, jag är säker på att ni kommer att hitta massvis.

– Jag ska tänka på det.

En knapp timme senare, när Julie sitter där i fåtöljen bredvid Ludovic, börjar mobilen vibrera i väskan.

"Sätta sig ner och titta på när spindeln väver sitt nät mellan daggdropparna."

Ett leende drar över Julies ansikte. Med blicken i fjärran föreställer hon sig att hon sitter i en trädgård, och även om hon inte är så förtjust i spindlar är det sant att ett nät som håller på att vävas är en fin syn. Sedan trummar hon med fingrarna över knapparna. "Höra sina fotsteg knarra i snön när naturen svept in sig i en tjock vit kappa ..."

"Jag visste väl att ni gömde några små glädjeämnen inombords ... Ta fram dem igen ... Och om ni vill dela dem ..."

Ödet har sin gång

Vardagens rutiner tar obönhörligen över. Tack och lov, kanske man kan säga. Ibland har de en lugnande inverkan.

Jérôme har flyttat hem igen, utan att ha gått via rehabiliteringscentret. Det är för tidigt. Han kan ännu inte stödja på foten, benpusslet behöver tid för att återbildas. Men han har klättrat på väggarna i sitt sjukhusrum – så gott man nu kan klättra med gipsat ben – och rört upp himmel och jord för att få komma hem så snabbt som möjligt. Att Caroline har låtit installera en stollift åt honom betyder inte att hon ser honom som en börda, och hon har svårt att dölja hur glad hon är över hans återkomst. När Julie bevittnade deras möte visste hon inte om Caroline var förtjust över att återse honom eller om det var för att hon slapp vara ensam på mottagningen. Helt enligt Jérômes planer gör hon först den kliniska undersökningen medan han står för besluten. När det inte behövs någon undersökning håller hon sig i bakgrunden, lämnar över till läkaren, iakttar, lär sig, aktar sig för att trilla ner i gropen och blir allt bättre på att slå bort tankar på MR-undersökningar och blodanalyser.

Julie var också glad att se honom. Hon vet inte riktigt varför, men det har alltid haft en lugnande inverkan på henne att ha en man i huset. Kanske handlar det om en känsla av trygghet eller om att få förståelse för sitt lite pojkaktiga beteende, som hon bemödar sig om att dölja trots att ränderna aldrig går ur.

Visserligen är benet fortfarande ordentligt gipsat, men

Julie misstänker att suckarna hon emellanåt hör inifrån sovrummet när Caroline är där inte enbart beror på idogt kliande av de hudområden som döljer sig under hans slitna vita pansar. Det gläder henne. Jérôme behövde gå vidare, ta sig upp ur gropen där han hade kastat sig ner i blindo utan att vilja erkänna det. Och så är det Caroline som räcker honom en stege, hon som själv brukar hoppa ner utan att tänka sig för. Ödets ironi.

Men när allt kommer omkring passar de bra ihop. De är helt olika men kompletterar varandra. I de lägen där Caroline får panik är Jérôme samlad. När han tappar fattningen är det hon som lugnar. När det är något hon inte vet, undervisar han. När han är hungrig lagar hon mat. I de lägen där hon gärna skriver ut för mycket läkemedel nöjer han sig med att lyssna. När hon kliar, suckar han. När han är ömsint andas hon ut.

Paul finns där.

Mer än någonsin.

Han pendlar som en metronom mellan sitt arbete och sjukhuset, glad över att inte längre behöva bekänna sig till det äkta ståndet. Ibland förfaller han till att bete sig som en överårig tonåring som just har flyttat hemifrån och som glömmer att en bostad måste städas, att tvätt måste tvättas, att en dammsugare suger och en trasa torkar. Strunt samma. Han har omprioriterat och omprövat hela sitt liv i en gnagande känsla av att ha lurat sig själv i trettio år. Dock med hopp om att kunna räta upp skutan och hädanefter ta ut kursen efter rätt fyr, utan att lyssna till sirenernas sång.

Han letar aktivt efter en lägenhet som han kan investera i och som han sedan kan hyra ut till Julie så att den blir ännu billigare än en subventionerad bostad. Hon kommer att få så hutlöst mycket för pengarna att hon inte har något annat val än att tacka ja.

Paul väntar otåligt på den dag då Julie ska ta emot hans generositet utan att känna sig köpt. Han tror inte att slaget är vunnet. Inte än. Men han vet att den dagen kommer. Hon började ju dua honom till slut.

Manon har en självklar plats i vaktlaget som turas om med att sitta hos Ludovic, hon är ju hans gudmor. Den unga kvinnan har flera gånger stött ihop med Paul på sjukhuset. Hövliga och hänsynsfulla samtal har omärkligt övergått i en gemensam strävan att stötta Julie och i en glädje över att ses i det sammanhanget.

Julie har för sin del anpassat sig till sin ovissa tillvaro som kretsar kring sjukhusbesöken. Resten är underordnat. Arbetet har blivit en fast rutin, resorna går på ren automatik, fritidsaktiviteter är så sällsynta att de nästan inte finns.

Så ser läget ut. Det tjänar ingenting till att göra motstånd, ödet har sin gång. Antingen följer man efter, eller så låter man bli. Men om man inte följer ödet i spåren går man till sist vilse.

Alltså travar hon på i spåren efter sitt berg- och dalbaneaktiga öde, utan att göra motstånd. Hur som helst har hon inget att sätta emot. Hennes runda bretonska lår har smält bort i takt med matlusten.

Hon håller sig uppe och det är vackert så.

Låt mig gå

Efter Ludovics morgontoalett har Julie dåsat till en stund i väntan på Romain. Då känner hon att det är något som kittlar henne i handen. Medan hon sakta kommer till sans försöker hon få syn på det som nuddade vid henne, men ser bara sonens hand i sin. Men så börjar ett av Ludovics fingrar röra sig, nästan omärkligt. Hon tittar på hans ansikte och upptäcker att han har slagit upp ögonen.

Julie grips av häftig panik och kastar sig på larmklockan för att ringa, men ångrar sig. Det är ju hennes Lulu, hans stund, deras stund tillsammans. Om maskinerna börjar larma ska hon ringa.

Jag lovar!

Han ser på henne, ler lite svagt. Julie är inte längre Julie. Hon är ett fyrverkeri helt på egen hand, det exploderar, det sprakar och gnistrar. Å, vilken underbar känsla. Vilken underbar stund.

En liten tår börjar rinna ur Ludovics ögonvrå. Det var så länge sedan han öppnade ögonen. Julies tårar flödar däremot över kinderna. Hon talar lugnande med honom, säger att det blir bra, att de ska ta hand om honom, att allt ska ordna sig.

Uppfylld av sin obeskrivliga glädje har hon inte märkt att Romain kommit in i rummet. Han iakttar det som händer på håll. För att inte på något vis störa dem, vad skulle det tjäna till? Det enda riktigt viktiga är att låta dem njuta av stunden.

Och så låter Lulu undslippa sig ett ”låt mig gå”, så tyst att det knappt hörs, innan han sluter ögonen igen.

I samma stund börjar maskinen att tjuta med gäll signal. Julie förstår inte.

Romain störtar ut från rummet och kommer tillbaka med sjuksköterskor som snabbt börjar packa upp sterila instrument. Julie känner knappt Romains arm om axlarna när han leder henne mot korridoren. De möter avdelningsläkaren, och så ytterligare en, som nästan springer omkull henne.

Det känns som om bröstet ska sprängas. Förvirringen är total. Hon får inte fram ett ljud. Romain försöker hålla henne därifrån, men Julie känner att hon bara måste få vara hos sin son. Hon sliter sig lös ur Romains stadiga grepp och rusar tillbaka till rummet. När hon står i dörren kan hon nästan inte urskilja Lulu bakom alla människor som är febrilt sysselsatta runtomkring honom, som preparerar läkemedel, sprutor, utrustning i långa banor. Läkaren ger honom hjärtmassage medan en annan håller på att intubera honom precis som de gjorde strax efter olyckan.

Ögonblicken känns som en evighet. Han måste väl komma tillbaka? Julie hann ju inte säga allt hon ville till honom.

Han måste komma tillbaka.

Hon står lite vid sidan av, längst bort i rummet och ber allt vad hon orkar att han ska öppna ögonen igen. Ber vem då? Hon har ingen aning, hon tror fortfarande inte på Gud, hon tror på livet, och hon vill fortsätta att tro, ungefär som när de var tvungna att tro på Caroline och hennes fingertoppskänsla med fostret. Romain står strax intill och håller en stadig hand på hennes axel.

De utväxlar en blick. För första gången verkar han orolig, och det får blodet att isa sig i hennes ådror.

Tio minuter. Tio minuter som känns som en timme. Tio minuters panik i vårdlaget trots att de försöker att inte visa det. Det märks ändå. Man kan inte luras i sådana stunder.

Och så, till sist, hörs det vanliga ljudet från maskinen igen. Julie är lättad, även om hon inte riktigt förstår vad som har hänt, hon är lättad över att höra EKG-apparatens regelbundna och betryggande pipande, så som det har låtit hittills.

Stämningen i rummet blir gradvis lugnare. Läkarna är på sin vakt, med ögonen stint fästa vid maskinernas värden, sköterskorna plockar efter hand ihop all materiel som ströddes ut i brådskan. Barnets blodfläckade skjorta vittnar om hur våldsamma återupplivningsförsöken varit.

Ludovics säng liknar ett slagfält, där striden för tillfället har vunnits. Men kriget? Och Julie har inga andra vapen än en liten blomma i gevärspipan.

Löjeväckande.

Ömklig.

Oansenlig.

En ynklig pytteblomma.

Hon går fram och fattar sin sons hand. Doktor Lagarde möter hennes blick, utan ett ord. Det behövs inga ord.

Ögonen räcker.

Och så ger de sig av, de ena efter de andra, vilket snarast har en lugnande inverkan på Julie. Att de går måste väl betyda att det inte längre finns någon anledning till oro. Doktorn lägger en stadig hand på hennes axel. Han ska komma tillbaka och prata med henne lite senare.

Varför alla dessa stadiga händer på hennes axel?

En ensam sköterska dröjer sig kvar i ett hörn där hon fyller i ett papper. Romain går fram till sängen.

– Vad var det som hände, Romain?

– Jag vet inte, läkaren får förklara.

– Tror ni att det är allvarligt?

– Jag vet inte, Julie, jag vet inte. Fortsätt hoppas, ni har inget val. Jag måste lämna er nu, men håll mig underrättad så snart ni får veta något mer. Jag hör av mig själv också för att höra hur det går. Håll modet uppe!

Romain går bort genom korridoren. Utan att riktigt veta varför känner han sig pessimistisk. Och det är något han avskyr.

I hennes famn

Läkaren har just meddelat domen. Hjärtstopp, hjärnan har tagit skada. Fullständig ovisshet vad gäller framtiden.

Julie gråter i tysthet. Än en gång grusas hoppet och hon dras ner mot botten i en sugande virvel. Naglarna skrapar mot väggarna när hon försöker dämpa fallet. Det gör ont.

Det som plågar henne mest är känslan hon fick när hon såg honom le, som om han hade återvänt för att ta farväl. Och de där orden: ”Låt mig gå.” Men Julie kan inte förmå sig att fatta ett sådant beslut. En mor kan inte låta sitt barn dö! Det är inte så det är tänkt. Det strider mot naturens lagar. Då rör man sig inte längre i ödets fotspår, då befinner man sig i en outhärdlig förvirring, off pist och blir garanterat begravd under lavinen.

Förresten befinner man sig i ingenstans.

I det oidentifierbara.

I det otänkbara.

I det oöverstigliga.

När hon kommer tillbaka till sin son larmar den förbannade respiratorn på nytt. Den har svårt att hålla syresättningen på rätt nivå och sköterskan måste hela tiden justera apparatens inställningar.

– Vill ni hålla honom i famnen en stund?

– Går det? Jag menar, med alla de här slangarna, blir det inte för krångligt?

– Det är inte helt okomplicerat, men jag kan skaffa hjälp, så ordnar vi det.

– I så fall, ja, det vill jag gärna.

En stund senare sitter Julie i fåtöljen med Lulu i famnen. I själva verket var det rätt komplicerat. Att flytta den lilla orörliga kroppen, som tycks väga dubbelt så mycket som sin faktiska vikt, och lyckas få med alla slangar, alla kablar, utan att något kopplas ur, utan att något stramar. Men Julie är lycklig över att hålla honom intill sig. Tätt intill. Det var så länge sedan.

Men Lulu är inte längre ett litet spädbarn på några kilo. Efter en timme börjar Julies domnade armar omärkligt att ge efter. Men hon håller ut, sköterskan har pallat upp henne med några extra kuddar under armbågarna, hon njuter av stunden, hon kan gott ha ont, det gör ingenting. Hon skulle rentav gärna ta på sig sonens hela lidande. Hans koma och krossade ryggrad, allt!

Sköterskan som kommit för att fråga om allt är bra gör sig redo att gå igen.

– Romain Forestier ringde nyss för att höra hur läget var, meddelar hon. Han säger att han ska titta in om en stund, han hade inte så mycket att göra i eftermiddag.

– Det var snällt av honom.

– Jag tror att han har fattat tycke för Ludovic, han har ett särskilt band till barnen, men så här pass är ovanligt. Såja, nu lämnar jag er en stund, ni får ringa om det är något ...

Julie hämtar sig sakta från chocken. Hon betraktar sin son där han vilar i hennes famn, och tänker tillbaka på de långa stunder han har legat så som spädbarn, mätt efter att ha ammats eller dåsig av trötthet.

Hon har ännu inte meddelat någon vad som har hänt, allting gick så fort. Hon ska göra det i kväll.

Julie är märkvärdigt lugn, trots ovissheten som svävar över framtiden.

Leva i nuet.

Just nu känns det bra, här med honom.

Det känns bra.

Julie ringde Paul när hon gick ut från avdelningen, och Manon när hon hade satt sig i bilen. När hon kom hem till Jérôme beskrev hon utförligt vad som hade hänt.

Samma reaktion varje gång. Häpenhet, misstro, uppmuntrande ord.

Om bara allt det kunde påverka Ludovics öde.

Julie går snart in på sitt rum och stänger dörren om sig. Hon orkar inte mer, sträcker ut sig på sängen med kläderna på, tar kudden och trycker den mot ansiktet för att kväva ett rasande skrik djupt inifrån.

Hon känner hat mot den samvetslösa föraren.

Hat.

En timme senare sitter hon i bilen, på väg mot sjukhuset. En dag sa de att hon kunde komma närhelst hon ville.

Nu vill hon.

Hon kan inte göra på något annat sätt. En osynlig kraft befaller henne att åka dit och stanna hos honom över natten.

Tätt intill.

Ynkliga små vågor

När natten går mot sitt slut och Julie har somnat på sängkanten känner hon plötsligt att sonens lilla hand häftigt rycker till, i en rörelse som kommer stötvis och oorganiserat. Det är inte bara handen som rör sig, utan hela armen. Och den andra armen också, och sedan benen.

Hon ringer på hjälp …

Hon förstår att det måste vara kramper, något sköterskan bekräftar när hon kommer. Efter en liten stund är hon tillbaka med två läkemedel för att försöka häva dem.

Julie vet att kramper är ett tecken på att hjärnan tagit skada, då den precis som läkaren sa är det organ som först drabbas av ett hjärtstopp. Hennes sista små fästen av hopp löses upp det ena efter det andra, precis som när havsisen splittras och flyter ut i ett hav som blivit alltför varmt. En oundviklig sönderdelning av det hon trodde var hållfast.

Tron kan försätta berg, men ibland räcker det inte. Berg kan rasa samman och plötsligt befinner man sig under rasmassorna.

När Julie några timmar senare kommer tillbaka från sin korta rast då hon gick för att svalka av sig, ta en nypa luft och försöka andas lite, har Ludovic fullt med kablar som utgår från huvudet och som sammanstrålar i en apparat med visare som ska ge en bild av hans hjärnaktivitet. Kvinnan som gör testet ropar på honom med hög röst, ropar hans namn och ger ifrån sig ljudliga läten. Och Julie har blicken fäst på visarna som knappt rör sig. Hon skulle vilja ha en jordbävning, ett vulkanutbrott, en tsunami på papperet, inte de här små ynkliga vågorna som sköljer in och dör, som på en öde strand när havet ligger stilla.

Ändå är det så det är.

Det är över.

Det är över, Julie vet att hon aldrig mer kommer att få återse sin lille Lulu. Miraklet inträffade aldrig. Det hjälper inte att hon vägrar släppa taget. Men vad ska hon hålla fast med? Hon har inga armar kvar, inga ben, inget hjärta, ingenting, Julie är ett svart hål.

Hon skulle ge sitt eget liv för att rädda sonens, men det kan hon inte, ingen vill ha det. Tvärtom, hon kan redan ana att man kommer att begära att hon klamrar sig fast vid det. Hon kommer att bli tvungen att återvända från fronten trots allt, en olycklig överlevare, och bygga upp ett nytt liv åt sig. Om hon orkar.

Om hon orkar …

De tysta blickar hon byter med doktor Lagarde räcker som bekräftelse på att det är över. Hon vet att det är meningslöst att framhärda.

Och hon vet framför allt att han vaknade upp för att le mot henne till farväl, och att han inte vill bli kvarhållen.

”Låt mig gå.”

Romain väntar tills läkaren och sköterskan har avlägsnat sig innan han går fram till Ludovic och hans mamma.

Han ställer sig hos henne och tar henne helt enkelt i famnen, utan ett ord, och möter sedan hennes blick en lång stund, med ögon som är lite blankare än de brukar.

Tystnaden har fördelen att låta blicken, själens spegel, tala. Man uppfattar den inre rösten bättre om man tiger.

Julie uppfattade den. Hon låter all sin sorg brisera. Den

som har tagit armarnas, benens, hjärtats och allt det andras plats. Hon gråter i mer än en kvart. Det häftiga åskregnet vräker ner, svämmar över, och man kan undra om det någonsin ska sluta.

Romain säger ingenting. Vad kan han säga? Han håller om henne, håller henne uppe. Hon gråter så att hon får svårt att andas, näsan är så täppt att den inte släpper igenom luften längre, det är munnen som drar in luft, i okontrollerbara hickningar. Och sedan bär henne inte benen längre. Sorgen bär ingenting. Romain märker det, han hjälper henne att lägga sig på en säng intill och stryker henne över håret.

Sköterskorna på expeditionen avskyr den här stunden. Stunden då föräldrarna inser att det är över, trots att deras barns hjärta fortfarande slår. Stunden då de låter sin förtvivlan brisera utan att hålla den tillbaka, därför att den är oövervinnlig. De vet att det aldrig varar någon längre stund, till slut lugnar sig kroppen även om hjärtat fortfarande ligger blottat, ituskuret. Nej, den där stunden då skriken hörs över hela avdelningen kommer de aldrig att vänja sig vid.

Aldrig.

Emilie, en av sköterskorna, har kommit in med en liten tvättlapp fuktad med kallt vatten och baddar Julie i ansiktet med den. Hennes skrik har nu övergått i tystnad, även om den fortfarande bryts av enstaka hulkanden. Hon är yr i huvudet. Sköterskan kommer tillbaka med en kopp sötat örtte. Sedan i går har Julie inte ätit någonting, kanske inte ens druckit. Hon har inte tänkt på någonting annat än Lulu.

Det är läkaren som väcker henne när han en stund senare kommer in i rummet.

Hon vet inte hur länge hon har sovit. Romain är inte längre kvar, solljuset utifrån är mer dämpat.

Han har lagt handen på hennes arm.

– Ni var här, ni såg att EEG-kurvan inte är bra, madame Lemaire. Den är inte helt platt, men den är inte bra. Om man väger in Ludovics kliniska tillstånd före hjärtstoppet har vi inte mycket kvar att hoppas på.

– Jag vill att ni låter honom dö.

– …

– Han sa det när han vaknade upp och log mot mig. Han sa ”låt mig gå”.

– Vi vet inte hur lång tid det kan ta. Med respiratorn är han stabil, han kan gå bort inom några timmar eller några dagar. Kanske tar det längre tid.

– Och om vi kopplar ur respiratorn? Vad händer då?

– Då går det fort, han är beroende av maskinen.

– Skulle det vara plågsamt?

– Nej, hjärtat skulle helt enkelt sluta slå. Men det är känsligt, det skulle betyda att vi avsiktligt avbryter en livsuppehållande behandling.

– Återupplivandet var också avsiktligt och det räddade honom inte, hade ni inte gett honom den där hjärtmassagen och intuberat honom skulle han inte längre vara här.

– Det är riktigt, men det är känsligt för oss.

– Och för mig då, tror ni inte att det är känsligt för mig? Tror ni kanske att jag har lust att koppla ur den där respiratorn?

Läkaren säger ingenting. Hon har inte fel, han vet att det inte tjänar något till att framhärda, men det hela är så svårt. Ludovic är förbunden med livet på samma sätt som en fritt svävande astronaut i rymden är förbunden med sitt rymdskepp via ett enkelt rep. Kapar man repet försvinner han ut i tyngdlöshet.

Det är svårt att kapa repet.

Svårt.

– Jag ska meddela min familj, säger Julie till sist.

– Ta den tid ni behöver…

Dags att ta farväl

Jérôme har suttit i väntrummet vid ingången till avdelningen hela dagen. Han kom och hälsade på Ludovic på morgonen och lämnade honom först när det började bli risk att han skulle falla ur rullstolen. När han satt och tittade på den orörliga kroppen i sjukhussängen spelades samma scen från stranden upp i hans huvud gång på gång.

– *Vaffö skatta du aldig?*
– *För att jag är ledsen.*
– *Vaffö e du ledsen?*
– *För att min fru är död.*
– *Vaffö e hon död?*
– *Öh, för att hon var ledsen.*
– *Så då ska du också dö?*
– *Jag ... Nej, inte nödvändigtvis.*
– *Men vaffö e du aldig glad om du inte ska dö?*

Lulu var ju glad. Varför ska det vara han som dör?

Caroline kom också dit när hon var färdig på mottagningen.

Hon befinner sig nere i gropen. Ramlade ner motståndslöst. Hon kommer inte att ta sig upp i första taget.

Manon har kommit. Hon lämnade skolan efter att ha förklarat läget för lärarna. Ingenting hade kunnat hindra henne.

Paul är på tjänsteresa i andra änden av Frankrike och

försökte länge nå Julie på telefon, han fick tag i henne när hon var ute och tog en nypa luft eftersom hon hade svårt att andas. De sa nästan ingenting till varandra. Några lösryckta fraser som bröt de långa tystnaderna. De grät tillsammans och Paul lovade att komma så snabbt han kunde.

Romain har också varit där. Han lämnade Charlotte hos sina svärföräldrar så att han skulle kunna ta farväl.

Julie blir rörd av att se honom stå vid sonens sjukbädd och viska några ord i hans öra, okonstlat och rakt ur hjärtat.

– Jag vill att ni ska veta att jag finns här, Julie.

– Det gör jag. Jag skulle gärna vilja att ni stannar en liten stund till. Jag vet inte om det är möjligt med tanke på Charlotte.

– Det är möjligt. Hennes mormor och morfar är alltid glada över att passa henne, hon får sova över hos dem.

Framåt kvällen har alla gått därifrån. Julie ville vara ensam. Romain sa till henne att han skulle stanna på avdelningsexpeditionen och att han sedan skulle skjutsa henne hem när hon ville, det spelade ingen roll hur lång tid det tog.

När doktor Lagarde kommer in i rummet kan hon säga till honom att stunden är inne. Att hon inte vill hålla honom kvar längre. Vad tjänar det till? På sätt och vis har han redan gett sig av, det gjorde han i förrgår, med ett leende, när hans hjärta slutade slå. Nu vill hon låta honom dö, hon är redo. Det var verkligen viktigt att komma och vaka hos honom. Men nu känner hon att stunden är inne.

Doktor Lagarde ber henne vänta en liten stund och går sin väg.

När han kommer tillbaka säger han inte ett ord, utan ställer sig bara bakom Julie och lägger en hand på hennes axel, så där som han brukar göra, så att hon inte ska känna sig ensam. Sedan går han fram till respiratorn och sänker gradvis syrereglaget.

Romain kommer försynt in i rummet och ställer sig hos Julie.

Ännu en ängel emellan dem. Kanske en skyddsängel.

Julie sitter tätt intill Ludovic, med ena handen på hans hjärta, den andra på hans panna, hon smeker honom, pratar med honom, säger att det kommer att gå bra, att hon älskar honom, att det inte kommer att göra ont, hon ber honom att vänta på henne, vaka över henne, ge sig av fridfullt, att det kommer att gå bra för henne med, hon lovar att komma på fötter. Hon säger att hon älskar honom, hon älskar honom. Tiden har aldrig känts så dyrbar. Aldrig. Varje bråkdel av en sekund räknas.

Och så efter en halvtimme börjar hjärtfrekvensen gradvis minska, den sjunker till femtio slag per minut, så till fyrtiofem … Till fyrtio … Till trettiofem. Hennes sons hjärta håller på att stanna under hennes hand, hon fortsätter att prata med honom … Hjärtat slår nu så långsamt att hon inte vet om det kommer fler slag.

– Jag älskar dig, viskar hon.

Sista hjärtslaget …

Tidpunkt då döden inträdde: kl. 21.34.

Bland blommorna och molnen

Paul kommer dagen därpå, sent på förmiddagen.

Julie får syn på honom när hon är på väg ut från Jérômes hus. Paul ser sliten ut. Inte lika sliten som hon själv, men hon anar att natten har varit svår och att sorgen inte har gått att stävja. De kramar om varandra. Han är fortfarande en stor ek, men inombords känner hon att Baloo är illa däran. Hon undrar rentav om han fortfarande andas.

– Å Julie, Julie, jag vet inte vad jag ska säga…

– Säg ingenting.

Omfamningen är lång, öm och tyst.

– Jag skulle just åka till honom, de flyttade honom nu på morgonen.

– Vill du att jag kör dig dit?

Ja, klart att hon vill.

Den ansvarige på begravningsbyrån är en älskvärd man, snäll, välmenande och försynt. Fantasilös. Men han ömkar henne inte heller.

Han ber dem vänta en stund så att han hinner göra i ordning den lille.

När Julie kommer in i rummet är det första gången hon ser sin son sedan hon lämnade honom där på sjukhussängen och hans kropp ännu var ljummen.

När hon går emot honom tycker hon att han ser blek ut, trots den lätta sminkning man försöker dölja döden med. Rosorna på kinderna är konstlade men mildrar intrycket. Ibland är det viktigt att fuska med verkligheten.

Julie går fram och ryser till när hon rör vid Ludovics kalla hud. Så kall. Hon försöker ta hans hand. Men den är alldeles för stel.

Det tar en stund för henne att vänja sig vid den hemska känslan. Den lilla varma och fuktiga varelse som barnmorskan lade på hennes mage några år tidigare har blivit iskall och livlös.

Men så till slut kan hon tämja den där kroppen så full av frånvaro, det orörliga skalet, likt puppan efter en fjäril. Hennes lilla fjäril har flugit sin väg och bara lämnat kvar den här klumpen av kött som tjänade som hans boning. Hon intalar sig själv att Ludovics djupaste väsen, det som gjorde honom levande, det som fanns inom honom redan när han föddes, att det inte är dött utan bara har gett sig av, hon vet inte riktigt vart, men kanske finns det lite varstans, runtomkring henne, hos henne, hos människorna han älskade, bland blommorna och molnen, ett stjärnstoft som har lämnat hans lilla blombotten till kropp. Därför pratar hon med honom och upprepar gång på gång allt hon viskade till honom när han gav sig av. Han hör henne, så måste det vara. Han finns där någonstans omkring henne, eller djupt inom henne …

Julie lägger varsamt sin sons favoritföremål bredvid honom, en sagobok han tyckte lite extra mycket om, hans slitna behåsnuttetrasa, hans träsvärd. Som när man begraver en farao, med alla hans rikedomar.

Hon kysser Ludovic på pannan, kan inte få nog, hon kommer att sakna honom så. Hon vet att det snart är sista gången hon trycker läpparna mot hans hud. Så vad gör väl det om han är kall?

Paul bara står där som en staty i ett hörn av rummet. Sedan går han fram till Ludovic, tecknar med tumspetsen ett korstecken över hans panna, och följer snabbt efter Julie, som redan gått ut.

Han försöker svälja tårarna. Ett försök som misslyckas å det grövsta och som förvandlar Paul Moissac, i vanliga fall rakryggad, stolt och stark, till en storväxt kutryggig gubbe som skakar i hela kroppen och snyftar som ett barn. För att han håller alltför mycket inom sig trots att det svämmar över, häftigt och brutalt och helt ostrukturerat svämmar det över. En uråldrig störtflod som sliter upp allting i sin väg och lämnar efter sig ett skövlat landskap. Julie har för länge sedan förstått att man ibland måste släppa tyglarna och låta sorgen galoppera iväg. Till sist tröttar den alltid ut sig och saktar in. I dag är sorgen en galen häst, men hon antar och hoppas att den en dag också kommer att tröttna.

Att se Paul på det viset gör henne ont. Det omvända är också troligt.

Man lider både för egen och för andras del. Man lider av att vara ledsen och av att se andra vara ledsna. Man lider dubbelt. Och det finns ingenting att göra.

Störtfloden har lugnat sig, de har satt sig i bilen.

– Varför startar du inte, Paul?

Han letar efter något i jackfickan, och räcker fram en check till Julie.

– Säg inte nej, är du snäll.

– Paul!

– Snälla Julie, jag ber dig.

– Femtusen euro? Men är du galen?

– Jag begravde min mor för några år sedan, jag vet hur dyrt det är. Jag vill inte att ekonomin ska vara ett problem när du begraver din son, så ta de här pengarna, jag har ingen användning för dem, och ge honom en fin gravplats.

– Du får tillbaka det som blir över om inte allt går åt.

– Tyst med dig! Och behåll alltihop, du kan köpa blommor till graven. Och om du verkligen skulle få så mycket över kan du väl unna dig något, det kommer du att behöva.

– Hur ska jag kunna tacka dig?

– Genom att orka, Julie, genom att orka, säger han och vrider om nyckeln samtidigt som han tittar ut så att hon inte ska se sorgens avtryck i hans ögon.

Min saknad är stor

Julie har varit hos Ludovic varje dag, än med Paul, än med Caroline, medan Jérôme föredrog att sitta kvar i bilen. I går var det Manon som följde med.

När de lämnade bårhuset visste Julie att kistan skulle stängas. För gott. Att hon aldrig mer skulle få se honom annat än i sina tankar och på fotografier. Tomheten var outhärdlig. Trots att han var död och kall fanns han fortfarande där, så att hon kunde se och röra vid honom, som en förlängning av den han varit i livet. När kistan stängs tar den slutgiltiga frånvaron brutalt form. Hädanefter måste hon finna sig i att leva med minnena av honom som enda sällskap. Några foton, klädesplagg hon sparat, leksaker och de avtryck hans liv har lämnat i hennes minne. Avtryck som så småningom kommer att blekna, som när en glänta erövras av den omgivande skogen. Allteftersom tiden går. Obönhörligt.

Begravningsceremonin är enkel, bara de främsta bänkraderna är upptagna. Julie har inte särskilt många vänner. Men de närmaste har kommit. De som stöttar henne och som förstår. De som delar hennes sorg och som lugnar henne med en blick eller en uppriktig kram. Några kassörskor har kommit. De snälla. Och så några äldre personer från byn. De som har tid. De som har en gudstro. De som tillhör bygemenskapens gamla kärna. Som fortfarande känner varandra och som ända sedan barndomen har gått igenom livets prövningar tillsammans. Och de vet att den här prövningen är svårare än alla andra. Kanske kan de med sin närvaro...

Det är byns präst som leder ceremonin. Kyrkans gamla trotjänare överlever åtskilligt elände utan att någonsin vackla i sin tro. Man kan undra hur de bär sig åt.

Julie har skrivit en text hon tänker läsa upp under gudstjänsten. Hon har bett Manon att stå bredvid så att hon kan ta över om hon inte klarar att läsa den själv, och hon har inte så stora förhoppningar om att hitta den kraften. Känslorna gör det svårt att andas.

Men strax innan det är dags att ta till orda känner Julie en sorts frid stiga upp inom sig. Den hjälper henne att hitta det lugn som krävs, få kontroll över andningen, torka tårarna och lita till att rösten bär. Det finns en liten själ som svävar omkring i byggnaden, förmodligen har den ett finger med i spelet.

Min lille prins,

när det blir tyst en stund brukar man säga att en ängel går genom rummet. Du gick genom mitt rum och spelade en vacker melodi. Alltså finns det änglar som låter.

Jag kommer att sakna att aldrig mer få se dig suga på tummen om kvällarna och snurra en hårslinga om fingret, aldrig mer få höra dig lyfta luren och säga ”hej mamma”, aldrig mer få se dig släppa kulan högst upp i banan och sedan spänt vänta på att den ska svischa ner, och aldrig mer få se dig rita dina glada sniglar.

Jag kommer att sakna att aldrig mer få se dig komma tillbaka från snåren längst ner i trädgården med en näve halvmogna hallon och aldrig mer få höra dig sjunga vinjetten till din tecknade favoritfilm. Jag kommer att sakna att aldrig mer få se dig eller röra vid dig och aldrig mer få pussa och krama dig.

Ludovic, jag lovar att hitta tillbaka till livsglädjen jag hade förut, och göra vad jag kan för att den ska återvända hos alla som älskar dig. Jag tror rentav att jag har börjat le igen … Då förstår du nog …

Vaka över oss, Lulu. Vägled oss, du lilla meteorit. Eftersom du har blivit en stjärna vill jag läsa ett litet stycke för dig ur *Lille prinsen*:

”När du skådar upp mot himlen om natten så kommer du att tycka att alla stjärnor skrattar, därför att jag bor och skrattar på en av dem. Du får stjärnor som kan skratta!”

Om nätterna kommer jag att titta på himlen, Lulu, för att få se dig blinka … Och om dagarna är stjärnorna osynliga, men de finns där ändå …

Jag älskar dig …

När Julie återvänder till sin plats efter att ha vilat huvudet en liten stund mot kistan, lägger sig en kompakt tystnad över kyrkorummet, tät och tjock som en vinterdimma. En sådan där tystnad som verkligen hörs. Inte en snyftning, ett näsduksprassel eller en harkling. Ingenting. Intighet. En gemenskapens heliga tystnad, en tystnad för att kunna ta farväl …

Och så följer ännu ett känslosamt ögonblick. Trots att det är mitt i november fladdrar en vit fjäril närmare kistan och slår sig ner på den. Förmodligen en nattfjäril som av en slump har hamnat där.

Vilken slump?

Prästen bugar för tystnaden, bugar för den lilla insekten, och återgår till att be. Sedan gör han ett litet tecken åt Romain, som har bett att få läsa något. Romain stiger fram, vecklar ut en papperslapp han haft i fickan, hostar till, tvekar helt kort.

Kära vänner!
Min saknad är stor
och det jag i dag känner
är att jag förlorat en bror
Ingen drottning eller kung
var ädlare än han
Han flög bort helt ung
min fjärilsvän så grann
Flög bort med solsken och regn
på sina tunna vingar
till en fjärran trädgårds hägn
där han sig mellan blommor svingar
Ögonen tåras när jag minns
hans leende på stranden
men jag vet var han finns
och att minnesbanden
förenar honom med min själ
Så därför, lilla fjäril: farväl

Julie är rörd, han kände honom ju knappt …

På kyrkogården tornar jordhögen upp sig. Och den lilla blå kistan vilar över tomrummet, på två bräder. Det är sällan man ser så små kistor.

En del kommer fram och kramar Julie, andra föredrar att hålla sig i bakgrunden. Det enda som hörs är knastret av steg över de vita gruslagda gångarna.

När de fyra svartklädda männen försiktigt låter det lilla skrinet glida ner i den djupa gropen känner Julie hur hon dras mot botten, som när man står vid ett brant stup. Tomrummets lockelse. Hon faller på knä och kämpar för att stå emot lusten att störta ner i gropen tillsammans med honom. Hon vill att de begraver henne. Fort! Fort! Ingen kommer att märka något. Hon vill ner dit och aldrig mer lämna honom. Så ensam och instängd han kommer att känna sig långt därnere under marken, i mörkret, han som var mörkrädd.

Din son är död, Julie, han känner ingenting mer, allt som återstår är en livlös klump av kött, det är ingen fara, där han befinner sig nu struntar han i om det är instängt och mörkt.

Men vem kan veta det? Och förresten är det alldeles för tidigt för hennes del … Alldeles för tidigt för att inte tänka i de banorna. Hur ska hon kunna hålla isär saker och ting?

Paul tar henne om axlarna, hjälper henne att resa sig och leder henne mot restauranglokalen där han har anordnat en liten mottagning. Följet med närstående som har kommit för att tillsammans minnas Ludovic återvänder nu så sakta till livet. Några ord, spridda leenden.

Julie är lugn, nästan glad, som om hon hade övervunnit ett hinder. Det var oändligt plågsamt, men det gick. Det svåraste är inte över, det vet hon, men hon får ta en sak i sänder.

Sedan flera veckor tillbaka har Julie vant sig vid att leva i nuet. Hade hon något annat val? Det har hon inte nu heller.

Därför fortsätter hon, nuet är så skört, och livet …

Särskilt en dag som denna.

Carpe diem.

Långt från den långa lugna floden

Paul erbjuder sig att skjutsa henne.

Julie har bestämt sig för att åka hem en sväng.

Hon skrider fram som en vålnad i sin lilla lägenhet, där minsta föremål är laddat med minnen. Soffan där han gillade att slå kullerbyttor, hans stol vid köksbordet, videokassetterna med tecknade filmer som han har tittat på så många gånger att banden till slut kvider för varje varv de snurrar.

Och så hans rum …

Julie faller ihop på hans lilla säng och kramar gosedjuren, dem han inte fick med sig.

Hon blundar och gråter tyst, skälver då och då till i hela kroppen, hon vet inte vad klockan är eller vad hon ska göra nästa dag. Hur som helst har tiden stannat, så vad tjänar det till att ha några planer?

I kväll vill Julie somna in fort och sova länge. Kanske för alltid.

Paul säger ingenting. Efter en stund tar han henne vid handen och följer henne ut till bilen. Han tar med henne hem till sig igen och låter henne sova där.

Paul hanterar de kritiska tillfällena.

I kväll har hon kraft nog att klä av sig själv. Men inte att kämpa emot. Hon somnar ögonblickligen. Det är bättre så.

Morgonen därpå vaknar Julie på samma plats, i samma ställning, med en våt näsduk i handen och svullna ögon.

Ensamheten kastar sig över henne som en varg över en tacka. Ger henne inte en chans.

Hon har baksmälla efter att ha berusat sig på tårar.

En dag utan mål.

Ta en promenad. Gråta. Hjälpa Paul med maten. Gråta. Skala lök. Gråta. Såklart. För omväxlings skull. Gå till graven. Gråta. Ringa Manon. Gråta.

På kvällen landar ett meddelande från Romain i hennes mobil.

”Jag vet att jag inte kan göra något åt er känsla av ensamhet, man måste genomlida den, möta den, acceptera den, och jag vet att det är alldeles för tidigt för det nu. Ni kan gråta, det är en fantastisk gåva som kvinnor har. Jag tänker ofta på er. Tänk på mig, om ni vill ha lite sällskap. Jag finns här. Kram”

I själva verket tänker Romain oavbrutet på Julie och Ludovic. Sköterskan hade rätt i att han fattat särskilt tycke för pojken, och förmodligen också för hans mamma. Så här i efterhand tänker han att det kanske var bättre att Ludovic fick dö, hans olycka var allvarlig och sviterna ovissa. Han har sett så många föräldrar till barn med den sortens skador, både fysiska och neurologiska. Barn som man med en svårt nedsättande term kallar grönsaker. Han har sett det mesta. Föräldrar som kämpat, flyttat, bytt arbete för att inte ha för långt till specialistcentret, par som kommit varandra närmare under prövningen, de som har varit modiga nog att skaffa ett barn till, och de som till slut har delat på sig efter alla påfrestningar. Han har sett vitt skilda situationer där det i vissa fall har funnits glädje, men alltid, alltid lidande, det fasansfulla lidandet att se smärtan i sitt barns ansikte.

Därför förstår han Julie. Att hon lät Ludovic dö, men också att det plågar henne.

Och så vet Romain att hon kommer att få tillbaka lusten att resa sig och återuppta den långa vandringen, omgiven av andra människor, en del gamla och en del nya bekantskaper, för att det är så livet och dess möten fungerar, det är ett ständigt flöde som följer händelsernas rytm. Och när man lämnar sin tillvaros långa lugna flod upptäcker man biflöden där det visserligen kan vara besvärligare att ta sig fram, men som är mer intressanta och givande än den breda flodfåran där man färdas av bekvämlighet.

Romain vet att Julie har satt sig ner vid vägkanten, att hon kommer att vilja ta en paus, att hon skulle vilja att jorden slutade snurra så att hon fick kliva av och att hon måste resa sig upp på egen hand, men han skulle vilja stötta henne där hon nu befinner sig, långt från den långa lugna floden.

Dagarna efter begravningen är känslan av tomhet olidlig. Att inte längre få röra vid och se honom, och att känna tyngden av hans frånvaro i vardagen. Att gå och hälsa på honom på kyrkogården och se blommorna sakta vissna, ett tecken på att tiden går utan honom, att en annan väg tar form och att det är Julies uppgift att staka ut den. Utan att riktigt veta vart hon ska. Men på den vägen vänder hon sig fortfarande ofta om och blickar tillbaka på sitt tidigare liv, så som människor gör som älskar varandra och inte står ut med att skiljas, de vinkar åt varandra tills de försvinner bortom horisonten.

Julie vet förresten inte ens om hon har lust att fortsätta färdas mot horisonten. Hon står på spåret och ser livets tåg rulla igång igen med alla levande ombord, men hon vet inte säkert om hon vill hoppa på. Det känns frestande att stå kvar på perrongen med Ludovic, ännu en stund, bara lite till.

Åk ni före utan mig, jag kommer ikapp senare.

Kanske …

Inte säkert …

Inte lust …

I händelse av force majeure

Några dagar senare.

– Hej, Julie. Jag stör väl inte?

– Jag sitter i en fåtölj med en bra bok.

– Utmärkt idé. Vi kanske skulle ta och dua varandra förresten?

– Kanske det …

– Jag ringde för att höra om du var ledig i kväll, så kunde vi gå ut och äta en bit.

– Jag är redan upptagen. Jag är ledsen.

– Aha …

I Romains röst finns en ton av besvikelse som inte undgår Julie.

– Jag ska äta med en barndomskompis, vi gör alltid det den första lördagen varje månad. Det är heligt och man missar det bara i händelse av force majeure.

– Du behöver inte ursäkta dig, det gör inget.

– Då är du inte alltför besviken?

– Jag är besviken över att du redan är upptagen, men jag är snarast lättad över att du inte ser mig som en "force majeure".

Julie ler.

– Och om jag föreslår en vandring i bergen den första söndagen i varje månad, för att skaka ner den första lördagens middagsmat, skulle det kunna bli någonting heligt?

– Varför inte.

– Ska vi göra ett försök i morgon?
– Visst, kör till! säger Julie förvånat.
– Jag kommer och plockar upp dig vid tiotiden och så fixar jag lite picknick, blir det bra?
– Picknick i det här vädret?
– Enligt prognosen blir det strålande solsken. Ta med en varm tröja, så ordnar jag resten.
– Det låter bra!
– Då ses vi i morgon, Julie, ha en trevlig kväll.

Så taktfullt av honom att inte fråga hur hon mår. Han förstår mycket väl att Julie inte mår bra, och att hon inte nödvändigtvis vill diskutera det på telefon. Romain föredrar praktisk handling och att fylla på med positiva upplevelser för att få henne på andra tankar. Han vet att bergen är magiska i det avseendet, även för Julie. Hon nämnde det en dag när han gav Ludovic massage.

Ge fördämningen en chans

Klockan är åtta. Julie vaknar av att solen smeker kudden. Helt enligt prognosen blir det bra vandringsväder. Alltid något.

Hon sträcker på sig i sängen, lägger ifrån sig Lulus gosedjur, ett av dem hon har sparat, och går och tar sig något att äta i köket. Något ska det väl gå att klämma ner bredvid alla sjöborrar i magen. Hon vill inte ligga och dra sig för länge, utan ge sina trötta anletsdrag en chans att slätas ut. Och ögonlocken en chans att dämpa sin svullnad.

Två minuter i tio. Julie hör en bil rulla in på innergårdens grusplan. Det kan inte vara någon patient som ska besöka mottagningen. Det är söndag. Det är Romains Triumph. Han parkerar framför huset och kliver ur bilen. Hon knackar på rutan, vinkar leende åt honom och greppar ryggsäcken. Hon har inte mycket i den eftersom han står för picknicken, bara lite vatten, en tröja, en vindtät jacka och ett par extra sockor.

De pussar varandra på kinderna.

– Du är imponerande punktlig!

– Bara förutseende. Jag gillar inte att låta folk vänta. Och så är det så fint väder.

– Vart ska vi?

– En överraskning! Upp i bergen. Sedan säger jag inget mer. Är du i fin form? Vi kommer att gå en bit.

– Det är bara bra för mig, ingen fara. Finns det inga säkerhetsbälten? undrar Julie när hon har satt sig i bilen och försöker hitta något att spänna fast sig med.

– De har ingen större funktion i en cabriolet av den här årsmodellen. Det är inte så lyckat att hamna uppochner, vare sig man har bälte eller inte.

– Ska vi inte ta min bil?

– Lita på mig. Jag har ingen lust att kvadda den, och än mindre dig…

Julie tittar på medan Romain lägger i en växel. Hon gör som hon blir tillsagd när han ber henne lossa på handbromsen, som sitter på passagerarsidan. Det känns som om hon var med i en Johnny Hallyday-video från sextiotalet. Doften av konstläder är behaglig. Bilen har patina som en antik möbel. Man anar tidens gång. Och så den där doften av motorolja.

– Hur är det med vägegenskaperna då? Med tanke på kurvorna i bergen?

– Den ligger bra på vägen.

– Bra?

– Okej då, jag får väl säga som det är. Den ligger hyfsat bra på vägen, men den är ljusår från dagens bilar, som i princip klarar allt. Förutom då möjligen om föraren är en fullständig idiot.

– Du verkar inte vara den typen.

– Tack, Julie.

– Inga vidare vägegenskaper alltså?

– Vi kan väl säga att bakaxeln är lite stel, vilket gör att de båda bakhjulen är synkroniserade. Moderna bilar har fyra fristående hjul. Om ett av dem stöter på ett gupp lever de tre övriga sitt eget liv. I den här riskerar man att få sladd om man kör på ett gupp eller ner i en grop. Och om man dessutom kör lite fort och vägbanan är blöt…

– Säkert att vi inte ska ta min bil i stället?

– Den är inte lika bekväm och säker som en modern bil, men den är inte farlig. Annars kan du ju hjälpa till att styra med en hand på ratten i kurvorna, som när man åker kälke...

– Det stämmer att man nästan når ner till marken.

– Det gör man. Eller kanske inte du, men jag gör det.

– Jodå! Titta! säger Julie när hon har plockat upp några småstenar från marken genom att helt sonika sträcka ut armen över bildörren.

– Du kan skjuta på om jag får motorstopp.

– Är det risk för det?

– Nejdå! Jag har pysslat om den i åratal. Den är pålitligare än de flesta nya modeller där allt är elektroniskt.

– Hur länge har du haft den?

– Den är från 1959. Det var min pappas bil. Hans allra första. Jag fick den av honom när jag tog min sjukgymnastexamen.

– Hur fort går den?

– Hundrasextio? Men redan i hundratrettio är fartkänslan berusande eftersom man sitter så nära marken.

– Du har väl inte tänkt demonstrera det?

– Inte i dag. I dag ska vi vandra.

– Och sidospeglarna, sitter inte de lite långt fram på motorhuven? undrar Julie.

– Nej, tvärtom, sikten blir bättre på det viset.

– Men hur ställer man in dem?

– Jag har långa armar, svarar Romain med ett leende.

Resten av bilresan sker under tystnad, bortsett från cd:n med Tracy Chapman. Det är praktiskt med samma smak. Julie påpekar dock att det är ett stilbrott med cd-spelare i en gammal bil.

– Jag fuskar lite. Det här är min vardagsbil. Jag gillar att lyssna på nyheterna när jag åker till jobbet. Men ska jag lyssna på musik måste jag dra upp volymen om jag kör fortare än femtio kilometer i timmen.

Julie är inte särskilt bekant med platsen där de parkerar.

Men det är fina omgivningar. Det verkar bli en lång stigning. Romains ryggsäck ser tung ut. Med tanke på att han är vältränad är det ingen match för honom. Han tar täten och börjar vandra i sin egen takt, men vänder sig om då och då för att kolla att Julie hänger med.

Det gör hon.

De går under två timmar, två timmars ihållande tystnad. Det är bara bergen som talar, med bäckar som språkrör och prasslande lövverk som budbärare.

Romain har stannat till flera gånger när Julie hamnat lite på efterkälken och frågat om det går bra, de har rastat lite, druckit och sedan fortsatt.

De kommer fram till en liten bergssjö som ligger som i en gryta. Det är en underbar plats.

Romain sätter sig på en klippa och väntar på Julie. Han tar fram två müslibar.

– Vi tar en liten rast. Ser du toppen däruppe? Det är dit vi är på väg. I den här takten tror jag att det tar en timme till. Vad sägs om att ta lunch på toppen?

– Det låter bra. Men du får bära mig om jag får blodsockerfall.

– Varför tror du jag håller fram en müslibar?

Det tog lite mer än en timme. Romain hade inte räknat med sin vandringspartners lilla svacka. Det blev en paus på en klippa för att lätta på tårtrycket. Det händer titt som tätt att Julie måste gråta ut. Saltvattensproduktionen pågår nonstop, när den kritiska gränsen är nådd är det bara att öppna ventilerna om den spruckna fördämningen ska ha en chans att klara sig.

Det blir allt glesare mellan varven. Men hon klarar sig ännu inte en hel dag. Så är det bara.

Romain respekterar det. Han var en bit framför, men gick inte tillbaka ner. De utväxlade en blick, och det räckte.

Hon vet att han känner med henne. Att han väntar. Att han förstår. Att han finns där. Utan att för den skull hoppa ner i gropen med henne …

När de når toppen är utsikten hänförande. Den självklara lyckan i Julies ögon gläder replagets försteman.

Uppdraget är slutfört.

– Är du hungrig?

– Jag skulle kunna äta daggmaskar!

– Bara lugn, jag har bättre grejer.

Julie sätter sig på sin jacka i gräset och tittar på när Romain packar upp innehållet i ryggsäcken. Han tar fram en liten rutig duk och viker ut den i gräset. Så underbart omsorgsfullt. Där lägger han upp några väl inslagna dubbla smörgåsar, kastar ett hårdkokt ägg till Julie som följs av ytterligare ett.

Hon är skicklig och reaktionssnabb, tar lyra båda gångerna. Hennes segervissa leende besvaras med en blinkning av Romain.

Picknicken är stärkande: vacker utsikt, trevligt sällskap, välförtjänt vila och stillad hunger. De pratar om allt och inget, om Charlotte och om sina respektive arbeten.

Och så kommer den där ängeln och går förbi. Julie betraktar horisonten med blanka ögon.

– Hur känns det, Julie?

Ännu en ängel …

– Tom. Jag känner mig tom och slocknad. Det känns lite som om jag var död, jag också. Som om jag var ett slagfält. Allt är nedbränt, marken skövlad, bara gapande hål och ruiner så långt ögat når. Tystnaden efter fasorna. Men inte lugnet efter stormen, när man känner sig trygg. För mig känns det som om jag hade trampat på en mina, gått i tusen bitar och inte ens vet hur jag ska bära mig åt för att skrapa ihop alla bitarna igen, eller om jag kommer att hitta dem allihop.

Romain väntar en liten stund. För att ge Julie tid att leta upp en näsduk i ryggsäcken. Även han tittar mot horisonten, med frånvarande blick.

– Vet du, när man bygger Lego kan man göra alla möjliga saker även om man har tappat bort några bitar, det är fantasin det hänger på, säger han till sist.

– Men vad är det för mening med att fantisera om ett bygge när man har förlorat den viktigaste biten, den som gav huset själ och charm?

– Man får fuska lite, och leta upp andra bitar på andra ställen i livet. Det är för tidigt, Julie. Tillåt dig själv att leva ut sorgen. Allt har sin tid. På ett slagfält, eller efter en naturkatastrof, är invånarna först bestörta när de konstaterar förödelsen, de jämrar sig, gråter och förbannar. Och först efteråt kan de kavla upp ärmarna och sätta igång med återuppbyggnaden. Först efteråt. Det du har varit med om är förmodligen det värsta man kan råka ut för, så ha lite överseende med humörsvängningarna. Men inga slagfält förblir ofruktbara. Ibland tar det flera år, men naturen tar alltid, alltid överhanden och det börjar växa upp blommor i askan. Det som växer djupt inom dig kommer också att ta överhanden, endera dagen.

Romain vänder sig mot Julie, som inte kan hejda tårarna. Han ler mot henne. Helt enkelt. Och smeker hennes fuktiga kind med baksidan av handen. Som han brukade göra med Ludovic. Julie ler tillbaka. Så söker sig deras blickar återigen mot horisonten. Tystnaden och de väldiga vyerna har en lugnande verkan.

– Har du börjat arbeta igen? frågar Romain.

– Nej, inte än. Jag har en snäll läkare som har sjukskrivit mig. Hur tänkte de egentligen på Försäkringskassan när de bestämde att tre dagar får räcka om ett barn dör?

Julie letar upp en ny näsduk i ryggsäcken. Romain tar för sin del fram en liten mörk chokladkaka med nougatbitar.

Han bryter några bitar genom aluminiumfolien och lägger chokladen på marken mellan dem.

– Skynda på, vi har konkurrens av myrorna! Och de är glupska här i bergen.

– Hur kunde du veta att jag älskar just den här sorten?

– Det är inte bara kvinnor som har intuition.

Men det är inte intuition det handlar om i Romains fall, utan snarare uppmärksamhet. Det räckte med att han skymtade ett chokladpapper på Ludovics rum en dag för att han skulle minnas det.

– Spelar du något instrument? frågar han så.

– Nej, jag spelade en del när jag var liten, men inte nu längre. Själv då?

– Jag har tagit upp fiolspelandet igen. Jag höll på med det som liten, men sedan var det någon som stal fiolen. När min fru lämnade mig kom jag äntligen till skott, jag var ju tvungen att ha något att göra om kvällarna. Så jag gick och köpte mig en fiol och nu tar jag lektioner. När jag spelar tänker jag inte på någonting. Förutom hur roligt det är att spela.

– Det rensar nog skallen.

– Är det inget instrument som känns särskilt lockande?

– Jo, piano.

– Då är det bara att sätta igång. Gå till en musikaffär, välj ut ett piano och leta upp en musiklärare.

– Jag ska tänka på saken.

Julie vågar inte berätta att hon aldrig skulle ha råd med ett eget piano i vardagsrummet. Hon har ju inte ens något eget vardagsrum.

– Ska vi ta oss ner igen?

– Ja, vi går ner. Jag måste få tacka dig, Romain. Du är verkligen ett stort stöd för mig. Jag har några lyktor som lyser i dimman, och du är en av dem.

– Så länge jag inte är någon stopplykta bara.

– Kanske bara i dag, om du går efter mig ner.

God jul

I ett par veckors tid har Julie nu bombarderats med julstämning. Glittrande skyltfönster och högtalare som i vartenda gathörn vräker ut samma julsånger om och om igen, de ena tramsigare än de andra, så att invånarna drivs till vansinne.

På senare år har Julie tyckt att det bara blivit mer och mer. Mer girlanger på gatorna, fler jultomtar i fönstren, allt tjockare leksakskataloger och ett julsortiment som allt tidigare invaderar hyllorna i affärerna. Och hon vet vad hon talar om.

Ett osunt och bulimiskt konsumtionssamhälles stötande överflöd.

I år blir det bara för mycket för Julie. Hon kommer att tänka på när hon var liten och hennes gammelmormor berättade att man på hennes tid brukade ge barnen en apelsin på julafton. En apelsin, eftersom det var en sällsynt och dyr vara.

En apelsin!

Nu hittar man apelsiner året om för två euro kilot.

Och alla dessa människor med händerna fulla av julklappar som de gläder sig åt att snart få lägga under granen, de får en att tro att julhelgen självklart är till glädje för alla. Det är en högtid, man ska vara lycklig, det är en tradition. Jul är familjehögtiden framför andra.

Men den där sirapssöta glädjen som tränger sig på från alla håll skorrar falskt i Julies öron. För innerst inne gapar såret. Tankarna på att det inte kommer att ligga några julklappar till Lulu under granen.

Om hon kunde, skulle hon vilja ge honom något i år, även om det bara var en apelsin. I stället hittade hon en liten snögubbe i keramik som hon ställde på graven. Lysande!

Det är viktigt för henne med den sortens symboler, ifall Ludovic skulle se dem, man vet ju aldrig. Men med lite distans är det nästan patetiskt.

En mössa till Popi

De firar julafton i all enkelhet. De är hemma hos Paul tillsammans med Jérôme och Caroline. De försöker prata om annat. Så lite som möjligt om Lulu. Saknaden är för stor. Tårarna är inte långt borta, minsta lilla så kommer alla att brista i gråt.

Små julklappar, omtanke. Det är alltid roligt att få presenter, särskilt från människor man håller av.

Jérôme ger Julie en kramdjursapa som heter Popi. Hon ler mot honom. Omtanken är rörande. Han blinkar åt henne och pekar på jeansfickan där han har några kissemissar.

Strax innan de är färdiga med den lilla julklappsritualen tar Paul fram ett paket som legat gömt bakom granen.

– Det var Romain Forestier som kom och lämnade det här i förra veckan. Han bad mig att ge dig det på julafton.

Julie är överraskad. Det är ett litet mjukt paket. Fäst i bastsnöret sitter en etikett från butiken ”Världens hantverkare”. Det var precis vad man kunde vänta sig av Romain.

Med viss iver öppnar hon paketet och tar upp en fantastisk peruansk mössa i starka färger med två öronlappar och på toppen en liten tofs i en yllefläta. En papperslapp trillar ut när hon tar upp den.

För att du ska få en massa nya färger i livet och vara rustad mot rimfrosten under kommande söndagar.
God jul, Julie

Julie tar på sig mössan, stolt som en påfågel. Och alla ler. Det är ovant med formen och färgerna.

– Det är åtminstone ingen risk att han tappar bort dig i snön, säger Paul och skrattar. Och så kan du inte skylla på att det är kallt för att slippa gå med.

– Jag hade ändå inte tänkt försöka smita.

Och särskilt inte i kväll, rörd som hon är av Romains julklapp.

God jul…

Trots allt.

Den lilla flickan med den stora hemligheten

Några veckor senare.

Hej Paul!

Hoppas att du mår bra. Jag antar att din tystnad beror på att du arbetar för mycket... Eller är det Manon som har kollrat bort dig?

Jag skriver till dig av en speciell anledning. Jag har bestämt mig för att börja spela piano. Det är en vän som har rått mig att göra det. Musik i terapisyfte. Jag har varit i musikaffären och där såg jag ett riktigt fint piano. Det är i ett ljust träslag som jag gillar, och har fin klang. Men det kostar 4 500 euro och jag har inget sparkapital. Därför tänkte jag fråga om du skulle kunna låna mig pengar, så kan jag betala av skulden med ett mindre belopp varje månad... Hör av dig, och hoppas att vi ses snart.

Kram,

Julie

PS Om du arbetar för mycket, tänk på att ta igen dig lite mellan varven åtminstone.

PS 2 Om det är Manon som har kollrat bort dig, tänk på att ta igen dig lite mellan varven åtminstone.

PS 3 Jag hoppas på anledning nummer två...

Kära Julie!

Jag är ledsen att jag inte hört av mig. Det stämmer att jag arbetar mycket för tillfället, jag är ofta ute och reser i jobbet. Men det är ändå ingen ursäkt, jag hade kunnat ringa eller skicka små hälsningar. Jag tror att jag är rädd. Rädd att prata med dig om struntsaker, eller helt enkelt inte veta vad jag ska säga. Rädd att besvära dig eller ringa olägligt. Jag vet att det är löjligt, men jag vet inte hur jag ska förhålla mig. Vi kanske skulle kunna äta en bit ihop i nästa vecka, så får vi reda ut allt det här. Jag åker utomlands i morgon, men är tillbaka till helgen. Vad tror du om det?

Kram,

Paul

PS När det gäller pengarna hittar vi förstås en lösning. Oroa dig inte. Vi får prata om det.

PS 2 När det gäller Manon, tar jag igen mig då och då…

Några dagar senare…

Julie har åkt till stormarknaden. Hon har börjat jobba igen. För att Försäkringskassan inte godkänner hur långa sjukskrivningar som helst. För att hon behöver lite omväxling trots allt, även om ett jobb som kassörska är långtifrån optimalt ur den synvinkeln. I dag har hon bestämt sig för att jämföra kundernas födelsedatum på legget med hur gamla hon själv skulle gissa att de är. Ibland blir man väldigt överraskad. En del opererade kvinnor ser tio år yngre ut, en del män som är förstörda av sprit och tobak ser tio år äldre ut.

När hon kommer hem möts hon av en leende Caroline. Det är roligt att se henne så glad, hon som aldrig är särskilt talför, men det är överraskande, ja, närmast skumt. Hon beter sig som en liten flicka som har fått höra en stor hemlighet i förtroende och har svårt att behålla den för sig själv. Det är nästan så att hon sätter handen för munnen för att den inte ska slippa ut. Julie skulle gärna vilja veta vad som fått henne på så sprudlande humör.

Caroline försvinner in på läkarmottagningen med ett nervöst fniss. Det är snudd på outhärdligt för henne. Ju förr Julie får veta hemligheten, desto förr slipper hon hålla tyst.

Vilket mystiskt mottagande när man kommer från jobbet!

Julie går uppför trappan och in i lägenheten på övervåningen, där hon fortfarande bor tillsammans med Jérôme och Caroline. Av gammal vana lägger hon ifrån sig väskan och nycklarna på den lilla hallmöbeln, tar ett glas vatten i köket och sätter sig vid bordet för att bläddra lite i tidningen.

Då får hon syn på en nyckelknippa och en post-it-lapp med en adress och ett meddelande: ”Du har en överraskning som väntar. Skynda dig dit!” När Julie gick i förskolan brukade hon gilla skattjakterna som ordnades kring jul. Hon ler. Meddelandet är skrivet med versaler. Hon vet inte vem det är som leker med henne, men Caroline måste vara inblandad.

Hon går ut igen.

Och kör till den angivna adressen. Ett litet nybyggt bostadshus i en lugn del av staden. Hennes namn står vid dörrklockan. Hon prövar flera nycklar innan hon hittar den som går till porten. Från entrén fortsätter hon en trappa upp, där hon tittar på namnen på dörrarna. Återigen ser hon sitt eget. Två nycklar till. Hon väljer den största och lyckas vid första försöket.

När Julie kommer in i lägenheten förstår hon inte riktigt var hon har hamnat. Hennes röda resväska, den som Paul köpte åt henne i Bretagne, tronar i hallen. Alla hennes tillhögheter är där. Caroline var mycket riktigt inblandad.

Allt är nytt. Lägenheten och möblerna, som går i en enkel och modern stil. Det lilla köket är välutrustat och praktiskt, med en tjusig ugn och en modern matberedare värdig en mästerkock. Bredvid ligger en pyramid med lök. En hälsning.

När hon kommer in i vardagsrummet upptäcker hon det. Där står det, i tyst majestät, lika fint som den dag hon föll i beundran inför det.

Det ljusa pianot som hon såg i musikaffären och som hon genast blev förälskad i. Pianopallen står framför, ton i ton i samma träslag. På klaviaturen ligger en lapp.

Glöm lånet. Det gläder mig att veta att det gör dig gott. Jag vill så gärna lindra dina plågor, och då är det här ett bra tillfälle. Kram från Paul

PS Jo, förresten, när det gäller lägenheten och möblerna får vi diskutera hyran. Du kommer inte att hitta något mer prisvärt på marknaden, annars skulle tjejen på mäklarbyrån inte ha kallat mig för vrickad... Det behövs bara några namnteckningar.

– Paul? säger Julie med ynklig röst i telefonen.

– Nämen hej, Julie! Hemma från jobbet?

– Men du är ju galen!

– Jaha, så nu ska du också börja? Till slut tror jag väl att ni har rätt allihop. Ja, jag håller på att bli galen. Hur skulle jag kunna motstå det här tillfället?

– Men det är en för stor gåva, Paul, alldeles för stor!

– Jag ger dig ju inte lägenheten.

– Jag pratar om pianot.

– Men du får betala ränta. Jag räknar kallt med att du spelar ett stycke för mig varje gång jag kommer och hälsar på.

– Men hur kunde du veta att det var just det här pianot?

– Det har sina fördelar att knalla runt med en bild av dig i plånboken. Försäljaren kom ihåg ditt ansikte och din saliga min framför just det pianot. Så gick det till. Han mindes också de tuffa förhandlingar du inledde och dina argument för att han skulle sänka priset. Jag tänker anställa dig på affärssidan.

– Du är helt otrolig. Jag blir verkligen glad, Paul, på riktigt. Om du visste så glad jag blir.

– Slit det med hälsan, Julie, och unna dig den glädjen. Och inom sex månader vill jag höra ett preludium av Bach.

– Fick du någon rabatt av försäljaren då?

– Du vet mycket väl att jag alltid väljer det dyraste, och då kan jag inte gärna hålla på och pruta.

– Det var inte det dyraste.

– Jag vet, men det var det du ville ha.

Paul drar en suck av lättnad när han har lagt på. Hon har slutat att kategoriskt vägra ta emot presenter. Det var på tiden. Han struntar i vad de kostar. Det enda han vill är att hon ska bli lycklig och att försöka gottgöra om så bara en bråkdel av Lulus död. Hon, som var deras balsam utan konserveringsmedel när de reste till Bretagne, har nu förvandlats till ett öppet sår och Paul känner inte att han har samma värmeresurser inom sig för att hålla henne varm. Framför allt känner sig Paul ansvarig för den tragiska händelsen. När allt kommer omkring hade han kunnat välja en annan kassa eller låtit bli att charmas av kassörskan. Framför allt borde han inte ha bjudit henne på lunch, och än mindre tagit med henne till Bretagne. Då skulle inte allt det här ha inträffat.

Paul känner sig ansvarig, och bankkortet är det enda han har för att stryka lite balsam på Julies sår.

Det räcker inte långt, eftersom det Julie behöver inte kan köpas. Men det materiella är ändå till hjälp om man vill komma åt kärnan. Det har hon själv sagt. Att kunna ringa sin kompis, äta gott och köpa kläder någon annanstans än i secondhandbutiken på hörnet.

Och spela piano.

Äntligen tackar hon ja.

Hon lade ju av med niandet till slut.

Den som väntar på något gott …

Beröring

Julie har gått och ställt sig vid fontänen i änden av gatan. Hon har gett honom sin nya adress. Men det är inte säkert att han hittar i kvarteret.

Romain är kanske lite yrvaken, för han kör nästan förbi utan att känna igen henne, men ser i sista stund att det är hon och stannar hastigt vid vägkanten. Han är glad att få tillbringa dagen i hennes sällskap. Känslan är ömsesidig.

Han berättar vart de ska, för att ge Julie tid att förbereda sig mentalt. Siktet är högt ställt.

Till slut, efter flera timmars vandring, tvingas de inse faktum: de kommer inte att nå toppen i dag. Julie klarar det inte, hon har ont i fötterna, ont i ryggen, ont i magen och ont i själen. Det påverkar flåset om man gråter när man vandrar.

Romain märker ju att det inte är någon bra dag i dag. Därför lovar han henne att de inom tio minuter är framme vid en trevlig liten sjö där de kan stanna och ta en lång rast innan de påbörjar återfärden. Det är en fin vinterdag, så de borde inte frysa alltför mycket ens om de sitter still.

Klockan är elva när de kommer fram till den lilla sjön. Väl tidigt för lunch.

Julie sträcker ut sig i gräset och blundar en stund. När hon slår upp ögonen igen ser hon inte längre Romain, sveper hastigt med blicken över landskapet och upptäcker honom på den andra stranden. Han vinkar åt henne och är tillbaka efter kanske tio minuter.

– Säkrast att inte ta ett dopp i den där sjön. Det är en massa skumma insekter överallt, konstaterar han, lätt andfådd.

– Hur som helst måste vattnet vara iskallt.

– Säkert. Men det hade varit uppfriskande. Visst är det fint här? Vattnet står rätt lågt i sjön så här års, men framåt våren är det verkligen sagolikt vackert.

Julie har blicken fäst i fjärran och lyssnar bara på Romain med ena örat. Då kommer han och sätter sig bakom henne, med benen på var sida om henne. Så lägger han händerna på hennes axlar och börjar försiktigt massera.

Julie brister nästan omedelbart i gråt. Hon har nerverna utanpå kroppen, och man behöver inte mer än nudda vid henne förrän känslorna svämmar över. Hon tar av sig fleecetröjan. Massagen gör henne gott, men det tjocka tyget förtar lite av effekten. Solen värmer. Hon tycker att det är lagom varmt i t-shirt. Det underlättar för Romain när han återupptar massagen.

– Jag ville göra ett fotoalbum om honom, men jag klarar det inte.

– Är du förvånad?

– Nej, jag vet. Försvinner sorgen någon gång? För det känns som om jag inte gör annat än att kämpa för att inte bli uppslukad av den. Man har inte alltid lust att kämpa.

– Varför kämpa?

– För att man måste gå vidare, livet väntar ju inte.

– Vem är det som säger att det inte väntar? Visserligen går det vidare, men man är inte tvungen att hänga med i samma takt. Du kan mycket väl ta en paus och genomleva sorgen. Du är ung, du har hela livet framför dig, ge dig själv tid.

– Min gode vän Paul, minns du honom?

– Självklart, du pratar ofta om honom. Han lånade dig pengar till pianot, väl?

– Han gav mig det. Och en hel lägenhet dessutom, till en billig hyra.

– Fantastiskt!

– Jag tycker ändå det känns lite jobbigt, det är en jättestor gåva. Jag tycker att jag borde återgälda den.

– Du får låta andra avgöra själva om de vill göra dig glad. Jag tror inte han kände sig tvungen att göra det. Tvärtom. Om han nu har råd är det bara ett sätt att stötta dig. Utifrån vad du har berättat om honom tror jag inte att han försöker köpa din vänskap.

– Nej.

– Och inte dina tjänster?

– Inte det heller.

– I så fall är det visserligen en stor gåva, men en uppriktig gåva. Ta emot den som sådan.

Julie ler. När Romain har masserat hennes rygg sitter han kvar och håller om henne, och vaggar henne sakta, nästan omärkligt. Inte heller på det området lämnar man någonsin barndomslandet. Beröring gör gott. Det är obestridligt, går inte att förneka, men glöms så ofta bort …

Också Romain hade glömt sin barnasjäl. Han hade tappat bort den, i likhet med de allra flesta. Det var när hans fru lämnade honom som han hittade den igen, barnasjälen, för att vara i fas med sin dotter. För att vara i fas, kort och gott. Därför att livet är mindre smärtsamt om man leker att man lever, som på en rast i skolan, och om man klamrar sig fast vid enkla glädjeämnen.

Det var för drygt ett år sedan han verkligen insåg det och förstod att han hade lämnat den långa lugna floden för gott eftersom hans hjärta var så illa sargat.

Täppa till läckorna

– Hej, Julie, hur är det med dig? frågar Jérôme och pussar henne på kinderna.

– Det är bra. Eller inte så lysande, annars skulle jag inte komma hit och konsultera dig. Är inte Caroline här?

– Nej, hon har åkt och hälsat på sina föräldrar i några dagar. Vad har du råkat ut för?

– Jag pissar på mig, svarar Julie och sjunker ner i stolen som står framför skrivbordet.

– Julie, jag och Paul har ju redan förklarat för dig att du måste vårda ditt språk ... Gör ett nytt försök.

– Jag kissar på mig?

– Det är lite bättre, men du kan bättre än så ...

– Jag kissar i byxorna?

– Och ännu bättre ...

– Du är för jävla jobbig, Jérôme!

– Okej, okej! Alltså lider du av urininkontinens.

– Då säger vi väl det.

– Hur länge har det pågått?

– Sedan Lulu dog.

– Och är du besvärad av det i ditt dagliga liv?

– Vad tror du? Det är bara en kille som kan ställa den sortens fråga.

– Förlåt. Det är sant, jag är en idiot. Nåväl. Jag skickar dig till en barnmorska. Hon kan hjälpa dig bättre än jag.

– Om det är för att stoppa upp en elektrisk sond där jag tror, så är det ingen idé.

– Det är för något annat. Du får se.

– Vadå?

– Hon förklarar för dig. Sylvie Petitjean. Hon bor inte så långt från dig dessutom. Ring henne och hälsa från mig, säger han och ger henne en remiss.

Julie gör det på direkten, så fort hon har kommit ut från Jérômes mottagning. Barnmorskan svarar efter några ringsignaler. Rösten är behaglig. Man kan höra henne le i andra änden av linjen. Om det nu är av en slump eller ett sammanträffande har någon just ringt återbud till en tid samma eftermiddag. Julie tackar ja. Hon vet inte riktigt vad hon ska vänta sig.

Hon åker hem och fixar till lite mat. Hon är inte särskilt hungrig. Men Jérômes påpekande nyss angående hennes vikt mal fortfarande i henne. *Fortsätter du så här blir vi tvungna att fylla dina fickor med sand nästa gång du följer med till Bretagne, så att du inte blåser bort…*

Uppfattat. Hon äter.

Julie har precis lagt på ett vedträ i öppna spisen i vardagsrummet. Paul tänkte att lite värme från skogarna skulle göra henne gott, och lät därför mura en öppen spis. Hon skulle kunna skicka ett sms till Romain och komplettera listan med små vardagliga glädjeämnen. Att titta på när elden sprakar är ett av dem. Hon fäster blicken i fjärran och njuter, ögonen glänser som två speglar som reflekterar de gula och blåaktiga flammorna.

Barnmorskan är välkomnande. Hon tar emot remissen hon får av Julie och frågar vad som föranleder besöket. Några förklaringar senare tar kvinnan fram en blankett som hon börjar fylla i. Hon ställer en rad frågor. Efternamn, förnamn, födelsedatum, adress, socialförsäkringsnummer, yrke, ålder vid första menstruation och så vidare. Sjukhistoria, om hon tidigare har utsatts för våld …

– Vad för slags våld? frågar Julie, överraskad av frågan.

– Allt ni har kunnat uppleva som våld i ert liv.

– Det har ingen frågat mig förr.

– Den frågan ställer jag alltid. Kvinnorna väljer om de vill svara och om de vill prata om det eller inte. Det viktiga är att man gläntar på en dörr som alltför ofta är låst med dubbla slag.

– I så fall är svaret ja, säger Julie efter en kort stunds tvekan.

Det räcker med en blick för att barnmorskan ska förstå att hon kan gå vidare till nästa fråga. Julie kommer inte att säga något mer. Åtminstone inte i dag.

Resten är av mer praktisk art. Det handlar om kvinnohälsa, hennes levnadsvanor, inkontinensen. Barnmorskan ställer frågor om förlossningen. Ryggmärgsbedövning, barnets vikt, om födseln gick bra, om hon har ammat. Hur barnet mår nu. Julie, som hade lyckats komma över morgonens gråtattack, får ett återfall. Det tar en god stund innan hon lyckas pressa fram att han dog för ett par månader sedan. Det måste ju sägas. Kvinnan mittemot kan ju inte gissa sig till det. När barnmorskan fått höra berättelsen i några meningar, fattar hon helt enkelt Julies hand och kramar den tills tårarna har stillat sig.

– Det rinner lite varstans, är det inte så? säger hon till sist och ler mot Julie. Upptill och nedtill. Vi ska försöka täppa till läckorna.

– Ja, säger Julie, med ett tårdränkt leende. Då får ni att göra.

– Det är ni som gör jobbet. Jag ger er övningar, som ni ska göra hemma.

– Vad för slags övningar?

– Visualiseringsövningar. Ni ska föreställa er vackra

saker, en liten grotta, höga vågor, fjärilar och portar som stängs.

– Och det kommer att täppa till läckorna?

– I ögonen vet jag inte, men därnere bör det fungera.

– Varför fick jag det här läckaget efter att Ludovic dog?

– Bäckenbotten är kvinnokroppens kor. En helig plats i katedralen. Själva koret skadades när han dog. Låt det få lida på sitt sätt, men det kommer att återhämta sig.

– …

– Och ni med. Ska vi ses i nästa vecka då?

– Tänker ni inte undersöka mig?

– Aldrig första gången, svarar barnmorskan leende.

Det uppskattar Julie. Hon är inte särskilt förtjust i att man håller på och rotar i ”koret” överhuvudtaget, och är det dessutom första gången…

Vinterväglag

Det har blivit tätare mellan vandringsutflykterna, som skulle vara månatliga. Romain kommer och hälsar på henne var fjortonde dag.

I dag är vädret strålande. Det snöade föregående vecka och tack vare den torra kylan ligger snön kvar. Solen glittrar i det tjocka vita täcket, som en oändligt lång julgirlang som tänds mitt på ljusa dagen. Och när man kör ner fingrarna i snön spräcks skaren likt sockerlagret på en gigantisk crème brûlée. Ett fenomen som Julie gillar att studera.

– Kan du köra på vinterväglag?

– Öh, när jag kör till jobbet, jag gjorde det för några morgnar sedan, men… Varför stannar du?

– För att det aldrig är för sent att lära sig. Det är aldrig någon trafik på den här sträckan, man ser bilarna på långt håll och det är ingen fara om man kommer ut på vägrenen.

– Men jag har ingen lust att köra rally!

– Vem har sagt något om rally? Det handlar bara om att lära sig bemästra väglaget, man vet aldrig. Triumphen är perfekt för det ändamålet. Den har bra vägegenskaper.

– Förut hävdade du motsatsen.

– Skulle jag ha sagt det?

– Jag har aldrig kört den här sortens bil förr.

– Det är fortfarande en bil. En ratt, en växellåda, tre pedaler: koppling, broms och gaspedal. Här har du backspegeln, tillägger han och pekar på den.

– Driv inte med mig!

– Men visa mig vad du kan då. Det är inget märkvärdigt. Det gäller bara att våga. Vad riskerar du?

– Att förstöra din bil.

– Den risken tar jag.

– Du visar mig ett jäkla förtroende...

– Är det fel av mig?

– Jag vet inte.

Julie startar, hon är försiktig. Kör sakta. Hon känner sig inte helt avslappnad.

– Det blir inte mycket av vår vandring i den här takten, vi har tolv kilometer kvar, du får allt gasa på lite!

Julie gasar. Lite. Från femton till tjugo kilometer i timmen. Hon gör sig redo för en kurva och tar den mjukt och försiktigt när Romain plötsligt hugger tag i handbromsen och drar till. Bilens bakdel far genast ut åt vänster och Julie parerar reflexmässigt med ratten för att få bilen på rak kurs igen, vilket hon också lyckas med.

– Gör aldrig om det där! skäller hon.

– Men du skötte det ju galant, så vad är problemet? replikerar Romain och ser på henne.

– Gör aldrig om det där ändå, jag blev rädd, säger hon, men kan trots det inte hålla tillbaka ett litet leende.

– Kom igen! Erkänn! Lite adrenalinpåslag kändes väl bara bra? Det såg jag på dig.

– Kanske det, men gör aldrig om det där, upprepar hon leende.

– Jag lovar, men då får du allt gasa på lite, annars hinner vi inte gå rundan jag har planerat.

– Låt mig tämja bilen. Du kanske gillar att köra på vinterväglag, men det gör inte jag.

– Nej, jag föredrar att köra på små avsides och öde vägar som doftar lavendel och rosmarin under sommarnätter i

Sydfrankrike. Luften är ljuvligt sval. Bilens motor andas lättare och så har man den där osäkerhetskänslan när man kör nedcabbat om natten, man skärper alla sina sinnen. *Det* är härligt. Det är riktigt härligt.

Det är ansträngande att pulsa i snön när man sjunker ner till halva vaderna. Julie svettas i sin fleecetröja, men landskapet är fantastiskt. De kommer till ett vattenfall. Vattnet rinner genom en isskulptur som blänker i blått. Som om tiden i ett slag hade fått vattendropparna att stelna i sin rörelse, överrumplade av omgivningarnas vintriga iskyla. De står och tittar en stund under tystnad. Det enda som hörs är vattnets risslande.

Julie går fram till vattenfallet, där hon plockar upp en liten isbit som har brutit sig loss. Lego som Lego …

– Varför ägnar du tid åt mig?

– För att jag trivs med det. Men också för att jag vet att människor kan vara överdrivet hänsynsfulla i sådana här lägen och att det är bra att få annat att tänka på mellan varven. För att jag vet att du gillar att vandra i bergen och att du inte skulle ta dig hit på egen hand. Har jag fel?

– Det börjar bli irriterande, du har ju alltid rätt, säger hon leende.

– Folk gör det inte med flit, men för många är du förknippad med död och sorg, och döden är skrämmande. Det är mänskligt och naturligt. När du försöker komma tillbaka har du bara dig själv att lita till. Det hindrar inte att du har vänner. Och de vänner som finns kvar är äkta vänner.

Romain tittar på Julie, road över att se henne suga på isbiten hon nyss plockade upp. Han gjorde likadant som liten pojke. Han bryter av en liten bit och för den till munnen.

– Du har fått tillbaka leendet, resten går av sig själv. Och du kommer att klara det på egen hand. Det är bara lite lättare om man har folk omkring sig. Och det gör inget om man halkar till ibland. Det hör till livet att snubbla.

– När det är sorg som får en att tappa balansen är det inte säkert att det märks.

– Nej. Det syns om man blir av med ett ben, då är folk förstående. Inte alla förstås. Men när det är en bit av hjärtat som har slitits ur kroppen ser man det inte utifrån, trots att det är minst lika smärtsamt. För om man har blivit av med ett ben får man lära sig att gå på annat sätt, man finner sig i det, man fogar sig. När man förlorar ett barn antar jag att det är omöjligt att foga sig, det drabbar en med full kraft.

– Jag hade hellre amputerat båda benen om jag fått behålla min son. Men det stämmer att det inte står skrivet i pannan på mig att jag lever med trasigt hjärta.

– Man kan inte lasta folk för det. De går bara efter det som syns. Man måste skrapa på ytan för att se det som finns inunder. Om man slänger ner en stenbumling i en damm blir det vågor på vattnet. Först stora som slår upp mot stranden, och sedan krusningar som till sist försvinner. Så småningom blir ytan slät och stilla igen. Men stenbumlingen ligger ändå kvar på botten.

Stenbumlingen ligger ändå kvar på botten.

Icke-dominanta män

Julie sitter framför barnmorskans skrivbord. Barnmorskan tar sin stol och kommer och sätter sig bredvid henne. Hon har tuschpennor i olika färger och ber henne välja en.

Blå.

Sedan frågar hon om hennes inre väderlek. Sol, moln, dimma, regn, sol och regn, disigt med solglimtar. Julie tittar först förvånat på henne och meddelar sedan sitt väder.

Dimma och regn.

Sedan förklarar kvinnan för henne att de den här morgonen ska börja träna musklerna vid ingången till grottan. Att det kommer att finnas vindbryggor och fällgaller som stängs i hennes fantasi för att skydda prinsessan i slottet.

Överraskande.

Hon ber till sist Julie att lägga sig bekvämt på undersökningsbritsen, när hon har tagit av sig nedtill, att placera fötterna ihop nära rumpan och sedan låta knäna falla isär och lägga ett knä mot barnmorskans lår där hon sitter bredvid britsen.

Svårt.

– Jag ska lägga fingrarna vid ingången till vaginan. Slappna nu av och säg till när ni är redo.

– Sätt igång bara, skyndar sig Julie att säga.

– ”Sätt igång bara” betyder inte att ni är redo.

– Det är första gången man frågar mig om jag är redo innan man undersöker mig.

– För oss kommer det utan tvivel att bli många ”första

gången", påpekar kvinnan leende. Jag väntar tills ni är redo.

Julie tar ett djupt andetag, blundar och andas flåsande.

– Och om jag inte är redo? undrar hon oroligt.

– Om ni inte är redo undersöker jag er inte.

Julie blundar igen, drar ännu ett djupt andetag, försöker slappna av. Barnmorskan iakttar henne ur ögonvrån. Läpparna darrar, en tår tränger fram. Och en till i andra ögat. De trillar mot varsitt öra.

– Jag tror inte att jag är redo, säger Julie och torkar tårarna.

– Det gör inget. Vi väntar tills ni är det. Om ni vill att jag ska hjälpa er att förbereda er är det bara att säga till.

Julie klär på sig igen och sätter sig på kanten av undersökningsbritsen. Barnmorskan sitter bredvid. Hon lägger lugnt undan sina instrument medan hon lyssnar på sin unga patient, som berättar om raden av pojkvänner som har använt sig av hennes vackra tonårskropp i sina fumliga försök att kopiera vad de sett i porrfilmer, utan att bry sig särskilt mycket om hur det kändes för henne.

Det var killen från festkvällen, han som lämnade en skvätt fertil säd innan han smet, för feg för att ta ansvar för följderna.

Det är idioten Chasson som pressar henne för att han vet att hon inte kan försvara sig.

Därför är prinsessan förbannat less. Prinsessan tycker att den halva av mänskligheten som tror att testosteronet ger dem rätt att fritt förfoga över den andra halvan kan dra åt helvete.

Prinsessan har förlorat hoppet om att träffa sagoprinsen. Hon försöker värva en drake som kan skydda henne mot vargarna. För ett ögonblick tänker hon på Paul. Han skulle kunna bli en bra drake. Problemet är bara att han gråter floder när han skalar lök. Det är risk att han släcker sina eldslågor.

– Ingen har rätt att strunta i vad ni tycker, påpekar barnmorskan lugnt.

– Det har hänt att jag har sagt ja bara för att jag inte haft något val.

– Försvara er, Julie. Det är er kropp. Den tillhör er. Den räknas. Den insikten är en viktig del av bäckenbottenträningen. Om ni vill stänga till, måste ni sluta öppna er mot er vilja.

– Och mot korets vilja?

– Exakt. Skydda er krypta, Julie. Man släpper inte in rövare på heliga platser. Och förlora inte hoppet om sagoprinsen. Testosteronet har positiva effekter på vissa män. Åtminstone på de icke-dominanta. De som har begripit att den andra halvan av mänskligheten är lika mycket värd.

Rehabiliteringsprocesser

Julie äter lunch hos Jérôme den söndagen. Caroline har bakat en kaka för att fira att stiften har tagits bort. En kungakaka. Det är visserligen inte trettonhelg, men Caroline gillar att vara tidlös. För en gångs skull glömde hon inte att stoppa i den lilla porslinsfiguren innan hon gräddade kakan. Hon gör framsteg. Hennes självförtroende växer för varje dag.

Jérôme blev i veckan utskriven från sjukhuset efter att ha tillbringat ytterligare några dagar där, så att han inte ska behöva ringa på hjälp på flygplatsen mer. Rehabträningen inleddes redan före operationen. Återstår dagvård, behandlingar hos hans vän sjukgymnasten och whiskykonnässören med kropp som en grekisk gud. Jérôme struntar blankt i den gudalika kroppen. Den goda whiskyn däremot...

Han håller på att repa sig, ibland med ett styng av skuld över att ha sett Julie hamna längst ner på botten medan han själv kom undan med ett krossat ben.

De tre vuxna i bilen önskar alla att de hade suttit på den dödes plats.

Men Julie tar sig så sakta tillbaka. Steg för steg. Små steg. Men ändock steg.

– Och din egen rehabträning då? frågar Jérôme. Går den framåt?

– Ja. Hon är snäll, din medeltida barnmorska.

– Medeltida? Varför medeltida?

– Hon pratar om slott, vindbryggor, prinsessor och böljande mjuka vågor.

– Så hon är inte bara barnmorska utan simlärare också?

– Jag tror att hon är lite av varje.

– Tycker du att det hjälper?

– Vi tätar. Det rinner mindre nu. Upptill finns det fortfarande att göra, men nedtill är det bättre... Och så tar hon tid på sig. Inte som alla de där läkarna som bränner av ett stort leende och låtsas lyssna, men som medan man håller på och förklarar att man pissar på sig tänker på sin kommande alpsemester som man kommer att vara med och sponsra tack vare deras groteskt saltade arvoden, och som till på köpet låter en förstå att det vore bättre att man tog på sig skorna i korridoren så att de kan vinka in nästa patient. Det gäller ju att dra in pengar, för det är inte direkt gratis att åka skidor på de där glassiga ställena där de brukar hålla till.

– Räknar du in mig bland dem?

– Vad tror du?

– Hoppas inte.

– Tar dina patienter på sig skorna i väntrummet?

– Nej...

– Brukar du avsluta besöket med ett hejdå i korridoren?

– Klart att jag inte gör.

– I så fall räknar jag inte in dig...

Glömskans grotta

– Hej, Julie. Har du ett paraply?

– Som matchar gummistövlarna. Ska vi på svampplockning eller grodsafari?

– Vill du att vi ställer in?

– Aldrig i livet, inte nu när jag har skaffat utrustning.

– Du är inte tvungen att ha den där mössan varje gång.

– Jag har den för att jag gillar den, den håller mig varm! Om skallen och hjärtat. Färgerna får fart på mig.

– Så bra. Den klär dig hur som helst. Känner du till Glömskans grotta?

– Nej, den har jag nog glömt.

– Åt du skämtpiller till frukost? Om du inte känner till den ska jag visa var den ligger. Där är vi skyddade från regn.

I bilen berättar Romain legenden om grottan för Julie. Munkar från det närliggande klostret brukade dra sig tillbaka dit för att meditera, eftersom den var svårtillgänglig men hade utsikt över ett storslaget landskap som fick en att glömma resten av världen.

– Är det inte riskabelt i det här vädret?

– Nej, stigen har breddats sedan dess och vi har ju dubbar på kängorna.

– Vart ska vi åka sen, när du har visat mig alla ställen här i trakten?

– Livet är inte långt nog för att vi ska hinna utforska dem allihop. Och jag är säker på att det finns ställen som jag inte känner till än. I värsta fall får vi ta oss lite längre bort.

Grottan är verkligen svårtillgänglig, men utsikten är enastående vacker. Där finns till och med en liten bänk uthuggen ur klippan, blanknött av många trötta bakdelar under århundradenas lopp.

Romain går fram till det branta klippstupet för att titta ner från grottan. Han håller sig alldeles vid kanten. Har ena benet långt bak som motvikt när han lutar sig fram. Julie känner sig inte helt lugn. Hon håller andan, så blir det åtminstone en vindil mindre i den omgivande luften, om den nu skulle knuffa honom ut i tomma intet.

– Hur går det på jobbet då? undrar Romain.

– Jag är så trött på allt. Mina arbetskompisar, chefen, kunderna, storpacken med mineralvatten som knäcker ryggen på mig, alltihop gör mig så trött. Jag har lust att åka till en öde ö där jag blir lämnad i fred. Smita iväg utan att det märks så att ingen tänker på att ge sig ut och leta. Då skulle jag åtminstone få lugn och ro.

– Livet är lite som havet. Man hör vågornas brus när de slår mot stranden och så tystnaden efteråt när de drar sig tillbaka. Två rörelser i ständig växelverkan. Den ena häftig och snabb, den andra långsam och mjuk. Du skulle vilja dra dig tillbaka lika tyst som vågorna, försvinna omärkligt, bli bortglömd av livet. Men det kommer nya vågor, och så kommer det hela tiden att fortsätta. För att det är så livet fungerar … Det består av rörelse och rytm, ibland dunder och brak när det stormar, och mjuka kluckanden när allt är lugnt. Men ändå ett kluckande. Det är aldrig tyst vid havet, aldrig. Inte i livet heller, vare sig i ditt eller mitt. En del sandkorn är mer utsatta för vågorna, andra ligger skyddade högt upp på stranden. Vilka ska man avundas? Den där torra släta sanden duger inte till att bygga sandslott, då behöver man sand som är van vid vågor, eftersom de sandkornen har en egenskap som kallas koalescens. Du kommer att kunna bygga upp ditt liv igen, därför att stormen har gjort dig stark. Och slottet kommer du att bygga upp med sandkorn av samma sort som du, sådana som också har upplevt livets bränningar, eftersom kittet blir hållfast tillsammans med dem.

Julie tänker på Bretagne …

Han väntar på dig

Det är ovanligt kallt för att vara i slutet av februari. Ute regnar det. Inne regnar det. En blandning av tårar och snöslask, som sätter sig i kläderna och får blodet att isas. Och det här eviga grådiset.

Långa dagar utan att hon ser en skymt av solen. Det har hänt mer än en gång på sista tiden att Julie haft lust att dö. Strunta i allt, hoppa av tåget som bara rullar på och återvända till perrongen. Till den plats där hon lämnade Lulu.

Lust att släppa taget vad än ordspråket säger. Vad tjänar det till egentligen? Vad tjänar det till att fortsätta vänta på ett mirakel? Vadå för mirakel förresten?

Det enda verkliga miraklet vore att få resa tillbaka i tiden, spola tillbaka filmen om deras liv, flytta fram avfärden från det lilla huset i Bretagne och komma hem lite senare, visserligen hamna i oändliga trafikstockningar, men inte i den där förfärliga olyckan.

Tyvärr fungerar inte livet så. Filmen har fastnat i uppspelningsläge. Det går inte att klippa den i redigeringen. Inte att redigera den överhuvudtaget. Det är oåterkallelig direktsändning.

Skära upp handlederna?

Ta sikte på ett träd vid vägkanten, ett lite grövre än de andra?

Svälja fem askar Alvedon? Varför inte sju, för säkerhets skull?

Hon funderar.

Kom igen nu, Julie, tänk på alla som tycker om dig!

Och förresten väntar han på dig, det vet du väl?

Han väntar på dig.

Han har all tid i världen nu …

Hissen (2)

De har stämt träff i hotellobbyn. Hon verkade gilla förslaget att de skulle äta middag i panoramarestaurangen med utsikt över hela staden.

Efter att upprepade gånger ha stött på varandra på Lulus avdelning bytte de telefonnummer och e-postadresser. Och så började de tycka att tiden gick långsamt mellan sjukhusbesöken. De skrev regelbundet till varandra, skickade små hälsningar, ibland utan anledning, och väntade med spänning på den andras svar, som barnungar. Därför var de nästan tvungna att ses igen.

Det är första gången sedan Lulu dog.

Paul har slagit sig ner i en av de mjuka fåtöljerna i lobbyn. Han vill vara först på plats för att kunna hålla uppsikt över entrén och se personen han väntar på komma in och söka honom med blicken. På grund av den där lilla gnistan som tänds när man får syn på den man kommit för att träffa. Paul hoppas förstås att också Manons ögon ska lysas upp av den där lilla gnistan i kväll när hon får syn på honom. Varför tvivla efter allt de har sagt varandra?

Han släpper inte entrén med blicken. Gjorde det inte ens när kyparen kom och frågade om han ville ha något att dricka. Då ursäktade han sig elegant med att han väntade på sitt sällskap. Kyparen måste helt klart ha förstått …

Han inte bara väntar, han åtrår henne redan …

Paul iakttar dansnumret med besökare som valsar in och

ut genom karuselldörren i glas. Han har en bestämd känsla av att hon snart är där.

Han känner vagt igen hennes silhuett genom perspektivfönstren som vetter ut mot parkeringen. Dörren snurrar och lämnar av Manon i lobbyn. Hon tar några steg, stannar så till och sveper med blicken över rummet. Oro och koncentration.

Måtte han vara här.

Till slut får hon syn på honom och Paul njuter av ögonblicket när den unga kvinnans ögon sprakar till och leendet tänds, så att två små gropar bildas mitt på kinderna. En antydan till lätt rodnad därovanför. Hon lyfter handen till en försynt hälsning och går fram till honom.

– Har ni väntat länge? frågar hon och pussar honom på kinderna.

– Nej, tio minuter, ljuger han för att inte behöva erkänna att han har suttit där i en halvtimme eftersom han för ingenting i världen ville missa den här stunden. Ska vi dua varandra kanske?

– Om du vill.

– Wow!

– Vad?

– För Julie tog det en faslig tid innan hon lyckades med det.

– Julie har en del principer som är svåra att rucka på.

– Och du då? Har du inga principer?

– Jo, fast inte samma… Jag har lätt för att dua folk. I mina ögon gör det ingen skillnad. Jag jobbade som au pair i Danmark ett år. Där är det ingen som säger ni. Alla duar varandra, från studenter till ministrar.

– Så mycket bättre. Vill du ta ett glas här, eller ska vi åka direkt upp till restaurangen?

– Det är väl snart solnedgång? Vi ser det hela bättre däruppifrån.

– Då åker vi upp. Vi blir tvungna att ta hissen, det är femton våningar.

– Jag vet.

– Går det bra?

– Jag vet inte.

– Ska vi försöka?

– Har du arsenalen med dig?

– Vilken arsenal?

– Arsenalen med saker att göra om hissen går sönder.

– Den har jag alltid med mig.

Paul har tryckt på hissknappen. Det tar lång tid, hissen är förmodligen högst upp. Så Manon trycker på hit-knappen igen, trots att den lyser. Paul tittar roat på henne.

– Du vet väl att det inte är någon idé?

– Det är det visst!

– Varför?

– Jag vill kolla att knappen är ordentligt intryckt…

– Den lyser ju.

– Men i alla fall.

– Brukar du även trycka hårdare på fjärrkontrollens knappar när inte den fungerar?

– Ja, hur så?

– Jag bara undrade. Och när du står och funderar framför garderoben så rör du på alla tio fingrarna som en spindel?

– Hur kunde du veta det?

– Jag bara vet.

– Då vet du kanske också att jag ibland säger förlåt till soffbordet i vardagsrummet när jag stöter till det?

– Nej, det övergick faktiskt min vildaste fantasi.

– Du däremot, du säger ”hej, det är jag” när du ringer. Och tänk, varje gång är det faktiskt du!

Hissen har kommit och dörrarna glider igen bakom dem. De är ensamma. Paul trycker på knappen till panoramarestaurangen. Manon tittar ängsligt på displayen där våningsplanens siffror rullar förbi. Plötsligt stannar den på sexan samtidigt som belysningen fördunklas.

– Gör ni det här med flit, eller?

– Jag har inte gjort något, jag lovar. Ska du nia mig nu igen?

– Då måste det vila en förbannelse över oss. Det har aldrig hänt mig förr.

– Inte mig heller. Alltså är vi dömda till att aldrig åka hiss tillsammans.

– Varför råkar vi ut för det här?

– Kanske är det våra energier som krockar?

– Aldrig mer! Det här är sista gången jag åker hiss med dig, säger Manon som nu känner paniken stiga.

– Nu kanske du inte behöver vänta så länge innan du söker tröst i min famn.

Manon kurar ögonblickligen ihop sig mot hans axel. Kramen är betydligt varmare än första gången och Manon skulle nästan kunna tänka sig att låta haveriet dra ut på tiden.

– Ska vi inte ringa? frågar hon ändå.

– Vad ska det tjäna till? svarar Paul, tar hennes haka mellan tummen och pekfingret och vänder varligt hennes ansikte mot sitt.

– Ingenting! säger hon just innan han kysser henne.

Hastigt, eftersom hissen sätter sig i rörelse och fortsätter upp utan att ens be dem om lov.

De sitter vid ett av borden längs det stora panoramafönstret. Solen har gått ner bakom Vogeserna och ger de enstaka moln som är utspridda över himlen en orange ton som skiftar i rött.

– Berätta hur det är med Julie, på riktigt. Hon säger att hon mår bra, men jag vet inte om det bara är för att lugna mig. Du är hennes bästa vän, jag antar att hon berättar allt för dig.

– Hon hankar sig fram. Det går upp och ner. Halvhöga berg och jättedjupa dalar, men hon håller sig uppe.

– Hon är stark, som tur är.

– ”Du vet aldrig hur stark du är förrän den dag du inte har något annat val än att vara stark.” Det har Bob Marley sagt.

– Jamen, har Bob Marley sagt det så.

– Hon har inte så mycket annat att välja på.

– Att återförenas med honom. Pratar hon om det någon gång?

– Det händer. Då ger jag henne snabbt en spark i ändan.

– Jag klandrar mig något fruktansvärt.

– För vadå?

– För det som hände.

– Var det ditt fel?

– Det fanns inte mycket jag kunde göra. Det är småsaker det hänger på. Hade vi åkt fem minuter senare, eller hade vi stannat till på en rastplats vid motorvägen just då.

– Livet hänger på småsaker. Det är faktiskt ett under att vi fortfarande lever. Det kanske finns en mening med alltihop.

– En mening med att en unge dör på grund av ett fartblint rattfyllo?

– Det känns nog bättre om man hittar en mening med det.

– Säg till om du hittar den.

– Jag letar fortfarande.

– Ta och leta upp något att äta i stället …

Manon slår inte igen menyn med en smäll. Hon har inget behov av att han läser upp menyn så att hon ska slippa se priset, och det bekommer henne inte att varje tugga kostar fem euro. Manon tar för sig av livet. Hon tackar ja till att bli bjuden utan att krångla. Hon värnar om kvinnors rättigheter utan att vara hårdför feminist och skulle inte ens komma på tanken att betala sin del av middagen. Främst för att hon vet att Paul skulle ta illa upp, men också för att hon gillar den sortens artighetsbevis mot kvinnor, och hon tycker att det är tråkigt att de försvinner i takt med att samhället utvecklas och gamla riktmärken försvinner.

Paul har för länge sedan valt vad han ska ha. Han tänker ta samma sak som Manon. Det spelar ingen roll vad det blir. Han är inte kräsen. Han har helt enkelt lust att följa henne i valet av mat, i diskussionerna vid bordet och till världens ände om så skulle krävas.

Han studerar henne medan hon länge och väl går igenom menyn. Till slut lägger hon undan den och ser på honom med segerviss min. Hon har bestämt sig. Äntligen.

– Visste du att det inte bara är Bob Marley som har sagt kloka saker?

– Inte? svarar hon roat.

– Albert Einstein också.

– Ska vi diskutera relativitetsteorin?

– Just precis. Men inte den du är van vid. ”Lägg handen på en kamin och en minut kommer att kännas som en timme. Sätt dig bredvid en vacker flicka och en timme kommer att kännas som en minut. Det är det som är relativitet.”

– Allt beror på hur varm kaminen är.

– Och på hur vacker flickan är.

– Och nu då? Hur lång tid har du tillbringat med mig, relativt sett?

– En sekund.

– Jag kommer att rodna som en glödhet kamin.

– Jag lägger på handen i alla fall.

– Bara i en sekund?

– Jag stannar tiden …

Det som händer mellan Paul och Manon är som balsam för Julies själ.

Utan konserveringsmedel.

I ena vågskålen något ont, i den andra något gott.

Ett stort, stort ont, och ett fint gott. Strunt samma om det väger ojämnt. Att i flera veckor ha sett dem spana in varandra och flirta, och nu i kväll finna varandra, gör henne glad. För att livet går vidare. Och för att de hör till de människor hon håller av. Är de dessutom lyckliga får det hennes eget legobygge att hålla ihop lite bättre.

Åskoväder om våren

– Jag är stolt över dig, Julie. Toppen vi bestiger i dag är högt belägen.

– Lulu är mitt aphelium. Jag måste komma så högt upp som möjligt för att kunna nudda vid honom med fingrarna.

– Kan du det ordet?

– Vilket ord? Fingrarna?

– Aphelium, säger han leende.

– Varför skulle jag inte kunna det?

– Nej, varför inte.

– Den punkt i en himlakropps bana där avståndet till solen är störst.

– Du behöver inte bevisa något!

– Det var för att det inte skulle bli så pinsamt för dig om du inte visste det.

– Det gjorde jag.

Julie har satt sig i skräddarställning efter att först ha lagt en sten på det lilla röset på toppen, dessa små av människohand skapade påbyggnader av berget. Ett sandkorn i jämförelse med den oändliga massa de har under sig, men ändå en stark symbolhandling. Hon spanar mot horisonten. Himlen är klar, men luften är tryckande. Det motsvarar hur hon känner sig. Några månader efteråt. Lättare till sinnes men tung i bröstet.

Romain har satt sig en bit bort och iakttar den unga kvinna som han har känt mindre än ett år. Kvinnan som han träffade när hon var en mamma full av hopp och som han har sett förvandlas till en barnlös mamma – det finns inte ens något ord för det tillståndet. Som han har sett bryta ihop och sedan så sakteliga återvända till livet. Även om hon säger att han har varit henne till stor hjälp vet Romain att hon enbart har sig själv att tacka. Hon har samlat ihop alla utspridda pusselbitar, hon har lärt sig att bygga Lego igen. Möjligen har han gett henne en del råd, men det är också allt.

Numera ser Romain henne inte längre som mamma till Ludovic, hans lille patient, i en relation byggd på omvårdnad och tröst. Deras relation har gradvis förvandlats till en uppriktig och givande vänskap. Men när han nu betraktar Julies profil, hennes hår som rufsas till av vinden, hennes lätta uppnäsa, de små brösten som vilar mot knäna när hon sitter med armarna om benen, vet Romain inte längre om det han känner för henne fortfarande är vänskap. Eller jo. I själva verket vet han. Han är förälskad. Kanske har han blivit det med tiden, kanske blev han det redan första dagen, utan att veta om det, men vad spelar det för roll? När han nu betraktar kvinnan framför sig bankar hans hjärta lite hårdare. Är hans känslor för henne opassande eller inte? Han känner dem djupt inom sig, och känslan är behaglig. Han känner sig redo för ett nytt förhållande. Det är livets gång, det hämtar näring ur det föränderliga och det är det föränderliga som gör livet till liv. Det förflutna lämnar spår, som steg i sanden, men det är mot framtiden man vänder sig.

– Har du funderat på vad du vill ha för gravsten åt honom än?

– En fjärilsformad i sandsten från Vogeserna, som jag har råd med tack vare pengarna från Paul. Han hade rätt, det är viktigt.

– Jo, det är viktigt.

– Jag tänker på Lulu hela tiden. Alla säger att det säkert

blir svårt i höst, när hans födelsedag närmar sig. Men jag behöver ingen födelsedag för att minnas honom. Dit har jag inte kommit än. Och jag tvivlar på att jag någonsin kommer att göra det. Ludovic finns djupt inom mig, och han kommer alltid att finnas där, varje dag.

– Tiden hjälper en inte att glömma, bara att vänja sig. Precis som ögonen vänjer sig vid mörkret.

– Det känns i alla fall som om min glödlampa gick sönder för några månader sedan.

– En rejäl brasa kan se ut att ha slocknat efter en störtskur, men djupt nere i härden finns det alltid glöd kvar. På ytan ligger det grå och kall aska, men i mitten är det fortfarande varmt. Rör om i den, lägg på några kvistar och blås, så kan elden ta sig igen.

– Jag känner mig mer som ett äpple, ett bland alla andra som ska sorteras. Det är bara det att jag har blivit för stor, jag passar inte längre i standardformen, och därför kommer jag att hamna i en egen låda, vid sidan om.

– Det är hjärtat som har blivit för tungt. Men ett tungt hjärta kan också betyda att man har ett rymligt hjärta.

Romain gör en liten paus, medan han fortsätter att rita med en pinne i den lösa jorden mellan sina fötter. Sedan spricker hans ansikte upp i ett stort leende.

– Vad är det som är så roligt?

– Det du säger! I själva verket har du hamnat i en annan låda för att du är ett kanderat äpple, jättesött och jätterött.

Nu är det Julies tur att le. Och med sina små skrattgropar på de rodnande kinderna är hon oemotståndlig.

– Tycker du inte att himlen ser oroväckande mörk ut? säger Julie oroligt.

– Jag tänkte just samma sak. Ändå kollade jag väderleksrapporten och där sa de ingenting om åskoväder. Vi får skynda oss, det är bäst att inte bli kvar i bergen om det åskar, och det tar ett par timmar tills vi är vid bilen.

De vandrar nedåt i rask takt. Romain går före Julie för att visa vägen. Hon blir andfådd, snubblar, men travar på. Romain känner att luften är laddad med elektricitet. Och dagsljuset avtar allt mer. Han vänder sig om med jämna mellanrum, för att se hur det utvecklas. Ovädret närmar sig snabbt och det har börjat blåsa upp. De kommer inte att hinna fram till bilen, det finns inte en chans, och på nedvägen finns det inga ställen där man kan sätta sig i säkerhet och vänta tills ovädret har passerat.

– Vi tar av här, ropar Romain. Vi är inte långt från Glömskans grotta, den här vägen är lite mer svårtillgänglig, men vi kan söka skydd där.

– Gör som du tror blir bäst, säger Julie flämtande, jag följer efter …

De har en dryg kilometer att gå tills de är framme vid grottan. När Romain vänder sig om nästa gång har regnmolnet slukat bergstoppen de nyss var uppe på och rör sig nu rakt emot dem, lika fort som en galopperande häst. Åskan är fortfarande avlägsen, men eftersom vinden blåser åt deras håll lär det inte dröja länge förrän det börjar blixtra. Det är ett respektinjagande fenomen. Ovädret utvecklas så fort att de inte har en chans att hinna fram till grottan i tid.

Julie säger ingenting. Rädslan syns i hennes ansikte. Hon tvingar sig att gå så snabbt hon kan utan att skada sig, eftersom det vore ännu värre. Hon biter ihop för att inte gripas av panik. Men hon gillar inte åska. Inte alls. Som liten såg hon en gång blixten slå ner i en lada inte långt från sitt föräldrahem, med en fruktansvärd knall som fick hela huset att skaka. Ladan började brinna och ägarna kunde i sista stund rädda djuren, men åsknedslagens slumpmässighet väcker ångest hos Julie. Visserligen är det inget man kan styra, men här och nu skulle hon helst slippa tjäna som elektrisk ledare mellan himmel och jord.

När allt kommer omkring är hon visst mån om livhanken i alla fall ...

De hinner inte mer än ett tjugotal meter förrän de första regndropparna börjar falla. Snart har de ett häftigt skyfall över sig. Jättelika regndroppar piskar dem i ansiktet. På några sekunder är de genomblöta, och marken ger sämre fäste. Åskan närmar sig, knallarna ljuder allt högre. Det får Julies blod att isa sig.

Som tur är siktar de nu klipptrappan som leder ner till grottan. Romain går först och tar Julie om midjan för att hjälpa henne att kliva nedför de gigantiska trappsteg som bildas av klipporna. De är såphala. Men Romain vet att de snart är framme. Han lugnar Julie.

När de kommer in i grottan drar han henne med sig mot mitten, tömmer ryggsäckarna och lägger dem på marken så att de kan sätta sig där och dra sig undan från de elektriska vågorna.

– Vi måste hålla oss i mitten, det är här det är säkrast. Går det bra, Julie?

– ...

– Julie?

Julie svarar inte. Klumpen i halsen är kolossal. Hon pressar tillbaka den en liten stund.

Men sedan kommer allting ut, i ett djuriskt vrål. Hon laddar ur sig all inre spänning, som vore hon en blixt. Ovädret är nu rakt ovanför dem, och åskknallarna tilltar i styrka. För varje utbrott skriker Julie ännu lite högre. Romain förstår att det inte är så enkelt som att hon vrålar ut sin rädsla för åskan. Den utlöser bara raseriet som hon har burit inom sig ända sedan Lulu dog och som hon aldrig har lyckats få ur sig.

Desto bättre ...

Han tar henne i famnen och vaggar henne så gott det går, för att försöka dämpa hennes upprördhet. Julie skakar, fryser ända in i märgen. Ingenting hjälper. Hennes våldsamma gråt pågår i flera minuter. Han låter henne rasa ut, så att hon äntligen blir av med det hon bär på. Sedan håller han henne en liten bit ifrån sig, för att se henne i ögonen. Det våta håret ramar in ansiktet, läpparna darrar och de blå ögonen söker efter lite trygghet, som när ett fartyg kastar ankar för att bli mer stabilt.

Romain tar Julies ansikte i sina båda breda händer och håller kvar hennes blick en stund, innan han närmar sig. Hennes läppar darrar först när han nuddar vid dem med sina, men när han börjar kyssa henne känner han att hon gradvis slappnar av och blir lugn.

Till en början underkastar hon sig kyssen, men blir gradvis allt mer delaktig.

Ingenting existerar längre runtomkring dem. Grottan sveper välvilligt in dem i sitt dunkel. Det gör dem ingenting om allting störtar samman, så länge de är där tillsammans, i en virvel som får dem att glömma sina blöta kläder, kylan, åskan, sorgen och saknaden. Det är livet de sätter i rörelse med sina kyssar och smekningar, ett livskoncentrat som är starkare än allt annat.

Så kommer ljuset ...

Åskan drar bort, solen lyser på nytt upp den omgivande naturen, som glänser efter att ha sköljts i regn.

– Vi måste ge oss av nu, Julie. Vi har inga kläder att byta med, och vi har en bra bit kvar att gå. Det blir snabbt kyligt i bergen.

– Du får ta en dusch hemma hos mig, säger Julie och ler, lika strålande som naturen, pånyttfödd av ovädret. Sitt eget oväder.

Romain tar hennes hand och drar henne med sig upp mot stigen för att påbörja vandringen ner. De säger nästan ingenting, men ser ofta på varandra, ler, njuter av varandras sällskap och åtrår varandra.

Julie gör upp eld i öppna spisen när hon har duschat. Romain har gått in i badrummet. Det enda riktigt brådskande när de kom in i lägenheten var att få upp värmen. Romains kläder får torka framför brasan. Julie tassar försiktigt ut i köket för att koka te, hon vill undvika att inkräkta på hans privata sfär. När allt kommer omkring har de ännu inte gått över den gränsen.

Romain har låtit badrumsdörren stå på glänt och frotterar nu håret med en handduk. Han har knutit ett badlakan om midjan. Han är vacker. Att döma av vattenångan i rummet verkar han, precis som Julie, ha vridit blandaren till maxläge för att värma sig.

– Hittade du handdukar? frågar hon i förbifarten.

Efter att ha satt på vattenkokaren går Julie till sovrummet för att klä på sig. Hon står och letar efter några plagg i klädskåpet när hon känner Romains händer om midjan. Han planterar en kyss i hennes nacke och får henne att vända sig om, smeker hennes kind och stryker undan en hårslinga som faller ner i ögonen på henne.

Han ser på henne som han aldrig har sett på henne förr, med en älskares åtrå i blicken. Han tycker att hon är vacker, vackrare än någonsin. Sedan kysser han henne igen, den här gången ömt. Tidigare, i Glömskans grotta, fanns en glöd som handlade om att upptäcka och överskrida. Men i den här stunden tar de tid på sig när de utforskar varandra, smeker och drar sig undan, återvänder och börjar om igen, tvekande.

När Romain lägger ner Julie på sängen sluter hon ögonen och ger sig hän.

Prinsessan har öppnat vindbryggan och låter sagoprinsen komma in med sina böljande mjuka vågor.

Det försynta skymningsljuset letar sig in genom persiennerna och skriver kärlekstecken på deras båda kroppar, som inte längre går att skilja åt. De färdas trots allt en bit på den långa lugna floden.

Julie vaknar och konstaterar att mörkret har fallit, bara i badrummet är det fortfarande tänt. Hon flyttar försiktigt på Romains arm för att stiga upp. Han gläntar lite på ögonlocken. Hon sätter sig på sängkanten och drar till sig ett lakan ur röran som uppstod i stundens hetta. Hon draperar sig i det och går ut i badrummet. När hon gör det skymtar Romain de två små groparna i hennes ryggslut. Ett triangelformat parti i svanken, där bäckenbenet bildar två skrattgropar. Det är den del av kroppen han föredrar, särskilt hos en kvinna. Han ser för sin inre syn sin fru, hennes älskade kropps former. Trots att såret har läkt svider ärret fortfarande. Han vänder sig mot fönstret och blundar. När Julie kommer tillbaka och sträcker ut sig vid hans sida ser hon en liten tår som har hejdat sig mitt på kinden. Hon vet att stunder av djup kroppslig närhet kan frammana gamla vålnader. Hon var beredd på det, och respekterar det. Hon är själv lite frånvarande, hon tänker på Lulu.

Att återigen tillåta sig kroppslig njutning är inte självklart.

Julie smeker Romains axel, kysser bort tåren lika flyktigt som när en fjäril nuddar vid en ömtålig blomma, och viskar ett ”tack” i hans öra …

Han hör till de där icke-dominanta männen som förstår den andra halvan av mänskligheten.

Romain svarar inte, öppnar inte ögonen, men tar Julies hand och kramar den hårt, hårt, med antydan till ett leende på läpparna.

Bergstoppar som bara var kullar

Julie!

Kommer vi att ha setts igen innan det här brevet dimper ner hos dig? Det spelar ingen roll. Jag har lust att skriva till dig i dag. Kanske för att jag aldrig har varit särskilt bra på att uttrycka mitt hjärtas mening i tal, och därför har samma hjärta beordrat mig att fatta pennan och dikterar vad jag skriver. Det dikterar ju redan mitt liv. Men jag lyder det, för jag har insett att det hela tiden har haft rätt. Ibland är det förnuftet som har fel.

Gårdagen var underbar och intensiv. Det är inte din kropp, inte att vi älskade som jag minns bäst, även om det har lämnat avtryck som jag fortfarande kan känna. Behagliga avtryck. När jag tänker på dina former, håligheten vid ditt nyckelben, dina lena händer och vita bröst slår hjärtat dubbla slag och det pirrar i magen. Men det jag framför allt minns är dina ögon. Dina vilsna ögon i grottan, dina sprakande ögon när vi återvände ner i dalen och dina lugna och strålande ögon i sovrummet.

Jag vet inte när du började vara något annat för mig än mamman till min lille patient. Redan första dagen? När du fyllde i det arabiska ordspråk jag hade börjat citera? Dagen då jag väckte dig ur din sömn för att jag var tvungen att ge Ludovic hans behandling, och jag kände en sådan ömhet för dig? Eller kanske när jag läste brevet där du beskrev honom för mig. Jag tittade länge på fotot du hade skickat med. Och sedan när han dog ställde jag det på nattygsbordet. Jag kände ett behov av att fortsätta se er varje dag. Charlotte frågade mig en dag vilka ni var. Jag svarade: "Två änglar, gumman, det är två änglar." Hon trodde mig nog, och och det gjorde hon rätt i.

Jag beundrade dig för ditt sätt att ta hand om honom på sjukhuset, och sedan för att du valde att låta honom dö. Jag beundrade styrkan du visade prov på i stigningarna jag utsatte dig för på väg upp till toppar som i själva verket bara var små kullar i jämförelse med din sorg. Jag hade velat skrika ut till hela världen hur svårt du hade det, kanske för att jag själv intuitivt kunde förstå det.

Varje söndag då vi träffades vaknade jag med hoppet att du skulle må lite bättre än gången innan, trots att jag visste att det inte alltid kunde fortsätta så. Vanliga dödliga inbillar sig att man mår bättre ju mer tiden går, men den sortens känslor följer inte en rak uppåtgående kurva, utan är en sinusvåg med toppar och dalar.

I går var vågtoppen på sin högsta punkt, och jag är glad över att veta att du kommer att vara hos mig också när den står lägre, både för dig och för mig.

Vad tar det åt mig som pratar med dig om geometri? Fast du pratade ju faktiskt med mig om astronomi.

Jag längtar... Längtar efter dagarna och veckorna som ska komma, efter att få lära känna dig, dina innersta tankar och din lena hud. Längtar efter att fortsätta våra vandringar i bergen, prata och tiga. Tiga och ta varandras hand. Längtar efter att hålla om dig när vi står på toppen, och tillsammans blicka ut över livet som myllrar i dalen.

Men vi får ta tid på oss. Och leva i nuet. Det är ingen brådska med någonting. Det enda som brådskar är att vara lycklig.

Minns du det där jag sa i kafeterian? När du förskansade dig bakom din plastpinne och rörde om i kaffet på jakt efter en imaginär sockerkristall som inte hade smält. Du var så söt… Vi pratade om var man lägger ribban. Jag är en och åttiotvå, och jag hoppas att jag är lång nog för dig…

Jag sa också "man tar inte fel när man älskar", och i dag vet jag att jag inte tar fel, Julie.

Jag tar inte fel.

Hör du mig? Jag tar inte fel.

Puss och kram,

Din Romain

TRE ÅR SENARE ...

Koalescens

Tiden går och läker sår.

Livet rullar på och reder ut.

De glödande kolbitarna pyr sakta under det tjocka lagret av kall och grå aska. Men så en dag kommer det en liten vindil, några kvistar, och elden flammar upp igen.

Elden har flammat upp igen för Paul. Manon har låtit sig dras med, utan att bjuda minsta lilla motstånd. Som om det vore självklart. Men det omvända gäller också. En dag pratade hon med mig om själsfränder. De möttes på sjukhuset, i väntrummet på avdelningen där Lulu var inlagd, och har i princip varit oskiljaktiga sedan dess. Attraktionen var omedelbar. De kände igen varandra direkt, redan från första stund. Ibland letar man efter en viss frekvens på radion, man tycker sig känna igen programmet, men det knastrar, mottagningen är dålig. Mellan dem var ljudet klart från början. Och så den där plågsamma saknaden så fort livet höll dem isär, vilket ju inte kan undvikas. Även Paul pratade med mig om själsfränder. För första gången kände han sig stark nog att sluta spana efter sin älskade komet som alltför tidigt försvann ut i tyngdlösheten. Samtidigt var han rädd. Rädd för Manons ungdom. Rädd att skada henne. Rädd att svika minnet av Pauline. Men han kunde inget göra. Han blev alldeles för olycklig när han kämpade emot. Han kapitulerade, lade ner vapnen och tycker sig nu ha återfått energin han hade som tjugoåring. Manon är också rädd för att satsa på ett liv med honom. Mer än trettio års åldersskillnad, det kommer en dag då den förväntade livslängdens biologiska begränsningar hinner ikapp deras kärlekshistoria. Därför låter hon bli att tänka på det. De har lagt ner sina vapen tillsammans, tagit blommorna som satt i gevärspiporna och gått vidare.

Enda kruxet är att de undviker att åka hiss...

När vi går på restaurang byter de tallrikar mitt under huvudrätten. Och trillar dit igen vid efterrätten. Paul har dragit ner på sina tjänsteresor eftersom han tycker det är så plågsamt att vara ifrån henne. Och ändå är luften omkring dem syresatt. Ingen av dem kväver den andra.

Själsfränder...

Jag är glad för hennes skull. Och för hans. Ibland tänker jag att de kanske inte hade träffats om inte Lulu hade legat på den där avdelningen... Slump eller sammanträffande? I slutänden är det resultatet som räknas.

Och resultatet är lyckat.

Lulu, om du visste...

Så dum jag är, klart att du vet...

Elden har flammat upp även för Jérôme. Kvisten heter Caroline. Han erkände en dag för mig att han vid deras första möte hade frågat sig om det varit så klokt av honom att utse henne till vikarie, med tanke på hur bortkommen och osäker hon verkade. Men sedan fann han henne rörande. Han tyckte att han stöttade henne i hennes utveckling och stärkte hennes självförtroende. Det är hans vilja att spela frälsare som visar sig igen. Jag tror rentav att han skulle ha svårt att erkänna att det kanske faktiskt var hon som kom till hans undsättning. Skillnaden mellan henne och Irène är att Caroline mår bra. Hon är i balans, tafatt, men i balans. Hon går rakryggad genom livet. Det måste man göra, och dessutom vara modig, för att lyckas rädda ett litet människoliv genom att hålla det kvar i mammans mage med handkraft och fingertoppskänsla. Och tänk bara på hur hon har manövrerat sig in i Jérômes liv, till en början försynt genom att komma och klia hans ben, för att sedan gradvis göra sig allt mer oumbärlig. Caroline är motsatsen till Irène. Hon är lite rörig och oorganiserad, hon försummar sådant hon inte tycker är viktigt. Städningen av matsalen och ordningen bland tröjorna i klädskåpet prioriterar hon lägre än att tillbringa tid med sina patienter, sina vänner och med mannen i sitt liv. Eftersom hon mötte honom i ett läge då hon tvivlade så starkt på sig själv blev han trots allt en väldigt effektiv krycka. En krycka i rullstol, som hon sköt framför sig. Livet är bra märkligt ibland.

Men kanske är det min egen eld som har flammat upp häftigast.

För lite drygt tre år sedan kändes det som om jag hade släckt ljusen för gott, som man gör när man ger sig av och som vi gjorde när vi lämnade det lilla huset i Bretagne, och jag visste inte om jag skulle komma tillbaka.

För lite drygt tre år sedan trodde jag att jag slutgiltigt hade hoppat av båten och var dömd att försöka hålla mig flytande i det kalla vattnet. Men så lyckades jag kravla mig upp igen och fortsätta färden. Romain räckte mig handen uppifrån däck, lade ut mina kläder på tork i solen så att jag inte skulle frysa mer, visade mig horisonten och gav mig lust att nå den. Han satte seglen med sina vandringar i bergen. Båten har fått upp farten och framtidsplanerna hägrar. Ända från början har han sagt att det inte är hans förtjänst, men jag vet nog att jag aldrig hade kommit så här långt utan honom. Jag skulle kanske ha fått fatt i andra händer, för det finns gott om andra händer, och de finns kvar. Men hans kärlek var viktig. Den är fortfarande viktig.

Jag har flyttat in i hans lilla hus. Vi har det bra här. Charlotte har accepterat mig så där okomplicerat som barn i hennes ålder kan göra. Till saken hör att jag var rätt hemma på alla spel hon brukade spela. Numera är jag en mästare på Lego, både bildligt och bokstavligt. Jag blir som en liten unge om det ska fixas i hennes dockskåp, och jag är fortfarande lika oslagbar i Memory. Jag har kanske tämjt henne genom att anpassa mig till henne, som en storasyster. Vi kramar ofta varandra, hårt och länge. Därför att hon har en mamma hon längtar efter, därför att jag har ett barn jag längtar efter. Vi kompenserar för den förlorade ömheten, vi fyller tomrummen, vi tätar, vi täpper till för att slippa draget som skapas av deras frånvaro. Vi kan sitta klistrade vid varandra i en hel timme. Jag känner hennes lilla hand som klappar mig på ryggen och jag buffar in näsan i hennes halsgrop. Som spädbarn som föds med reflexen att söka sig till mammans bröst.

De bökar.

Av överlevnadsinstinkt.

Utan den dör de.

Det är samma sak.

Ibland när Romain kommer hem från sjukhuset får han se oss sitta så där i soffan. Då ler han och säger:

– Håller ni på och bökar nu igen!

Då sträcker vi ut armarna mot honom och så bökar vi alla tre. Det är ännu bättre.

Jag tackade till slut ja till pengarna Paul erbjöd mig för att jag skulle kunna börja studera igen och säga upp mig från jobbet som kassörska som jag inte stod ut med längre. Ännu har jag inte nått mitt mål att bli forskare i molekylärbiologi, men med hjälp av den yrkestekniska examen jag tog för en månad sedan ska jag börja arbeta som forskningsassistent i september. Paul har sagt att jag har förmågan att sedan steg för steg förverkliga mina drömmar.

Min far dog ett halvår efter Lulu. Av lungcancer. Jag fick veta det först efteråt. Min mor orkade inte meddela mig. En människotrasa. Förstörd av alkohol och ett oförlöst och förvirrat liv. Jag ärvde på så vis en del materiella tillgångar och en liten eka som låg och drev mitt ute på öppna havet, gungad av alltför höga vågor och skrämd av hajarna som kretsade runtomkring. Jag tog den på släp så gott jag kunde och vi lyckades ta oss in till land. Jag sålde huset, som det hur som helst var svårt att behålla. För pengarna betalade jag en behandling åt henne på en klinik med gott rykte, så att hon skulle bli avgiftad och komma på fötter igen. Hon har så smått repat sig. Nu bor hon i en liten lägenhet där jag tror att hon har det bra. Vi återknyter kontakten bit för bit, hon och jag. Det behövs tid för den sortens Lego också. Men nu ler hon igen. Lite försiktigt, det stramar i skinnet eftersom kinderna har stelnat av föraktet från den där kalle och stränge mannen som var min far. Men huden är elastisk, hon kommer att vänja sig. Våra känslor är också elastiska. De vänjer sig de med.

Så här är det.

Det fanns ett före.

En sjukgymnast som sakta återhämtade sig efter en förgörande kärlekssorg. Där fanns en landsortsläkare som nyligen hade upplevt en ännu mer slutgiltig förlust. Där fanns hans far som mindes det han hade upplevt trettio år tidigare utan att kunna skaka av sig minnena. Där fanns min bästa vän som inte funderade på framtiden. Där fanns en ung kvinnlig läkarvikarie som inte trodde att hon dög någonting till. Där fanns en kassörska som hankade sig fram efter bästa förmåga i sitt liv som ensamstående mamma. Och så fanns där en liten pojke som sprudlade av liv och njöt av det i fulla drag.

Det finns ett nu.

Romain som fick upp mig i sadeln igen och som tog tillfället i akt att hoppa upp bakom mig på hästen. Där finns hans lilla dotter som i full galopp klamrar sig fast om halsen på oss. Där finns Jérôme som fysiskt är helt återställd trots att han haltar lätt på ena benet. Han kommer aldrig mer att kunna springa på stranden, men han har lärt sig att skala av några extra lager när sorger och bekymmer vilar lite för tungt på hans axlar. Han förlitar sig mer på att livet ska bära honom sedan Caroline flyttade in. Hon i sin tur har utvecklat sin diagnosförmåga, till Försäkringskassans stora lycka, och trimmat sitt självförtroende med ett fastare handslag som bieffekt. Där finns Paul, som fortfarande gråter när han skalar lök men som äntligen ser framåt. Och vid hans sida finns Manon, som hädanefter funderar mycket på framtiden. Hon har skruvat igen sin syltburk om en gammal humla som får hennes hjärta att surra. Där finns en före detta kassörska som nuddar vid sin dröm om att en gång bli forskare i molekylärbiologi. Hon har tätat sprickorna både upptill och nedtill, tack vare en medeltida barnmorska som följde henne en bit på vägen och som fick henne att omvärdera sin kvinnokropp, och tack vare en man på vilken testosteronet har en sagoprinseffekt.

Där finns inte längre Lulu, den lilla pojken som njöt av livet i fulla drag, därför att döden satte stopp för det. Han finns i en annan dimension, Lulu. Han är inte längre här och kan se allt detta, uppleva det tillsammans med oss. Men jag vet att han är mer delaktig än man kan tro. Kanske sitter han till och med lite grand vid spakarna. För hur ska man annars förklara att vi alla tre blev med barn nästan samma månad?

Slump eller sammanträffande?

Kort sagt är det resultatet som räknas.

Ett lyckat resultat.

Mellan det som var före och det som är nu inträffade ett slumpartat möte i kassan på en stormarknad, med utgångspunkt i en pizza och några öl. Han hade kunnat välja en annan kassa, jag hade kunnat vara ledig från jobbet den dagen. Jag hade kunnat le utan att låta en tår trilla nedför kinden. Men jag var där, med min tår, och han valde min kassa, kanske på grund av tåren.

Han hade också kunnat låta bli att komma tillbaka veckan därpå, låtit bli att bjuda mig på lunch. Vi hade kunnat avstå från att resa till Bretagne och inte börjat tycka om varandra. Vi hade kunnat undgå att vara med om bilolyckan.

Men allt detta hände och vi blev tvungna att finna oss i det. Romain hade rätt. Man klarar sig för att man inte har något val. Livet flyter vidare och vi är inte mer än några små träbitar som förs dit strömmen bär oss. Vi fångades alla i forsens virvlar, kantrade, gick på grund, dränktes emellanåt, men vi håller oss fortfarande flytande. Och så ibland, i vissa små prång av floden, i skydd bakom en stenbumling, snurrar de kvistar som har tagit sig nedför forsen och som nu samlas för att pusta ut. Där bildar de en liten klunga av överlevare trots den starka strömmen.

Lulus död, det är fördämningen som brast, som drog med sig allt i sin väg, men vi har inte drunknat eftersom vi har hållit fast vid varandra. De starkaste har stöttat de svagaste.

Och när man överlever den sortens flodvåg känner man sig starkare.

Känsligare också.

Paradoxalt nog.

Det gör ont, men det bär.

Man har lärt sig att kämpa.

Det bär.

Ända tills man får ta betäckning i det lilla skyddade

pränget bakom stenbumlingen, och hämta andan.

Innan det kommer nya vågor.

För att det är så livet är.

Det verkliga livet.

Det är sommar. Vi har rest till Pauls hus i Bretagne, alla sex. Charlotte är kvar hos sin mormor och morfar. Egentligen är vi inte sex. Vi är nio. Tre små mirakel får tre kvinnors navlar att puta ut.

Varje kväll går jag ut och bäddar ner solen vid horisonten. Där återser jag Lulu, som svävar ovanför vattnet. Och när de har lagt sig båda två går jag hem, med en stillsam melankoli som ständig följeslagare. Den lämnar mig aldrig helt, men numera har jag tämjt den.

Ingen måne på himlen. Bara några enstaka moln som värmer sig vid stadens ljus. Därför packade vi filtarna och åkte ut med båten i kväll. Vi dansade Baloodansen på bryggan, för efter några månader kom han till slut fram ur vinteridet. Han hade magrat, men vi gödde honom friskt och han fick tillbaka sitt goda humör.

Vi stannade mitt i den mörka natten, på samma ställe som den där första gången med Jérôme. När han släckte lanternorna kände jag mig inte orolig. Inte den här gången.

Moby Dick kan gå och dra något gammalt över sig.

Med tanke på vad livet har visat mig krävs det mer än en liten futtig val för att skrämma mig ...

Jag är inte rädd för något!

Nu ligger vi alla på däcksgolvet, väl omstoppade med filtar, och tre små kullar sticker upp som sanddyner i öknen.

Himlen är makalös. Det är natten till den tionde augusti. Och vi gör oss redo att observera Perseiderna, ett magiskt meteorregn som i själva verket uppstår när jorden skär ett moln med kometpartiklar stora som sandkorn. Att några små partiklar kan åstadkomma ett sådant ljusskén på himlen! Jag minns vad Romain sa till mig en dag om sandkornen vid havskanten, de som man kan bygga de vackraste slotten med.

I natt fortsätter vi bygget av vår egen fästning. Den är gedigen. Uppförd på stadig grund. Och våra sandkorn är sammanfogade med ett oförstörbart kitt. En stark känsla av tillgivenhet. En koalescens.

Vi tittar på stjärnorna och vet att vissa av dem lyser starkare än andra, för att där finns lite mer gas och materia. Kanske finns där några själar som har lagt sig i omloppsbana runtom och som skänker dem ett annat ljussken.

Jag tänker ofta på Lulu. Jag tänker på honom varje dag. Varje gryning och varje skymning. Han finns i vinden som blåser, i en solstråle, i en fjärils dans. Han är överallt där jag är.

Ibland tänker jag på honom med glädje, ibland med tungt hjärta. Han finns som en osynlig skrift mellan mig och resten av världen, för alltid. Djupt inom mig, i mitt innersta, där det är varmt och gott vad som än händer. Som en gravid kvinna som bär sitt lilla barn när hon fortfarande är ensam om att veta att det finns där, när hennes mage ännu inte har blivit rund och berättar för hela världen om det kommande miraklet. När hon njuter av den hemliga förtrolighet som ingenting kan förstöra, inte ens alla bekymmer runtomkring, eftersom hon bär livet inom sig. Eftersom hon bär kärleken inom sig…

Jag bar honom i nio månader för att skapa en framtid åt honom, och han kom tillbaka till mig för att hjälpa mig att få ordning på mitt eget liv. Som visserligen är sargat och bitvis påfrestande, men njutbart. Lulu har uppgått i existensen, som en ängels andetag, och lever kvar i minnet hos dem han nuddade vid med sina lätta vingar.

Jag har fått tillbaka mina armar och de bär mitt öde mot det mirakel som är mig förunnat, nämligen att överleva, och faktiskt bara leva och vara lycklig över det.

Att vara lycklig.

För Lulu är överallt där jag är …

Författarens tack

Jag vill tacka:

Pauline, för det medicinska …

Apolline, för de barnsliga hyssen …

Frédéric, för det tekniska …

Hervé, för Vintergatan …

Min far, för stavning och grammatik …

Mickaël, för dina vackra dikter …

Mina trogna läsare som gärna vill läsa mig igen … (en särskild tanke går till *Marie d'en haut*![1])

Tack också till dem som ger mig den kärlek, ömhet och uppmuntran jag behöver för att komma vidare …

Emmanuel, för våren med alla sina svalor …

Benjamin, som lär mig att tänka framåt …

Men framför allt vill jag tacka Pierre för hans uppriktiga stöd.

---

1. Titeln på Agnès Ledigs första roman som utkom 2011 (Nouveaux auteurs), öa.